会声会影X3
从入门到精通

王德玲　张宇民　沈疆海　编著

中国铁道出版社
CHINA RAILWAY PUBLISHING HOUSE

内 容 简 介

本书通过大量的案例，从软件与 DV 视频的编辑两条主线入手，对会声会影 X3 的各项核心功能进行了深入而透彻的讲解，并通过将近 200 个案例进行了实战演练，帮助读者在实践中对该软件做到从入门到精通，从新手成为影像编辑高手。

该书系统地介绍了会声会影 X3 的软件安装、视频剪辑、素材捕获与管理、素材的导入与调整、影片的剪辑与调整、滤镜的应用、视频的转场效果、覆叠效果的制作，以及影片标题与字幕的制作等内容，使读者学完后能够融会贯通、举一反三，从而制作出更加精彩、漂亮的视频效果。

本书结构清晰，语言简洁，适合会声会影的初、中级读者阅读，包括广大 DV 爱好者、数码照片工作者、影像相册工作者、数码家庭用户，以及视频编辑处理人员，同时也可作为各类计算机培训中心、中职中专和高职高专等院校及相关专业的辅导教材。

图书在版编目（CIP）数据

会声会影 X3 从入门到精通/王德玲，张宇民，沈疆海编著. -- 北京：中国铁道出版社，2012.2
　　ISBN 978-7-113-13601-7

Ⅰ. ①会… Ⅱ. ①王… ②张… ③沈… Ⅲ. ①多媒体软件：图形软件，会声会影 X3 Ⅳ. ①TP391.41

中国版本图书馆 CIP 数据核字（2011）第 228109 号

书　　名：**会声会影 X3 从入门到精通**
作　　者：王德玲　张宇民　沈疆海 编著

策划编辑：刘　伟
责任编辑：苏　茜　　　　　　　　读者热线电话：010-63560056
特邀编辑：李新承　　　　　　　　编辑助理：吴媛媛
封面设计：张　丽　　　　　　　　封面制作：郑少云
责任印制：李　佳

出版发行：中国铁道出版社（北京市西城区右安门西街 8 号　邮政编码：100054）
印　　刷：三河市华丰印刷厂
版　　次：2012 年 2 月第 1 版　　　　2012 年 2 月第 1 次印刷
开　　本：787mm×1092mm　1/16　印张：23.75　字数：542 千
书　　号：ISBN 978-7-113-13601-7
定　　价：48.00 元（附赠光盘）

前　言

会声会影 X3 软件说明

是不是经常在网络上看到别人做的相册或家庭视频非常羡慕，也想把自己计算机或相机中的照片通过影片的形式播放出来？

之前，只能通过影楼或者摄影室的专业人员来进行制作，往往价格不菲而且还不那么令人满意。现在，只需要简单学习一下会声会影中的几个操作步骤，即可快速满足相应的要求。

会声会影 X3 是一款视频编辑软件，该程序中包括影片向导、DV 转 DVD 向导，以及会声会影编辑器三大组件，每个组件都有其各自的特点和功能，但是每个组件都可以独立完成一个影片的制作或一个光盘的创建。通过该程序可以将日常生活中拍摄的一些照片和视频通过剪辑、设置效果等操作制作成精彩的影片，与家人或朋友一起分享。

本书编写目的

生活是丰富多彩的，很多 DV 爱好者都喜欢记录下生活中的点点滴滴，这些都是制作影片非常好的素材。为了让更多人与你一起分享生活中的喜悦，为了让你的亲朋好友一起分享你的感动，你可以将拍摄到的素材进行编辑，将生活中的经历制作为精彩的影片，与更多人分享。通过对本书的学习，读者能够很容易地掌握会声会影 X3 的使用，并且逐步成为一位视频编辑专家。

本书特色

由于对该软件不了解，导致部分用户不知如何入手进行学习和使用。因此，我们编写了本书来讲解该软件的使用方法，本书具有以下特点：

- 专业。本书是在影楼工作多年的后期处理专家的经验之作，在选材的过程中力求精细，相信能给用户带来很大的益处。
- 知识面广。在选材的基础上，内容非常丰富，虽然写作很深入，但并没有使用故作高深的理论来增加篇幅。内容覆盖全面，从视频的理论要点到视频后期的处理，都进行了详细讲解，所涉及的知识不但完整、全面，而且应用广泛。
- 案例贴近生活。通过案例引导来学习知识点，目标明确，针对性强。
- 层次清晰。在编写过程中，从用户的学习要点出发，按从易到难的思路进行编写，层次清晰，思路明确，使初学者能够轻松掌握书中的知识点。

内容导读

本书共分为 13 章，下面分别进行介绍。

第 1～3 章：介绍软件的应用、安装和简要功能等，使用户先从整体上认识会声会影 X3 软件。

第 4～7 章：对制作向导、素材捕获与管理，以及素材导入与影片剪辑等功能进行详细介绍，通过学习，可快速完成影片的制作或光盘的创建。

第 8～13 章：介绍了会声会影的视频滤镜应用、视频转场和覆叠效果的制作，以及添加影片标题与字幕、音频处理和影片项目的渲染输出等。

适合的用户群

本书主要适合于以下用户：

- 准备学习或正在学习会声会影的初级读者。
- DV 发烧友和多媒体设计人员。
- 家庭数码视频用户。
- 影视节目制作等相关从业者。
- 学生及视频爱好者。

本书的编者在编写过程中力求严谨，但由于时间仓促及水平有限，书中难免有疏漏和不妥之处，敬请广大读者批评指正。

E-mail：6v1206@gmail.com

腾讯微博：t.qq.com/vanebook

QQ：17269702

编　者

2011 年 11 月

目 录

Chapter 01 入门必学
——DV 视频编辑基础

在影片后期处理的过程中，视频编辑是一项最基本、最重要的工作。通过对视频素材的编辑操作，可以更好地表达影片的内容。在进行视频编辑之前，了解并掌握一些影视编辑制作的相关概念、基本理论及专业术语是非常必要的，只有了解并掌握了这些知识，才能制作出具有专业水准的影视节目。

本章知识要点：

◆ 视频后期编辑类型概述

◆ 视频编辑基本常识

◆ 计算机环境优化设置

1.1 视频后期编辑类型概述

视频后期编辑是影视节目后期制作的核心，自从出现了磁带录像机，便出现了基于磁带的线性编辑方式。随着计算机技术、多媒体技术，以及视频信号压缩编码技术的发展，又出现了基于计算机平台、以硬盘为存储介质的非线性编辑。

非线性编辑以其独特的优势出现在电视制作领域，深受电视工作者的欢迎。在实际的编辑过程中，根据制作节目类型的不同，选择使用非线性编辑、线性编辑或者两者混合使用，将起到事半功倍的效果。

1.1.1 线性编辑和非线性编辑

线性编辑和非线性编辑是磁带的两种编辑方式。

1. 线性编辑

线性编辑是一种磁带编辑方式，即按照信息记录顺序，从磁带中重放视频数据来进行编辑，利用电子手段，将素材连接成新的连续画面的一种技术。

在传统的线性编辑中，视频与音频的剪辑合成相当烦琐，制作时通常用组合编辑的办法将素材按顺序编成新的连续画面，然后再用插入的手段对某一段进行同样长度的替换，不能再删除、缩短和加长中间的某一段，除非将那一段以后的画面抹去重录，这是电视节目的传统编辑方式。因而，线性编辑需要较多的外部设备，如放像机、录像机、特技发生器和字幕机等。

尽管线性编辑的技术比较成熟，操作也相对简单，但线性编辑素材的搜索和录制都必须按时间顺序进行，节目制作相对烦琐，如果不花费很长的工作时间，很难制作出艺术性强、加工精美的电视节目来，并且投资和故障率都较高，因而，已经不适合计算机和数字化处理的要求，现在一般后期处理很少会运用线性编辑。

2. 非线性编辑

非线性编辑是相对于线性编辑而言的，从狭义上讲，非线性编辑就是指剪切、复制和粘贴素材，无须在介质上重新安排它们的顺序；从广义上讲，非线性编辑是指将传统的电视节目后期制作系统中的切换机、数字特技、录像机、录音机、编辑机、调音台、字幕机和图形创作系统等外部设备集成于一台计算机内，通过计算机为平台来处理、编辑图像和声音，并通过剪切、复制和粘贴等操作任意调动、组合或插入视、音频元素，再将编辑好的视、音频信号进行输出，然后通过录像机录制在磁带上。本书所讨论的非线性编辑概念都是指广义的非线性编辑。进行非线性编辑时，只需定下素材的长短并按连接的顺序编一个节目表，即可完成对所有节目的编辑。编辑而成的节目其实只是素材的连接表，如果不满意还可进行无数次编辑，且无论进行多少次编辑，都不会对信号质量产生任何影响。因此，非线性编辑相对于线性编辑而言，既省时又省设备，同时还能确保信号的质量。

1.1.2　线性与非线性编辑的选择

在制作影视节目时，需要根据影片的制作要求和两种编辑方式的特点，选择合适的编辑方式。

- 在电视片头、广告片及专题片的制作中，选择非线性编辑比较合适。这是由于电视片头和广告片中大量使用了多层画面的运动和叠加，画面的快、慢动作，三维动画、颜色，以及字幕的特殊处理等效果；而在专题片中，除了应用特殊效果外，还大量使用了长于 5 秒的镜头，利用非线性编辑系统，可以轻松实现这些要求。

- 在新闻片的制作过程中，由于要求每个镜头的长度一般短于 5 秒，以便增加信息量，并且新闻片中大部分为镜头的直接组接，而较少使用特技效果，因此，使用传统的线性编辑较为合适。

除此之外，电视的现场直播节目要求录制设备的响应速度为实时的，工作一旦开始，就不能停下来，只能一次成功，不能失败。在这种情况下，需要使用传统的线性编辑系统。但像体育比赛等直播节目，需要重复某些特殊的精彩镜头，因此，可以在以线性编辑设备为主的情况下，适当使用非线性编辑设备来达到这一效果。

1.2　视频编辑基本常识

数字技术的发展速度已经超乎于一般人的预料和想象，不仅使广播电视及电影行业引入了全新的技术和概念，而且给影视节目制作、传输和播出也带来了革命性变化。作为从事非线性编辑工作的人员，掌握相关的影视制作基础知识是非常必要的。为此，本节将重点讲解影视制作相关的一些基础知识。

1.2.1　视频编辑的工作流程

在了解了视频后期编辑的基本类型后，还需要简单了解编辑视频的基本过程，主要包括设计脚本、素材的采集、编辑合成和输出发布 4 个步骤。熟悉视频编辑的工作流程，是制作影视节目的基础。

1. 设计脚本

制作 MTV、DV 短片和广告片等类型的影片时，编制脚本是必不可少的步骤。尽管在普通的家庭录像中不必制作完整的编辑脚本，但在拍摄和制作时进行整体的构思是不可避免的。

脚本包含对影片内容和创意的描述，主要用于记录和展示影片的情节、台词、表情、动作和旁白等要素，以及实现创意和构思的途径和技术手段等。

脚本分为拍摄脚本和编辑脚本两种。拍摄脚本类似剧本，用于规范 DV 拍摄；编辑脚本是在拍摄脚本的基础上的引申和发展，它着重考虑创意、构思的实现方法和技术手段，将创意和构思实现作为最终的影视作品。

2. 素材的采集与整理

素材通常包括视频、图片及音频等多种类型。除此之外，Flash 动画也可作为素材来使用。

在所有类型的素材中，视频素材是最为核心的内容，其采集手段主要包括 DV 采集、视频采集及截取 DVD 光盘和网络视频；音频素材的主要来源为音乐 CD、MP3 和 MIDI 等，其中 MP3 和 MIDI 可以从网络中收集；图片素材可以用 DV 和 DC 拍摄，也可以自己制作或者从网上收集。

素材采集完成后，还需要用户按照影片的制作要求，对素材进行初步处理，以便影片的后期制作。

3. 编辑合成

素材采集整理好之后，就可以将采集整理的素材进行编辑合成了，这就进入了非线性编辑阶段，也是最核心的步骤。

影片的编辑合成主要是通过各种视频编辑软件来完成的，例如，会声会影、Adobe Premiere 等。在视频编辑软件中，通过对素材的剪辑，为其添加特殊效果、字幕和背景音乐等操作，最终将所有的素材合成为一段完整的影片。

4. 输出发布

影片编辑制作完成后，即可将其输出为 VCD、SVCD 或 DVD 光盘，也可输出为 DVD 支持的影片、视频或音频文件等。

输出的视频可以放置在计算机中，或发布在网络上，也可保存起来以便日后再次编辑。

1.2.2　视频编辑的基本术语

在了解了视频编辑的工作流程之后，下面将介绍与视频编辑有关的一些专业术语，以便在视频编辑的实际操作中为大家提供帮助。

1. 分辨率

分辨率是指屏幕图像的精密度，它是衡量图像细节表现力的技术参数。通常情况下，分辨率是以乘法的形式出现的，常用的分辨率有 640×480、1 024×768 和 1 280×1024 等。其中，前面的数字表示屏幕上水平方向显示的点数，而后面的数字表示垂直方向显示的点数。数值越大，图像越清晰。

分辨率不仅与显示尺寸有关，还受显像管点距、视频带宽等因素的影响。

2. 帧

帧是指视频或动画中最小单位的单幅静态影像画面，相当于电影胶片中的一格镜头。在动画软件的时间轴上表现为一格或一个标记。

3. 帧大小和帧速率

帧大小是指视频或动画序列中所显示图像的大小。如果要用于序列的图像大于或小于当前帧大小，则必须调整该图像的大小或进行修剪。

帧速率是指视频中每秒播放的帧数，其单位是"帧/秒（fps）"。通常，对于 PLA 制式的视频，其帧速率是 25 帧/秒；对于 NTSC 制式的视频，其帧速率是 29.97 帧/秒；电影的帧速率是 24 帧/秒；二维动画的帧速率是 12 帧/秒。

在计算机中可以使用更慢的帧速率来创建更小的视频文件,但这种低速率不适合 VCD 或 DVD。

4．关键帧

关键帧是指素材中特定的帧。标记关键帧的目的是进行特殊编辑或者进行其他操作,以便控制完成的动画的回放。

5．捕获

捕获是指将视频或图像导入并存储到计算机硬盘中的过程。

6．导入和导出

导入是指将某个数据从一个程序导入到另一个程序中的过程。数据一旦被导入,则其将被改变以适应新的程序,而不改变源文件。

导出是指在应用程序之间共享文件的过程。当文件被导出时,数据通常被转换为接收程序可以识别的格式,而源文件将保持不变。

7．覆叠

覆叠是指在项目中已有的素材上叠加另外的视频或图像素材。

8．高彩色

高彩色是一种 16 位的图像数据类型,最多可以包含 65 536 种颜色。TGA 文件格式支持这种类型的图像,而其他文件格式要求预先将高彩色图像转换成真彩色图像。从显示角度来说,高彩色通常是指最多能显示 32 768 种颜色的 15 位显示适配器。

9．即时回放

即时回放功能允许用户在不进行渲染的情况下查看整个项目。

10．宽高比

宽高比是指图像宽度和高度的比例关系。保持宽高比是指当图像的宽度或者高度发生改变时,保持尺寸的相对关系。

11．压缩

压缩能够通过删除冗余数据使文件变小。几乎所有数字视频都经过了某种方式的压缩,它是通过编码解码器来实现的。

12．杂点

杂点是指影响视频和音频文件的小杂音或噪音。通常情况下,杂点是由于不正确地录制、捕获,或者使用有缺陷的设备而造成的。

13．渲染

渲染是指将项目中的源文件生成最终影片的过程。

1.2.3 场的概念

场的概念源于电视机,由于电视机要克服信号频率带宽的限制,无法在制式规定的刷新时间内（PAL 制式是 25 帧/秒）同时将一帧图像显现在屏幕上，只能将一幅完整的图像按照水平方向分成奇数行和偶数行，然后通过两次扫描来交错显示奇数行和偶数行。由于扫描的速度很快，加上人眼睛的视觉暂留现象，所以人们看到的图像是完整的。

将一帧电视画面分成奇数场和偶数场两次扫描的方式称为隔行扫描方式。每扫描一次就称为一场。因此，一个 PLA 制式的视频每秒播放 25 帧，就应该每秒播放 50 场。

正是由于视频素材含有交错的场，所以就可以使用会声会影这类非线性编辑软件来分离这些交错的场。分离场在应用动画和滤镜效果时能够最大限度地保证画面质量。随着视频技术的发展，现在逐行扫描的视频播放和显示器材逐渐出现，如 DVD 和逐行电视，场的问题已经得到了很好的解决。

1.2.4　视频质量的等级

视频按照其质量来划分，可分为不同的级别。其实，级别的划分并没有统一的标准。通常情况下把视频划分为 5 个等级，分别为高清晰度电视等级、演播质量数字电视等级、广播质量等级、VCR 质量等级和视频会议质量等级。

- 高清晰度电视等级：是指达到高清晰度电视质量的视频等级。高清电视在不同的国家采用不同的图像分辨率和帧速率组合，主要包括高分辨率和高帧速率（分辨率为 1 920×1 080 像素，帧速率为 60 帧/秒）、高分辨率和一般的帧速率（分辨率为 1 920×1 080 像素，帧速率为 30 帧/秒或 24 帧/秒）、增强分辨率和一般帧速率（分辨率为 1 280×720 像素，帧速率为 30 帧/秒或 24 帧/秒）。高清晰度电视采用的长宽比是 16:9。一般的高清晰度电视质量是指高分辨率和高帧速率的组合。
- 演播质量数字电视等级：20 世纪 80 年代中期，国际电信联盟（ITU）建议对广播电视信号进行数字编码。于是，为了对电视广播技术进行标准化，为将来数字电视信号的传输提供参考，形成了 ITU CCIR-601——其实是一系列兼容标准的结合。
- 广播质量等级：这是常规电视演播服务中加入数字技术而形成的视频质量等级。
- VCR 质量等级：VCR 是 video cassette recorder 的缩写，译为"卡带式影像录像机"。VCR 质量等级就是普通录像机的视频质量，在家庭中应用十分广泛。
- 视频会议质量等级：是一种信息量比较少或压缩比较高、质量比较差的在线应用的视频压缩质量。它适用于视频会议等场合的即时传输和记录。

1.2.5　常见的视频/音频格式

在视频编辑的过程中，经常会遇到各种格式的视频和音频文件，不同格式的素材具有各自不同的属性，只有熟悉了各种各样的视频/音频格式，才能为影片的编辑奠定良好的基础。

1. 常见的视频格式

- AVI 格式。AVI 是英文 audio video interleaved 的缩写，其中文意思是"音频视频交错传输"。所谓音频视频交错传输，就是可以将视频和音频交织在一起进行同步播放。AVI 格式是由微软公司开发的一种开放式音频和视频格式，是目前视频文件的主流，如游戏、片头，以及多媒体光盘等大都使用此格式。该格式是一款经典的多媒体文件格式，几乎所有的视频编辑软件都支持此格式。它对视频文件采用了一种有损压缩方式，而且压缩标准统一，具有较好的兼容性，调用方便，图像质量较好，可以跨多个平台使用，但体积过于庞大。常见的 AVI 视频编码标准有 Microsoft DV、Intel Indeo Video 4.5 和 Cinepak Codec By Radius 等。

- MOV 格式。MOV 即 Quick Time 影片格式，是 Apple 公司开发的一种流式视频压缩格式，支持网络数据流实时播放。它采用"边转边播"的方法，即先从网络服务器下载一部分视频文件，形成视频流缓冲区后实时播放，在播放的同时继续下载，为接下来的插入做好准备。该格式因其具有很高的画质和较高的压缩比，并且可以跨平台使用，因此，在业内得到广泛的认可。

- MPEG 格式。MPEG 的全称是 moving pictures experts group（动态图像专家组），是由国际标准化组织 ISO 与 IEC 在 1988 年联合制定的。MPEG 技术有着广泛的应用，除 VCD、SVCD 和 DVD 等视频采用 MPEG 压缩技术外，最近几年流行的 MP3 音乐也是应用了 MPEG 技术，还有号称"DVD 杀手"的 MPEG-4 电影也是 MPEG 技术的产物。

MPEG 采用了国际标准的有损压缩方法减少运动图像中的冗余信息，压缩方法依据相邻两幅画面绝大多数是相同的，把后续图像中和前面图像中有冗余的部分去除，从而达到压缩的目的。其特点是以最适当的质量损失换取最小的容量，而且其兼容性很好，几乎所有的计算机平台都支持 MPEG 格式。

MPEG 有 3 个压缩标准，包括 MPEG-1、MPEG-2 和 MPEG-4。

> MPEG-1 技术是 VCD，MPEG-2 技术是 DVD，MPEG-4 技术是 DviX 和 XviD，这些影片格式都是.avi。DviX 和 XviD 级影片质量不错，但不适合作为源素材使用，可作为个人影片的最终输出进行保存。

- RM 格式。RM 是 real media 的缩写，RM 格式是 Real Networks 公司开发的一种流式音频、视频压缩格式。其特点是适用于在线播放，可以实现一边播放一边传输，避免了用户必须等待整个文件从因特网上全部下载完毕后才能观看的缺点。RM 是目前的主流网络视频格式，主要用于在低速率的网上实时传输视频的压缩格式，因此，同样具有体积小而又比较清晰的特点。

real media 主要包含 Real Audio、Real Video 和 Real Flash 三部分，可根据网络数据传输速率的不同制定不同的压缩比率，从而实现在低速率的网络上进行影像数据实时传送和播放。其文件的大小完全取决于制作时选择的压缩率，这也是为什么有时我们会看到同样是 60 分钟的影像，有的只有 200MB，而有的却有 500MB 之多的原因。

- WMV 格式。WMV（windows video interleaved）是可以处理同步多媒体数据的文件格

式，支持在多种网络上的实时传输。如果希望将影片上传到因特网上，可选用此格式。另外，此格式能够在标准的 Windows 媒体播放器上播放。

■ 蓝光 DVD。蓝光 DVD（blue-ray）又称蓝光盘（blue-ray disc，BD），因利用波长较短（405nm）的蓝色激光读取或写入数据而得名，而传统的 DVD 需要光头发出红色激光（波长 650nm）来读取或写入数据。到目前为止，蓝光是最先进的大容量光碟格式，BD 激光技术的巨大进步，使得能够在一张普通的蓝光单碟中存储容量为 25GB 的文件，是普通 DVD 的 5 倍，当前的高清影片（1080p）或大型游戏都采取这种格式封装。在速度上，蓝光允许 1～2 倍或者每秒 4.5MB～9MB 的记录速度。蓝光双层的容量可达到 46GB 或 54GB，而容量为 100GB 或 200GB 的蓝光分别是 4 层或 8 层，将来还可能会出现更大容量的蓝光。

2．常见的音频文件格式

音频是影片的重要元素之一，音频文件有很多种格式，在影片编辑过程中，可以根据需要选择相应的音频格式文件。下面介绍几种常用的音频文件格式。

■ MIDI 音频格式。MIDI 又称为乐器数字接口，是数字音乐电子合成乐器的国际标准。它定义了计算机音乐程序、数字合成器及其他电子设备交换音乐信号的方式，规定了不同厂家的电子乐器与计算机连接的电缆和硬件及设备间的数据传输协议，可以模拟多种乐器的声音。

■ WAV 音频格式。WAV 格式是最经典的 Windows 多媒体音频文件格式，又称为波形声音文件，是最早的数字音频格式，受 Windows 平台及其应用程序的广泛支持。WAV 格式支持多种音频位数、采样频率和声道，采用 44.1kHz 的采样频率，16 位量化位数，因此，WAV 的音质与 CD 相差无几，但 WAV 格式对存储空间需求太大，因此不便于交流及传播。

■ MP3 音频格式。MP3 全称是 MPEG-1 audio layer 3，该音频格式能够以高音质、低采样的方式将音频文件在音质损失很小的情况下压缩到更小。目前网络中的音频文件大多数都为 MP3 格式。

■ MP4 音频格式。MP4 是 MPEG-4 part 14 的缩写，是一种音频压缩格式，压缩比达到了 1：15。经过 MP4 格式压缩后的音频文件体积比 MP3 更小，但音质却没有下降。另外，MP4 还增加了对完美再现立体声、多媒体控制和降噪等，它通过特殊的技术，实现数码版权保护，有效地保证了音乐版权的合法性。

■ WMA 音频格式。WMA 的全称为 Windows media audio，该音频格式在压缩比和音质方面均超过了 MP3 与 RA（real audio），即使在较低的采样频率下也能产生较好的音质。此外，WMA 音频格式可用于多种格式的编码文件，一些常见的 WMA 应用程序包括 Windows Media Player、Windows Media Encoder、RealPlayer 和 Winamp 等。

1.3 计算机环境优化设置

由于使用计算机进行视频编辑需要占用大量的磁盘空间，对系统的性能要求较高。因此，在使用会声会影 X3 捕获和编辑视频之前，需要先对计算机环境进行一些必要的设置，这将有助于视频编辑的正常进行，并提高编辑效率。

1.3.1 掌握视频编辑硬件的基本要求

在进行视频捕获和编辑时，要预留 20GB 以上的磁盘空间。此外，编辑视频需要大量的磁盘空间，例如，将一段 60 分钟的视频导入到计算机中大概要占用 13GB 的磁盘空间，如果要刻成 DVD 光盘，另外还需要大约 5GB 的暂存压缩文件的磁盘空间，因此，一段 60 分钟的 DV 至少需要 20GB 以上的磁盘空间。

图 1-1 磁盘分类

一般情况下，将 C 盘作为系统盘，另外用一个独立盘作为安装软件盘，例如，本机的 D 盘。再用一个独立盘放置捕获的视频，例如，本机的 E 盘，如图 1-1 所示。在此 E 盘（放置捕获视频的盘）最好要确保有 20GB 的空闲空间用于捕获视频后编辑视频。如果条件允许，尽量使用 CPU、内存和显卡都比较好的机器来进行视频编辑，这样可较好地避免捕获或编辑视频时出现丢帧或其他情况。

1.3.2 设置磁盘文件系统——实现无缝捕获

磁盘的分区格式也会影响捕获视频的操作。目前计算机磁盘所用的格式大多采用 NTFS 和 FAT32 两种分区格式。在使用 FAT32 分区文件系统的 Windows 操作系统中，每个视频的最大捕获文件大小为 4GB，超出 4GB 的捕获视频数据将自动保存到新的文件中；在使用 NTFS 分区文件系统的 Windows 操作系统中，对捕获文件大小没有任何限制。因此，在视频捕获过程中，如果要捕获超过 4GB 的视频内容，并且不想将文件进行分割时，就需将磁盘文件系统设置为 NTFS 分区格式。

那么，如何确定磁盘分区是哪一种分区格式呢？在"我的电脑"窗口中右击某个盘符，在弹出的快捷菜单中选择"属性"命令，弹出"属性"对话框，选择"常规"选项卡，即可看到"文件系统：NTFS"，如图 1-2 所示。

如果磁盘分区为 FAT32 分区格式，可按以下两种方法将 FAT32 磁盘文件系统转换为 NTFS 磁盘文件格式。

方法一：如果要进行分区格式转换的磁盘中没有任何文件，则可在"我的电脑"窗口中右击要转换的某个磁盘盘符，在弹出的快捷菜单中选择"格式化"命令，然后在弹出的"格式化"对话框的"文件系统"下拉列表框中选择 NTFS 选项，如图 1-3 所示。

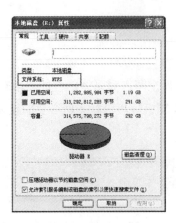

图 1-2　磁盘属性对话框　　　　　图 1-3　选择磁盘文件格式

方法二：如果要进行分区转换的磁盘中文件太多，则可通过命令提示符来进行转换。单击"开始"按钮，选择"运行"命令，在弹出的"运行"对话框中输入"convert f:/fs:ntfs/v"，如图 1-4 所示。单击"确定"按钮，则系统会自动进行转换，也可能会提示重新启动计算机时转换。如果读者对计算机操作不太熟悉，建议将文件转移后再按方法一中介绍的操作方法进行操作。

图 1-4　"运行"对话框

1.3.3　启动 DMA 设置——避免丢帧

在使用视频编辑软件进行视频采集与编辑的过程中，经常需要用磁盘存储数据。由于数据交换数量大，在视频捕获时容易发生丢帧的现象，因此，提高访问磁盘的速度和磁盘存取交换数据的速度是非常重要的。

启动磁盘的 DMA（直接内存访问）功能，能够不经过 CPU 而直接从系统主内存中传送数据，从而加快磁盘传输的速度，有效地避免视频捕获时可能发生的丢帧现象。具体操作方法如"范例实战 01"。

📽️范例实战 01　启动 DMA 设置

💿 视频文件　•随书光盘\视频文件\第 1 章\启动 DMA 设置.swf

步骤01 ▶ 在 Windows 桌面上右击"我的电脑"图标，在弹出的快捷菜单中选择"属性"命令，弹出"系统属性"对话框，选择"硬件"选项卡，然后单击"设备管理器"按钮，如图 1-5 所示。

步骤02 ▶ 在打开的"设备管理器"窗口中，单击"IDE ATA/ATAPI 控制器"选项前的"展开"按钮⊞，展开此选项，然后右击"次要 IDE 通道"或者"主要 IDE 通道"选项，在弹出的快捷菜单中选择"属性"命令，如图 1-6 所示。

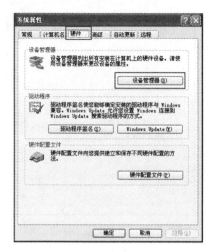

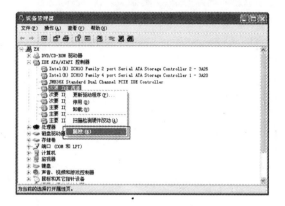

图 1-5 "系统属性"对话框　　　　　图 1-6 展开 "IDE ATA/ATAPI 控制器"选项

步骤03 弹出"次要 IDE 通道属性"对话框，选择"高级设置"选项卡，在"设备 0"和"设备 1"的"传送模式"下拉列表框中选择"DMA（若可用）"选项，如图 1-7 所示，单击"确定"按钮即可。

技 巧

在"我的电脑"窗口中的空白处右击，在弹出的快捷菜单中选择"属性"命令，也可以弹出"系统属性"对话框。

图 1-7 选择 "DMA（若可用）"选项

1.3.4 禁用磁盘的写入缓存——避免数据损坏

禁用磁盘上的写入缓存，可以避免因计算机断电或硬件故障导致的数据丢失或损坏。具体操作方法如"范例实战 02"。

范例实战 02 禁用磁盘写入缓存

视频文件 ·随书光盘\视频文件\第 1 章\禁用磁盘的写入缓存.swf

步骤01 在桌面上右击"我的电脑"图标，在弹出的快捷菜单中选择"属性"命令，弹出"系统属性"对话框。单击"设备管理器"按钮，打开"设备管理器"窗口，单击"磁盘驱动器"选项前的"展开"按钮⊞，展开"磁盘驱动器"选项，然后右击磁盘驱动器选项，在弹出的快捷菜单中选择"属性"命令，如图 1-8 所示。

步骤02 在弹出的磁盘属性对话框中选择"策略"选项卡，取消选择"启用磁盘上的写入缓存"复选框，如图 1-9 所示。单击"确定"按钮，即可在计算机停电或硬件出现故障时避免造成数据的遗失或损坏。

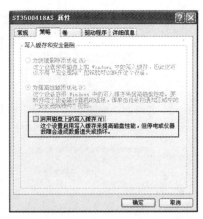

图 1-8　选择"属性"命令　　　　图 1-9　取消选择"启用磁盘上的写入缓存"复选框

1.3.5　设置虚拟内存——提高视频编辑性能

作为物理内存的"后备力量"——虚拟内存的作用与物理内存相似，但它只有在物理内存不够用的情况下，才能起作用。通常情况下，程序为了提供比实际内存还要多的内存容量以供用户使用，Windows 系统会指定磁盘上的一部分空间作为虚拟内存，当 CPU 有要求时，首先会读取物理内存中的资料，当物理内存容量不够用时，Windows 系统就会将需要暂时存储的数据写入磁盘。因此，合理地自定义虚拟内存的大小会取得比 Windows 系统自动设置更好的效果。在 Windows 系统中设置虚拟内存的具体操作方法如"范例实战 03"。

范例实战 03　设置虚拟内存

视频文件 ·随书光盘\视频文件\第 1 章\设置虚拟内存.swf

步骤01 在 Windows 桌面上右击"我的电脑"图标，在弹出的快捷菜单中选择"属性"命令，弹出"系统属性"对话框。选择"高级"选项卡，单击"性能"选项组中的"设置"按钮，如图 1-10 所示。

步骤02 在弹出的"性能选项"对话框中选择"高级"选项卡，在"虚拟内存"选项组中可以看到 Windows 系统自动设置的虚拟内存大小，单击"更改"按钮，如图 1-11 所示。

步骤03 在弹出的"虚拟内存"对话框中可以看到页面文件被安装在系统盘下，这也是系统默认的状态，一般 C 盘是系统盘。选择 C 盘，默认情况下，"系统管理的大小"单选按钮为选中状态。如果 C 盘空间足够大，可直接选择"自定义大小"单选按钮，然后在"初始大小"和"最大值"文本框中输入需要的数值，如果物理内

图 1-10　"系统属性"对话框

存大小为512MB，则可设置双倍的大小1 024MB。例如，本机的物理内存为2GB，则设置"初始大小"为4 092，"最大值"为8 184，如图1-12所示。

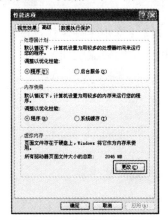 

图1-11 "高级"选项卡　　　　　　　　图1-12 设置虚拟内存值

提示： 计算机的内存大小等于实际物理内存容量加上分布文件大小。分布文件也就是虚拟内存。

步骤04 如果C盘空间不够大，可以选择在其他空间够大、比较固定的、不经常写入和删除文件的磁盘中设置虚拟内存。例如，这里选择F盘，选择"自定义大小"单选按钮，然后在"初始大小"和"最大值"文本框中输入需要的数值，单击"设置"按钮，以便在此磁盘中生成页面文件，如图1-13所示。

步骤05 选中C盘，选择"无分页文件"单选按钮，再单击"设置"按钮，以删除C盘中的页面文件，如图1-14所示。依次单击"确定"按钮，然后重新启动计算机，即可完成虚拟内存的设置。

 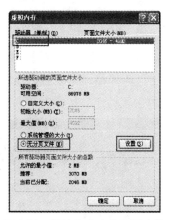

图1-13 在其他磁盘分区中设置虚拟内存　　　图1-14 删除C盘中的页面文件

高手点津：**虚拟内存的设置原则**

虚拟内存一般设置为物理内存的1.5~3倍，但最大值不能超过当前硬盘的剩余空间值。

1.3.6 整理磁盘碎片——获得更多的磁盘空间

在使用计算机编辑视频的过程中，经常会对磁盘进行读写或删除等操作，因而容易在磁盘中产生大量的磁盘碎片，造成系统运行速度减慢，并占用大量的磁盘空间，此时，用户可以对磁盘碎片进行整理，以保证系统的正常运行。具体操作方法如"范例实战 04"。

范例实战 04　整理磁盘碎片

视频文件 · 随书光盘\视频文件\第 1 章\整理磁盘碎片.swf

步骤01 单击"开始"按钮，选择"所有程序"|"附件"|"系统工具"|"磁盘碎片整理程序"命令，打开"磁盘碎片整理程序"窗口，在其中选择需要进行碎片整理的磁盘，如图 1-15 所示。

步骤02 单击"分析"按钮，系统将自动对所选磁盘进行分析，之后，将弹出分析报告对话框，提示用户进行碎片整理，如图 1-16 所示。

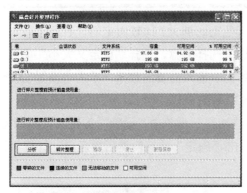

图 1-15　"磁盘碎片整理程序"窗口

图 1-16　提示用户进行碎片整理

步骤03 单击"碎片整理"按钮，系统开始对磁盘进行整理，并显示整理进度，如图 1-17 所示。

步骤04 磁盘碎片整理完成后，将弹出如图 1-18 所示的对话框，提示已完成磁盘碎片整理，单击"关闭"按钮即可。

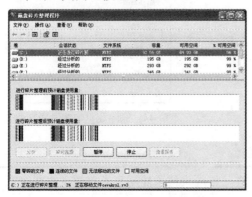

图 1-17　显示碎片整理进度

图 1-18　提示已完成磁盘碎片整理

Chapter 02 见面伊始
——会声会影 X3 简介及安装

　　会声会影 X3 是 Corel 公司推出的一款面向非专业用户的非线性视频编辑软件。其具有简单易用、操作快捷方便等特点，同时内置了多种滤镜、转场特效和音频，以及视频工具，因而深受广大用户的喜爱，成为大多数 DV 用户首选的视频编辑软件。

　　随着会声会影功能的日益完善，在数码领域、相册制作和商业领域的应用越来越广泛，深受广大数码摄影者、视频编辑者的青睐。本章将重点介绍会声会影 X3 的新增功能及安装方法。

本章知识要点：

◆　认识会声会影 X3

◆　安装会声会影 X3

◆　卸载会声会影 X3

2.1 认识会声会影 X3

对于希望快速编辑出高品质影片的用户来说，Corel 公司推出的会声会影 X3 无疑是一个不错的选择。会声会影 X3 拥有强劲的速度和效能处理能力，让用户享受无比顺畅的编辑过程，从影片的采集到高画质视频编辑和光盘制作，会声会影 X3 均提供了全方位的 HD 支持。其专业级的字幕和影片剪辑特效，强大的配乐大师功能，以及精彩的范本内容，不管是编辑家庭影片，还是专业用途，都能够节省大量的影片后期制作时间，创造出令人惊艳的效果。

2.1.1 会声会影的功能与特色

会声会影提供了从捕获、编辑到分享的一系列功能。捕获功能可以将数码摄像机、数码照相机或手机拍摄的素材输入到计算机中。编辑功能可以对素材进行分割、修剪和颜色校正等操作，或者加入字幕、转场等元素修饰影片。分享功能不但可以将制作完成的影片输出为视频文件并在计算机中播放，也可以直接记录到光盘中供全家分享，还可以上传到网络上以展示自己的视频作品。

会声会影最大的特色是操作简单，效果丰富。会声会影提供了友好的用户界面和简单的操作流程，只要用户熟悉计算机的基本操作，经过短时间的练习就可以制作出自己的作品。会声会影提供了大量的视频、图像、音频、转场和标题等素材，还提供了电子相册和影片的模板，利用这些专业的素材和模板，用户可以轻松地制作出高级别的视频作品。

2.1.2 会声会影 X3 的新增及增强功能

与前几个版本相比，会声会影 X3 主要在以下几个方面进行了更新和增强。

1. 效能升级

会声会影 X3 强化的工作流程及效能提升，缩短了视频编辑与 DVD 创建的时间，使整个影片制作效率得到大幅提升，加快了工作速度。

- 启动程序加速。通过全新的启动程序界面，会声会影 X3 能让用户更快速地上手，例如，用户可以根据需要方便地进入快速编辑模式、影片高级编辑模式、DV 转 DVD 直接刻录，或直接进入 DVD Movie Factory 2010，轻松制作与刻录 DVD 及 Blue-ray Disc。
- GPU 与 CPU 硬件加速。会声会影 X3 支持 NVIDIA CUDA 的 GPU 硬件加速功能及最新 Intel Core i7 微处理器，让影片编辑转档更加顺畅。
- 全新的 Video Studio Express。全新的快速编辑模式可以让用户轻松套用专业范本，配上标题字幕、转场特效和背景音乐，立即制作出专业级的影片项目。
- 全新的滤镜特效。通过实时的预览特效，可加快影片编辑流程，节省等待时间，让用户全情投入到创作天地中。

- 智能型代理编辑。创新的智能型代理编辑功能可以使 HD 高画质影片剪辑过程更快速，即使是 AVCHD 影片在一般等级的计算机上也能轻松剪辑。

2. 专业质量的模板与特效

- 丰富的影片范本。会声会影 X3 提供了丰富的影片模板，包括来自 RevoStock 的专业 HD 模板。在影视编辑过程中，套用专业级的 RevoStock 快速影片范本，加入至时间轴并快速地替换成自己的相片及影片，几分钟内即可创造出高水准的个人 MV 及家庭影片。
- 全新的 New Blue 视频滤镜模组。全新的 New Blue 酷炫视频滤镜可以轻松制作出柔焦、强化细节与 Web 2.0 质感效果。除了套用预设特效外，会声会影 X3 还提供滤镜效果变化参数，让用户调整出自己喜欢的滤镜特效。
- 新增的自动素描滤镜。为相片及影片加入素描动画滤镜，全自动描绘轮廓线条，让用户不用笔刷就能轻松制作出动画素描效果，创造全新的视觉感受。
- 强大的 New Blue 翻转滤镜。用户可以对画面套用镜面反射、翻转等滤镜效果，并自由调整画面大小、边框色彩与翻转角度等设定，完成个人独特风貌。
- 更丰富的影片编辑素材，专业范本内容随时下载。用户只需单击会声会影 X3 界面中的"取得更多信息"按钮，即可随时下载由 Corel 公司提供的编辑素材内容，包括 Revostock 项目模板、标题样式、背景音乐和特效，为影视编辑创作提供源源不断的创意素材。

3. 全方位的 HD 影片制作

- 神奇的影片小画家。可配合绘图板在相片或影片上描绘，自动录制成动态笔触影片文件，也可加入手绘签名和涂鸦动画绘图效果，展现独一无二的手绘涂鸦风格。
- 独家双轨标题字幕。想替影片加入幽默风趣的 Kuso 字幕吗？独家双轨标题字幕，让搞笑不再孤单，并可轻松完成卡拉 OK 动态字幕，通过文字动画的设定，将歌词文件汇入会声会影 X3，还可轻松制作出卡拉 OK 字幕变色效果。
- 全新的 3 轨音乐轨混音。使用混音搭配特效制作个人化音效，每个音轨都能进行声音剪接，音量调整，以及套用滤镜效果，利用内置的"混音器"功能，还能模拟出 5.1 声道环绕音效。
- 配乐大师再升级。提供 Smart Sound 的高品质免费合法音乐，选择喜欢类型，搭配不同节奏，即可创造出千变万化种类的背景音乐，并可瞬间完成符合影片长度的配乐。
- 新增 H.264 编码压缩。通过建立 H.264 编码的 HD MPEG-4 文件，使用较小文件也可获得超凡的 HD 质量。无论是低功率的手机还是高功率的蓝光装置，都可以使用这项功能更轻松地分享影片。
- 领先的 BD-J 弹跳式快显菜单制作。将 HD 影片剪辑制作并刻录成蓝光光碟（Blu-ray Disc），并包含 BD-J 选单蓝光光碟，让用户在观赏影片时，可随时显示章节缩略图菜单，而影片播放不中断。

4. 多元化的影片分享

- 支持 HD 高画质影片网络分享。用户只需单击几下按钮，即可将剪辑制作完成的家庭和个人影片，保留最佳 HD 影片画质，直接上传至 YouTube、Vimeo 和 Facebook 与亲朋好友分享。

■ 各种格式灵活选择。用户可以将自己的电影存储为 AVI、FLV、MP3、AC3 5.1、AVCHD、HD MPEG-2 和 MPEG-4 等多种文件格式。

■ 复制、转换及刻录随心所欲。用户可以复制影片到自己所选择的装置上，包括 iPod、iPhone、MP3 播放器（USB）及 PlayStation Portable（PSP），刻录成 CD、DVD、蓝光光盘及 AVCHD 光盘。甚至可以将 HD 影片刻录为标准 DVD 媒体，然后在 DVD 或蓝光播放器上播放。

2.1.3 会声会影 X3 支持的输入/输出设备

在使用会声会影 X3 进行影片编辑时，常常需要从多种不同的设备获取视频、声音及图片等素材，并输出完成影片的制作。归纳起来，会声会影 X3 支持的输入/输出设备包括以下一些类型。

■ 全面支持各种类型的摄像机。会声会影 X3 全面支持模拟摄像机、DV/HDV 摄像机、光盘摄像机和硬盘摄像机，如图 2-1 所示。其中，模拟摄像机需要通过采集卡捕获视频；DV/HDV 摄像机通过 IEEE 1394 卡传输视频；光盘摄像机通过计算机的光盘驱动器传输视频；硬盘摄像机通过 USB 线传输视频。

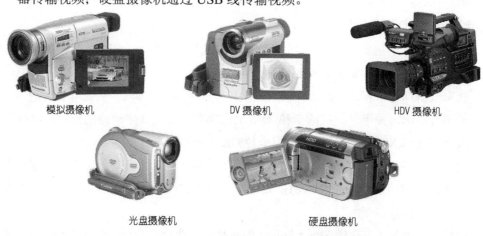

模拟摄像机　　　　　　　　DV 摄像机　　　　　　　　HDV 摄像机

光盘摄像机　　　　　　　　硬盘摄像机

图 2-1　会声会影 X3 全面支持各种类型的摄像机

■ 支持通过 IEEE 1394 卡或者模拟捕获卡采集视频，如图 2-2 所示。

IEEE1394 采集卡　　　　　　带模拟捕获的多功能采集卡

图 2-2　会声会影 X3 支持通过 IEEE 1394 卡或者模拟捕获卡采集视频

■ 支持摄像头等 USB 捕捉设备，以及模拟或数字电视设备，如图 2-3 所示。

USB 捕捉设备　　　　　　　　模拟或数字电视

图 2-3　支持 USB 摄像头以及模拟和数字电视设备

■　全面支持各种光驱和刻录设备。会声会影 X3 同时支持 Windows 兼容的 Blu-ray（蓝光）光驱/刻录机、HD DVD、普通 DVD R/RW 刻录机、DVD+R/RW、DVD-RAM 和 CD-R/RW 驱动器，如图 2-4 所示。

普通 DVD R/RW 刻录机　　　　外置刻录机　　　　　Blu-ray（蓝光）光驱/刻录机

图 2-4　全面支持各种光驱和刻录设备

■　全面支持各种移动视频设备。会声会影 X3 还能全面支持具有视频功能的 Apple iPod、SONY PSP、Pocket PC、智能手机、Nokia 移动电话和 Microsoft Zune 等视频设备，如图 2-5 所示。

SONY PSP　　　　　　Apple ipod　　　　　Nokia 移动电话

图 2-5　全面支持各种移动视频设备

2.2　安装会声会影 X3

　　会声会影的版本很多，并且面向全球发行，使用的语言也有多种，因此，在使用前用户需要对其进行正确的设置。

2.2.1　安装会声会影 X3 的系统要求

　　视频编辑需要较多的系统资源，在针对视频编辑配置计算机系统时，要考虑的主要因素是硬盘的大小和速度、内存以及 CPU 性能。这些因素决定了保存视频的容量、处理和渲染文件的速度。如果用户有能力购买较大容量的硬盘、更多的内存和更快的 CPU，应尽量配置得高档一些。下面介绍使用会声会影 X3 编辑影片的最低系统需求和高清影片编辑的系统需求。

1．硬件环境

■ 基本硬件配置。要使会声会影 X3 能够正常使用，需要系统达到软件安装的基本配置。其基本硬件配置如表 2-1 所示。

表 2-1　会声会影 X3 安装的基本硬件配置表

硬 件 名 称	基 本 配 置
CPU	Intel Core Duo 1.83GHz 或 AMD Dual Core 2.0GHz
内存	1GB
显卡	128MB 显存
显示器	至少支持 1 024×768 像素的显示分辨率，24 位真彩显示
声卡	Windows 兼容的声卡
光驱	Windows 兼容的 DVD-ROM

■ 推荐硬件配置。表 2-2 列出了会声会影 X3 安装的推荐硬件配置。

表 2-2　会声会影 X3 安装的推荐硬件配置表

硬 件 名 称	基 本 配 置
CPU	Intel Core2 Duo 2.4GHz 或 AMD Dual Core 2.4GHz
内存	2GB 或更高
显卡	512MB 或 1GB 以上的显存
声卡	多声道声卡，以便支持环绕音效
光驱	DVD 刻录光驱或 Blu-ray 刻录光驱
硬盘	台式计算机 SATA 7200 转，笔记本式计算机 SATA 5400 转

提示：　　捕获 1 小时 DV 视频大约需要 13GB 的硬盘空间，用于制作 VCD 的 MPEG-1 影片 1 小时大约需要 600MB 硬盘空间，用于制作 DVD 的 MPEG-2 影片 1 小时大约需要 4.7GB 硬盘空间。

2．软件环境

会声会影 X3 支持 Windows 7（32 位或 64 位）、Windows Vista SP1 和 SP2（32 位或 64 位）或 Windows SP3 操作系统。在安装会声会影 X3 的同时要一并安装以下程序：

■ Microsoft .NET Framework 3.5 SP1。

■ DirectX 2007。

■ Microsoft Visual C++ 2005。

■ Microsoft Visual C++ 2008。

■ SmartSound。

■ Adobe Flash Player。

■ Apple QuickTime。

高手点津：会声会影 X3 安装的注意事项

会声会影 X3 在安装过程中需要下载并安装 Microsoft .NET Framework 3.5 SP1 组件包，在线下载过程中可能会由于无法连接服务器而导致安装中断。因此，建议在安装会声会影 X3 之前，先从 http://www.microsoft.com/downloads/details.aspx?displaylang=zh-cn&FamilyID=d0e5dea7-ac26-4ad7-b68c-fe5076bba986 网站上下载该组件的完整安装包，安装好该组件后，再安装会声会影 X3。

2.2.2　会声会影 X3 的安装过程

在确定计算机的配置可以安装会声会影 X3 后，接下来就可以进行软件的安装了。具体操作方法如"范例实战 05"。

范例实战 05　安装会声会影 X3

视频文件 ·随书光盘\视频文件\第 2 章\安装会声会影 X3.swf

步骤01 打开会声会影 X3 安装程序所在的文件夹，找到 EXE 格式的安装文件并右击，在弹出的快捷菜单中选择"打开"命令，如图 2-6 所示。

步骤02 在弹出的"提取位置"对话框中显示了提取位置，单击"继续"按钮，如图 2-7 所示。

图 2-6　选择"打开"命令

图 2-7　"提取位置"对话框

步骤03 在弹出的对话框中，显示数据处理进度，如图 2-8 所示。

步骤04 数据处理完毕，将弹出如图 2-9 所示的对话框，显示安装准备进度。

图 2-8　显示数据处理进度

图 2-9　显示安装准备进度

步骤05 安装准备完毕后，将弹出"请认真阅读以下许可协议"对话框，仔细阅读许可条款后，选择"我接受许可协议中的条款"复选框，如图 2-10 所示。

步骤06 单击"下一步"按钮，在弹出的"设置"对话框中选择语言，如图 2-11 所示。

图 2-10 "许可协议"对话框

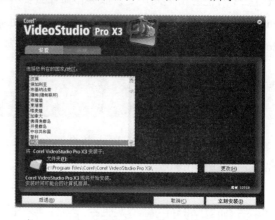

图 2-11 选择语言

步骤07 单击"更改"按钮，在弹出的"浏览文件夹"对话框中选择会声会影 X3 的安装位置，如图 2-12 所示。

步骤08 设置完毕后，单击"确定"按钮，返回"设置"对话框，单击"立刻安装"按钮，即可开始安装会声会影 X3，并显示安装进度，如图 2-13 所示。

图 2-12 设置软件安装的位置

图 2-13 显示软件安装进度

步骤09 软件安装完成后，将弹出"安装向导成功完成"对话框，单击"完成"按钮，即可完成软件的安装操作，如图 2-14 所示。

提示：　　在安装会声会影 X3 之前，需要确认计算机是否装有低版本的会声会影程序，如果安装了低版本的会声会影，需要先将其卸载后再安装新的版本。

图 2-14 安装完成提示对话框

2.3　卸载会声会影 X3

在系统中安装会声会影 X3 后，在使用过程中难免会由于某些原因导致程序无法正常工作。此时，最好的办法就是将会声会影 X3 程序卸载，然后再重新安装。卸载的具体操作方法如"范例实战 06"。

 范例实战 06　卸载会声会影 X3

视频文件 ・随书光盘\视频文件\第 2 章\卸载会声会影 X3.swf

步骤01 单击"开始"按钮，选择"控制面板"命令，打开"控制面板"窗口，单击"添加/删除程序"链接，如图 2-15 所示。

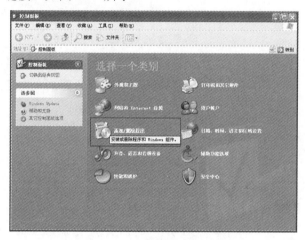

图 2-15　"控制面板"窗口

步骤02 打开"添加或删除程序"窗口，在"当前安装的程序"列表框中选择 Corel VideoStudio Pro X3 选项，然后单击"更改/删除"按钮，如图 2-16 所示。

步骤03 在弹出的对话框中单击"删除"按钮，如图 2-17 所示。再按照相应的说明进行操作，即可将会声会影 X3 从计算机中卸载。

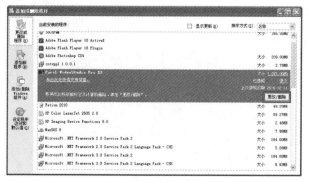

图 2-16　"添加或删除程序"窗口　　　图 2-17　确认是否完全删除会声会影 X3 及其所有功能

Chapter 03　新手启程
——会声会影 X3 初级入门

　　会声会影系列软件最大的特色就是操作简单，直观性强，以其友好、简单、易学易用的操作界面而广受视频编辑爱好者的喜欢。本章将重点介绍会声会影 X3 的一些基础操作。

本章知识要点：

◆　启动和退出会声会影 X3

◆　认识会声会影 X3 界面

◆　会声会影 X3 参数设置

◆　影片项目的基本操作

3.1 启动和退出会声会影 X3

为了快速掌握会声会影 X3 的使用，需要熟悉一些基本操作。本节主要介绍会声会影 X3 的启动及退出的基本操作。

3.1.1 启动会声会影 X3

在系统中安装完会声会影 X3 之后，便可启动该软件进行影片编辑了。其启动方法与其他程序的启动方法基本相同，具体操作方法如"范例实战 07"。

范例实战 07　启动会声会影 X3

视频文件 • 随书光盘\视频文件\第 3 章\启动会声会影 X3.swf

步骤01 单击"开始"按钮，选择"所有程序"|Corel VideoStudio Pro X3|Corel VideoStudio Pro X3 命令，运行会声会影 X3。在默认设置下，会声会影 X3 在启动后，首先显示如图 3-1 所示的启动界面。

步骤02 单击"高级编辑"按钮，即可进入会声会影 X3 编辑器窗口，如图 3-2 所示。

图 3-1　会声会影 X3 启动界面

图 3-2　会声会影 X3 编辑器窗口

技巧

一般情况下，会声会影 X3 安装完成后，系统会自动在桌面创建一个快捷方式图标，双击会声会影 X3 的快捷方式图标，或者在快捷方式图标上右击，在弹出的快捷菜单中选择"打开"命令，可以快捷启动会声会影 X3。

3.1.2 退出会声会影 X3

当用户完成在会声会影 X3 中的操作后，即可退出该软件。其具体操作方法如"范例实战 08"。

视频文件 •随书光盘\视频文件\第 3 章\退出会声会影 X3.swf

步骤01 ▶ 在会声会影 X3 编辑器窗口中选择"文件"｜"退出"命令，如图 3-3 所示。

图 3-3　选择"退出"命令

步骤02 ▶ 执行命令后，即可退出会声会影 X3 应用程序。

技 巧

在会声会影 X3 编辑器中单击窗口右上角的"关闭"按钮，或者按【Alt+F4】组合键，均可快速退出会声会影 X3。

3.2　认识会声会影 X3 界面

会声会影 X3 的界面可以分为启动界面和工作界面。当启动会声会影 X3 时，系统将首先进入启动界面，然后再根据用户不同的选择进入不同的工作界面。

3.2.1　启动界面

在默认设置下，启动会声会影 X3 首先显示的是启动界面，该界面也称为"Corel 会声会影 Pro 启动程序"，其中包括了 4 个按钮，分别用于进入不同的视频编辑模式，如图 3-4 所示。其中，各个按钮的作用说明如下：

1. 高级编辑

在启动界面中单击"高级编辑"按钮，将进入会声会影 X3 的高级编辑器界面。在会声会影 X3

图 3-4　会声会影 X3 的启动界面

高级编辑器中提供了用于制作具有专业外观的视频项目的全套工具。用户可以捕获和导入媒体素材，进行高级视频编辑，以及在 DVD 或 BD 上分享最终作品，还可以将完成的视频项目上载到 YouTube 或 Vimeo 中与大家共享。该编辑模式适合中、高级用户使用，通过在高级编辑器中编辑视频，能够让用户体验全方位的影片剪辑乐趣。

2. 简易编辑

在启动界面中单击"简易编辑"按钮，将进入会声电影 X3 简易编辑操作界面，如图 3-5 所示。该编辑模式是视频编辑初学者理想的工具，它可以引导用户通过 3 个简单的步骤快速完成影片制作过程。

3. DV 转 DVD 向导

在启动界面中单击"DV 转 DVD 向导"按钮，即可进入"DV 转 DVD 向导"操作界面，如图 3-6 所示。在该编辑模式下，可以让用户捕获视频，添加主题模板，并将完成的作品直接刻录到 DVD。该视频编辑模式提供了将用户的视频传送到 DVD 的一种快速而直接的方式。

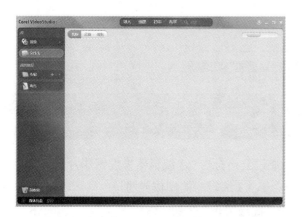
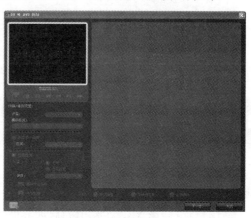

图 3-5　会声会影 X3 "简易编辑" 操作界面　　　图 3-6　会声电影 X3 "DV 转 DVD 向导" 操作界面

4. 刻录

在启动界面中单击"刻录"按钮，将进入"刻录"操作界面，如图 3-7 所示。在该操作界面中提供了高级光盘编辑和刻录功能，用户可以按照应用程序窗口上方显示的"导入"、"创建"、"复制"、"打印"和"共享"5 组任务所对应的步骤，快速制作出更具个人特色的 DVD、BD 或 AVCHD 光盘。

图 3-7　会声会影 X3 "刻录" 操作界面

此外，在启动界面的右下角还包括两个复选框：

■ 选择"宽银幕（16:9）"复选框，可以将项目设置为 16:9 的宽银幕格式，正确地捕获、编辑和输出宽银幕（16:9）影片；如果不选择该复选框，系统将以默认的 4:3 屏幕来输出影片。

■ 选择"不再显示此启动屏幕"复选框，则在启动会声会影 X3 时，会直接进入会声会影 X3 编辑器，而不再显示启动界面。

高手点津：恢复显示启动界面

当选择"不再显示此启动屏幕"复选框后，不再显示启动界面。如果用户希望再次在启动会声会影 X3 时使用启动界面，可以在会声会影 X3 编辑器界面中选择"设置"|"参数选择"命令，在弹出的对话框中选择"显示启动画面"复选框，如图 3-8 所示。

图 3-8 选择"显示启动画面"复选框

3.2.2 工作界面

一般情况下，普通用户在制作影片时主要是通过会声会影 X3 编辑器来编辑影片的。因此，通常情况下，会声会影 X3 的工作界面是指会声会影 X3 编辑器的操作界面。

启动会声会影 X3，在弹出的启动界面中单击"高级编辑"按钮，即可进入会声会影 X3"高级编辑器"操作界面，如图 3-9 所示。

图 3-9 会声会影 X3"高级编辑器"界面

在会声会影 X3"高级编辑器"窗口中，提供了编辑影片的分步工作流程，从而使影片的制作变得更加简单、轻松。该窗口中各组成部分的作用如下：

1．菜单栏

会声会影 X3 的菜单栏位于标题栏的下方，共包括"文件"、"编辑"、"工具"和"设置" 4 个菜单，分别包括了会声会影 X3 中的一些常用命令，主要用于项目参数的设置、打开和输入影片等操作。

- ■ "文件"菜单。该菜单中包含了新建项目、打开项目和保存等命令，如图 3-10 所示。通过该菜单可以进行创建项目、打开和保存项目、将媒体文件插入到程序中，以及退出程序等操作。

- ■ "编辑"菜单。该菜单中包含了撤销、重复、复制、粘贴和删除等各种编辑操作的常用命令，如图 3-11 所示。有些命令右侧给出了该命令的快捷键，操作熟练后使用快捷键可以提高编辑的效率。

图 3-10 "文件"菜单

图 3-11 "编辑"菜单

- ■ "工具"菜单。该菜单中包括了 VideoStudio Express 2010、DV 转 DVD 向导、DVD Factory Pro 2010 和绘图创建器 4 个对视频进行多样编辑的相关命令，如图 3-12 所示。例如，选择"DV 转 DVD 向导"命令，可直接刻录、简易编辑和创建光盘等。

- ■ "设置"菜单。该菜单中可以对各种管理器进行操作，如素材库管理器、制作影片模板管理器、轨道管理器和章节点管理器等，如图 3-13 所示。

图 3-12 "工具"菜单

图 3-13 "设置"菜单

2．步骤面板

会声会影 X3 的步骤面板将影片创建过程简化为 3 个简单的步骤，即 3 个不同的选项卡，如图 3-14 所示。选择各个选项卡，即可在不同的步骤之间进行切换，同时，其工作界面也会随之发生相应的变化，以便进行不同的操作。

图 3-14　步骤面板

步骤面板中各选项卡的功能说明如表 3-1 所示。

表 3-1　步骤面板中各选项卡功能说明

选项卡名称	作　　用
捕获	在"捕获"选项卡中，可以捕获视频和静态图像，并可以将视频源中的影片素材捕获到计算机中。另外，可以将录像带中的镜头捕获成单独的文件，也可以自动分割成多个文件
编辑	"编辑"选项卡及项目时间轴是会声会影的核心内容，其主要作用是排列、剪辑和修整视频素材。而且，在该选项卡中可以在视频素材中添加滤镜及各种转场效果
分享	在影片编辑完成后，可在"分享"选项卡中创建视频文件或者将影片输出到磁带、DVD 光盘或 CD 光盘上，还可以上传到网络上与朋友共享

3．预览窗口

预览窗口位于操作界面的左上角，可以显示当前的项目、素材、视频滤镜、效果和标题等，以便用户了解当前素材的内容，如图 3-15 所示。

4．导览面板

导览面板位于预览窗口的下方，主要用于预览和编辑项目使用的素材，如图 3-16 所示。使用导览控件可以播放预览所选的项目或素材。使用"修整标记"和"飞梭栏"工具可以编辑素材。如果将

图 3-15　预览窗口

鼠标指针移动至各按钮或对象上稍停片刻，会弹出提示窗口显示该按钮或对象的名称。表 3-2 列出了各播放控件按钮和功能按钮的名称及功能。

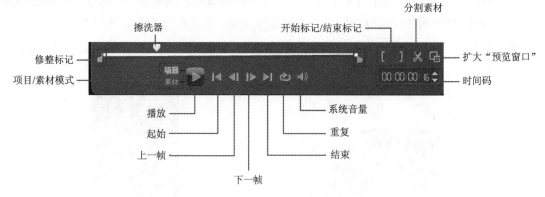

图 3-16　导览面板

表 3-2　各播放控件按钮和功能按钮的名称及功能一览表

按　　钮	名　　称	功　　能
◢、◣	修整标记	可以拖动设置项目的预览范围或修整素材
▽	擦洗器	单击并拖动该控件，可以浏览素材
[/]	开始标记/结束标记	用于在项目中设置预览范围，或标记素材修整的开始和结束点

续表

按　钮	名　　称	功　　能
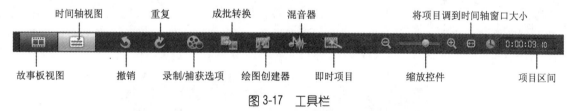	分割素材	用于分割所选素材。将擦洗器置于要分割素材的位置，然后单击此按钮即可
	扩大"预览窗口"	单击此按钮，可以增大"预览窗口"的大小。扩大预览窗口时，只能预览，不能编辑素材
	项目/素材模式	用于指定预览整个项目或只预览所选素材。"项目"指的是可预览到所有轨道中的视频、图像、声音和音乐等。"素材"指的是只预览所选素材的效果
	播放	单击该按钮，可以播放项目、视频或音频素材。按住【Shift】键的同时单击该按钮，可以只播放在修整栏上选取的区间（开始标记和结束标记之间）。在播放素材时，单击该按钮可以暂停播放，再次单击即可恢复播放
	起始	单击此按钮，可以返回到项目、素材或所选区域的起始点
	上一帧	单击此按钮，可以移动到项目、素材或所选区域当前点的上一帧
	下一帧	单击此按钮，可以移动到项目、素材或所选区域当前点的下一帧
	结束	单击此按钮，可以移动到项目、素材或所选区域的结束点
	重复	单击此按钮，可以连续播放项目、素材或所选区域
	系统音量	单击此按钮，可以通过拖动滑动条调整素材的音频输出或音乐的音量，以及计算机扬声器的音量
	时间码	通过指定确切的时间码，可以直接跳到项目或所选素材的特定位置

5. 工具栏

会声会影 X3 的工具栏位于项目时间轴的上方，如图 3-17 所示。利用工具栏中的各功能按钮能够方便地控制时间轴上的素材显示比例、添加素材、撤销或重复操作，以及进行一些相关的属性设置。表 3-3 中列出了工具栏中各按钮的名称及功能。

图 3-17　工具栏

表 3-3　工具栏中各按钮名称及功能一览表

按　钮	名　　称	功　　能
	故事板视图	单击此按钮，可切换到故事板视图模式，以图像缩略图的方式显示时间轴中的影片素材
	时间轴视图	单击此按钮，可切换到时间轴视图模式。在时间轴视图模式下，可以准确地显示出事件发生的时间和位置，还可以粗略浏览不同媒体素材的内容
	撤销	单击此按钮，可以撤销上一个操作
	重复	单击此按钮，可以重复上次撤销的操作
	录制/捕获选项	单击此按钮，可以打开"录制/捕获选项"面板，可在同一位置执行捕获视频、导入文件、录制画外音和抓拍快照等所有操作
	成批转换	单击此按钮，可以将多个视频文件从一种视频格式转换为另一种视频格式

续表

按　钮	名　称	功　能
	绘图创建器	单击此按钮，可以打开"绘图创建器"面板，在其中可以使用不同的笔刷和颜色绘制图像并录制绘图过程，然后将绘制的图像动画旋转在覆叠轨，使影片产生更多独特、有趣的效果
	混音器	单击此按钮，可以启动"环绕混音"和多音轨的"音频时间轴"，自定义音频设置
	即时项目	单击此按钮，可插入"项目时间轴"的一种样本项目，为项目快速选择菜单样式模板。通过使用"替换素材"功能，样本项目还可用做视频项目的一个模板
	缩放控件	通过拖动缩放滑块或单击"缩小" 、"放大" 按钮可使时间轴中的素材放大或缩小显示
	将项目调到时间轴窗口大小	单击此按钮，可以使当前项目中的所有素材以适合窗口大小的比例显示
0:00:10:01	项目区间	用于显示项目区间

6．项目时间轴

项目时间轴是整个项目编辑的关键窗口，主要用于显示项目中包括的所有素材、标题和效果。在项目时间轴上，可以组合影片项目。在项目时间轴中有两种视图显示模式：故事板视图和时间轴视图。在工具栏中单击左侧的"故事板视图"按钮 和 "时间轴视图"按钮 ，可以在两种不同的视图模式之间进行切换。

（1）故事板视图

故事板视图是一种只显示视频缩略图的视图方式。该视图是将素材添加到影片中最快捷的方法，同时也是整理项目中的照片和视频素材最快和最简单的方法。

在工具栏中单击左侧的"故事板视图"按钮 ，即可切换至故事板视图。在该视图中，每个缩略图都代表影片中的一个事件，即视频素材、转场或静态图像。缩略图按项目中事件发生的时间顺序依次出现，但对素材本身并不详细说明，只在缩略图下方显示当前素材的区间，如图 3-18 所示。

图 3-18　故事板视图

在故事板视图中，可以插入新的素材，可以通过拖动的方式调整素材的排列顺序，或者在素材间插入转场效果。选择故事板中的一个素材，可以在预览窗口中进行修整。

（2）时间轴视图

在工具栏中单击左侧的"时间轴视图"按钮 ，即可切换至时间轴视图。该视图为影片项目中的素材提供最全面的显示。它按视频、覆叠、标题、声音和音乐将项目分成不同的轨道，如图 3-19 所示。

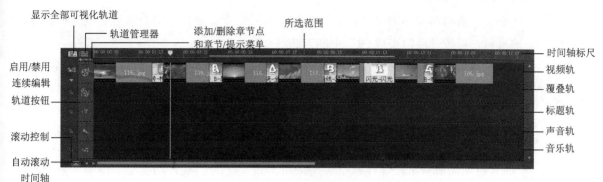

图 3-19　时间轴视图

下面，介绍时间轴视图中各组成部分的名称及相关功能。

- 显示全部可视化轨道：单击此按钮，可显示项目中的所有轨道。
- 轨道管理器：单击此按钮，可在弹出的"轨道管理器"对话框中添加或取消可见的轨道。
- 所选范围：显示表示素材或项目的修整或所选部分。
- 添加/删除章节点和章节/提示菜单：单击此按钮，可以在影片中设置章节或提示点。
- 启用/禁用连续编辑：如果启用，则可以单击轨道前面的按钮将轨道连续在一起，这样其中一个轨道对素材做了调整，不会影响到其他连续在一起的轨道的相对位置，避免错位。
- 轨道按钮：单击这些按钮，可以在不同的轨道之间切换。
- 自动滚动时间轴：当预览的素材超出当前视图时，单击此按钮可以启用或禁用"项目时间轴"的滚动。
- 滚动控制：使用"向前滚动"或"向后滚动"按钮，或拖动滚动条，可以在项目中移动。
- 时间轴标尺：用于显示项目的时间码增量，形式为"小时:分钟:秒:帧"，可以帮助确定素材和项目的长度。
- 视频轨：该轨道用于放置项目中的视频素材、静态图像、色彩素材，以及各种转场效果等内容，并按照其所占的时间长度显示。
- 覆叠轨：该轨道用于放置覆叠在视频轨上的视频、图像、色彩及 Flash 动画等素材。
- 标题轨：该轨道用于放置影片中的标题素材。
- 声音轨：该轨道用于放置影片中添加的声音素材。
- 音乐轨：该轨道用于放置添加到影片中的背景音乐文件。

7. 素材库

素材库用于存储制作影片时需要的所有媒体素材，如视频素材、图像素材、视频滤镜、音频素材、转场效果，以及标题和色彩素材等，如图 3-20 所示。

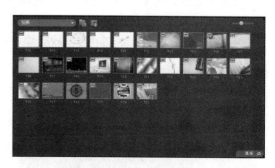

图 3-20　会声会影 X3 素材库

（1）查看媒体素材类别

默认状态下，素材库显示的是"视频"素材，如果要查看素材库中的其他类型（如图片、滤镜等）的素材，可按"范例实战 09"中的方法进行操作。

 范例实战 09　查看媒体素材类别

🎬 **视频文件** • 随书光盘\视频文件\第 3 章\查看媒体素材类别.swf

步骤01 ▶ 在素材库面板中单击媒体素材类别按钮，如"滤镜" FX，切换至"滤镜"素材库，如图 3-21 所示。

步骤02 ▶ 单击"画廊"下拉列表框右侧的下拉按钮，在弹出的下拉列表框中选择一个子类别，以查看该类别中的媒体素材，如图 3-22 所示。

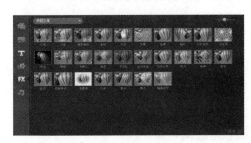 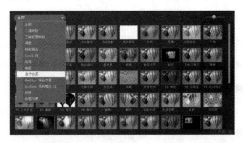

图 3-21　选择媒体素材类别　　　　图 3-22　在"画廊"下拉列表框中选择媒体素材子类别

（2）重命名素材文件

将素材文件添加到素材库后，为了便于辨认与管理，可将添加到素材库的文件进行重命名。

 范例实战 10　重命名素材文件

🎬 **视频文件** • 随书光盘\视频文件\第 3 章\重命名素材文件.swf

步骤01 ▶ 在素材库面板中单击选择需要重新命名的素材，然后在该素材的名称处单击，素材的名称文本框中将出现闪烁的光标，如图 3-23 所示。

步骤02 ▶ 删除素材原有的名称，再输入新的名称，例如，输入新名称为"影视片段"，如图 3-24 所示。然后按【Enter】键确定，即可重命名该素材文件。

图 3-23　选择要重命名的素材　　　　图 3-24　重命名素材文件

（3）在素材库面板中对素材进行排序

为了方便使用素材，用户可定期在素材库中对素材进行排序。

 范例实战 11　对素材进行排序

视频文件 ·随书光盘\视频文件\第 3 章\对素材进行排序.swf

步骤01 在素材库面板上方单击"对素材库中的素材排序"按钮。

步骤02 在弹出的下拉菜单中选择"按名称排序"或"按日期排序"命令即可，如图 3-25 所示。

图 3-25　对素材进行排序

提示： 　　按日期对视频素材排序的方法取决于文件的格式。DV AVI 文件（如从 DV 摄像机中捕获的 AVI 文件）将按照节目拍摄的日期和时间进行排序，其他视频文件格式将按照文件保存的日期进行排序。如果要在升序和降序方式之间切换，可再次选择"按名称排序"或"按日期排序"。

（4）创建自定义素材库

在会声会影 X3 中，可以在素材库中创建自己的素材库。这样，可以针对某一部影片创建独立的素材库，方便对素材进行管理。

范例实战 12　创建自定义素材库

视频文件 ·随书光盘\视频文件\第 3 章\创建自定义素材库.swf

步骤01 在素材库面板的"画廊"下拉列表框中选择"库创建者"选项，如图 3-26 所示。

步骤02 在弹出的"库创建者"对话框中单击"可用的自定义文件夹"下拉按钮，在弹出的下拉列表框中选择要创建的素材库类别，例如，选择"照片"素材库类别，如图 3-27 所示。

图 3-26 选择"库创建者"选项　　　　　　　　图 3-27 "库创建者"对话框

步骤03 单击"新建"按钮，在弹出的"新建自定义文件夹"对话框中指定将要添加的素材库的文件夹名称（如"风景图片"）和描述（如"草原风光"），如图 3-28 所示。

步骤04 单击"确定"按钮，新创建的素材库将显示在列表框中，如图 3-29 所示。

图 3-28 "新建自定义文件夹"对话框　　　　　图 3-29 新建的素材库文件夹

提示：　　在"库创建者"对话框中单击"编辑"按钮，可以对所选的自定义素材库重命名或修改描述；单击"删除"按钮，可以从列表框中删除所选的自定义素材库。

（5）删除"素材库"中的媒体素材

当素材库面板中的素材过多或某些素材不再需要使用时，可以将其从素材库中删除。

范例实战 13　删除素材库中的素材

视频文件 ·随书光盘\视频文件\第 3 章\删除"素材库"中的素材.swf

步骤01 在素材库面板中右击要删除的素材，在弹出的快捷菜单中选择"删除"命令，如图 3-30 所示。

步骤02 此时将弹出一个信息提示对话框，询问是否确认删除操作，如图 3-31 所示。

图 3-30 选择"删除"命令　　图 3-31 确认删除操作提示对话框

步骤03 单击"确定"按钮，即可将选中的素材从素材库面板中删除。

高手点津：从"素材库"中删除素材的其他方法

除了上述操作外，还有以下两种方法可以从素材库中删除素材：

方法一：在素材库中选择需要删除的素材，直接按【Delete】键。

方法二：在素材库中选择需要删除的素材，然后选择"编辑"｜"删除"命令。

执行以上两种方法中的任意一种均会弹出信息提示对话框，询问是否确认删除素材文件，单击"确定"按钮，即可删除选择的素材；单击"取消"按钮，将取消当前的删除操作。

（6）重新链接丢失的素材

素材库中显示的素材只是存储在计算机硬盘中相应文件的缩略图。如果计算机硬盘中的素材文件丢失或改变了存储路径，在会声会影 X3 素材库中相应素材缩略图的上面就会出现黄色的 █ 标记，表示对应的素材已经发生了变化。如果要重新链接丢失的素材，则可按"范例实战 14"中的方法进行操作。

范例实战 14　重新链接丢失的素材

视频文件 ・随书光盘\视频文件\第 3 章\重新链接丢失的素材.swf

步骤01 在素材库中丢失链接的素材上单击，将弹出如图 3-32 所示的信息提示对话框。

步骤02 单击"重新链接"按钮，在弹出的对话框中可以重新查找相应的素材，如图 3-33 所示。

步骤03 找到丢失链接的素材文件后，单击"打开"按钮，素材库中的缩略图就会与文件重新建立正确链接，缩略图上的黄色 █ 标记也会消失。

图 3-32 选择丢失链接的素材

图 3-33 信息提示对话框

提示：

在"重新链接"对话框中取消选择"重新链接检查"复选框，在启动会声会影或打开项目文件时，如果其中的素材丢失则不会弹出"重新链接"对话框。如果单击"删除"按钮，则可以删除要重新链接的素材缩略图，但不会影响保存在计算机硬盘中相应的素材文件。

高手点津：关于素材保存位置的注意事项

一般情况下，最好不要随意改变会声会影 X3 素材的保存位置，特别是"项目文件"中应用到的素材，否则将不能顺利地打开项目文件。

8. 选项面板

在会声会影视频编辑过程中，选择不同的步骤则出现不同的选项面板，该面板的内容将根据正在执行的步骤也相应变化。在选项面板中，包含控制、按钮，以及一个或两个选项卡等，可用于自定义所选素材的设置。下面简要介绍各选项面板主要控件及选项的含义。

（1）"视频"选项面板

在视频轨中选择一个视频或者 Flash 动画素材，"视频"选项面板如图 3-34 所示。各参数功能说明如下：

图 3-34 "视频"选项面板

- 视频区间 0:00:18:01：主要用于显示当前选择的视频素材长度，时间格中的数值分别对应小时、分钟、秒和帧。可以单击时间格上需要更改的数值，然后单击"视频区间"右侧的上下箭头或者输入新的数值来调整素材的长度，所做的修改将在预览窗口中实时体现出来。

- 素材音量 100：如果素材的缩略图上显示标志，表示此素材包含有声音，如图 3-35 所示。100 表示原始的音量大小。单击右侧的三角按钮，在如图 3-36 所示的窗口中可以拖动滑块以百分比的形式调整视频和音频素材的音量；也可以直接在文本框中输入一个数值来调整素材的音量。

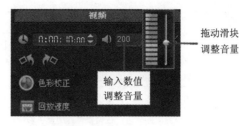

拖动滑块
调整音量

输入数值
调整音量

图 3-35　素材缩略图上的声音标志　　　　图 3-36　调整音量

- 静音：单击此按钮，使其处于状态，可以使视频素材的音频静音，而不删除音频。当需要屏蔽视频素材中的原始声音，而为它添加背景音乐时，可以使用此功能。

- 淡入：单击此按钮，则按钮呈状态，表示已经将淡入效果添加到当前选择的视频素材中。淡入效果使视频素材起始部分的音量从零开始逐渐增加到最大。

- 淡出：单击此按钮，则按钮呈状态时，表示已经将淡出效果添加到当前选择的视频素材中。淡出效果使视频素材结束部分的音量从最大逐渐减小到零。

- 旋转：单击按钮，可将视频素材逆时针旋转 90°，单击按钮，可将视频素材顺时针旋转 90°。

- 色彩校正：单击此按钮，可打开如图 3-37 所示的"色彩校正"面板，在其中可以调整视频素材的色调、饱和度、亮度、对比度和 Gamma 值。这样，可以很轻松地针对过暗或偏色的影片进行校正，也能够将影片调整成具有艺术效果的色彩。调整完成后，单击按钮可以重新返回到"视频"选项面板。

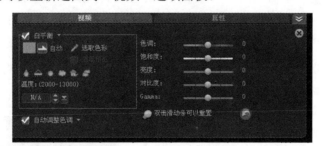

图 3-37　"色彩校正"面板

"色彩校正"面板中各项参数的具体说明如表 3-4 所示。

表 3-4　"色彩校正"面板各选项含义说明

选　项	选 项 含 义
白平衡	选择该复选框，可以通过调整该选项组中的参数校正视频的白平衡
自动	单击　自动　按钮，程序将自动分析画面色彩并校正白平衡
选取色彩	单击　按钮，可以在画面中通过单击指定所认为应该是白色的位置，然后程序以此为标准进行色彩校正
显示预览	选中该复选框，将在选项面板中显示预览画面，以便于比较白平衡校正前后的效果
场景模式	中各按钮分别对应钨光、荧光、日光、云彩、阴影和阴暗等场景，单击相应的按钮，可以此场景模式为依据进行智能白平衡校正

续表

选　项	选　项　含　义
温度	这里的温度即指色温。色温是指光波在不同的能量下，人类眼睛所感受的颜色变化。色温以 K（开）为单位，黑体辐射的 0K=-273℃作为计算的起点。将黑体加热，随着能量的提高，便会进入可见光的领域，例如，在 2800K 时，发出的色光和灯泡相同，我们便说灯泡的色温是 2 800K
自动调整色调	选择该复选框，将由程序自动调整画面的色调
色调	调整画面的颜色。在调整过程中，色彩会根据色相环进行改变
饱和度	调整色彩浓度。向左拖动滑块色彩浓度降低，向右拖动滑块则色彩变得鲜艳
亮度	调整明暗程度。向左拖动滑块则画面变暗，向右拖动滑块则画面变亮
对比度	调整明暗对比。向左拖动滑块则对比度减小，向右拖动滑块则对比度增强
Gamma	调整明暗平衡

■ 回放速度：单击该按钮，可以在弹出的"回放速度"对话框中调整素材的播放速度，如图 3-38 所示。

■ 反转视频 反转视频：单击选择该复选框，可以反向播放视频，使影片倒放，创建有趣的视觉效果。

■ 抓拍快照：单击该按钮，可以将当前帧保存为图像文件并放置在图像素材库中。

■ 分割音频：单击此按钮，可以将视频文件中的音频分离出来并放置于声音轨中。

图 3-38　"回放速度"对话框

■ 按场景分割：单击此按钮，可在弹出的对话框中按照视频录制的日期、时间或视频内容的变化（如动作变化、相机移动和亮度变化等），将捕获的 DV 或 AVI 视频分割为单独的场景。对于 MPEG 文件，此功能仅可以按照视频内容的变化分割视频。

■ 多重修整视频：单击此按钮，可以对视频文件进行多重修整操作。

（2）"照片"选项面板

如果在视频轨中添加了一个图像素材，选择该素材，可激活"照片"选项面板，如图 3-39 所示。

面板中各选项含义说明如下：

■ 照片区间 0:00:18:01：主要用于设置所选图像素材在影片中持续播放的时间。

图 3-39　"照片"选项面板

■ 旋转：用于旋转图像素材。单击或按钮，可将图像素材逆时针或顺时针旋转 90°。

■ 色彩校正：单击此按钮，可在打开的面板中调整图像素材的色调、饱和度、亮度、对比度和 Gamma 值，对过暗或偏色的图片素材进行校正。

■ 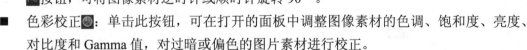 保持宽高比：选择该单选按钮，可以选择调整图像大小的方法，单击右侧的向下拉按钮，在打开的下拉列表框中可以选择重新采样的方式，如图 3-40 所示。如果选择"保持宽高比"选项，则可以保持当前图像的宽度和高度比例；如果选择"调到项目大小"选项，则可以使当前图像的大小与项目的帧大小保持一致。

- ：选择该单选按钮，可以将摇动和缩放效果应用到当前图像中。摇动和缩放可以模拟摄像时的摇动和缩放效果，让静态的图像变得具有动感。

- 预设 ：当选择"摇动和缩放"单选按钮后，单击此选项右侧的下拉按钮，在打开的下拉列表框中可以选择各种预设的摇动和缩放效果选项，如图 3-41 所示。

图 3-40　选择调整图像大小的方式　　　　图 3-41　各种预设的摇动和缩放效果

- 自定义 ：单击此按钮，可以在弹出的对话框中自定义摇动和缩放当前图像的方法，如图 3-42 所示。

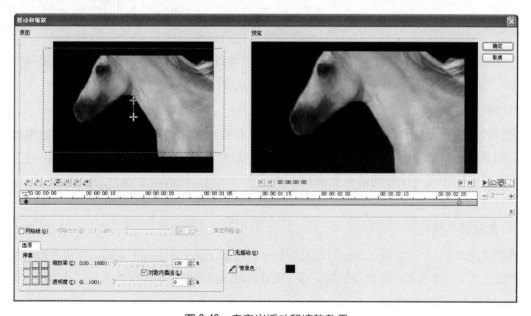

图 3-42　自定义摇动和缩放效果

3.3　会声会影 X3 参数设置

在使用会声会影 X3 进行视频编辑之前，用户可以按照个人的操作习惯自定义会声会影 X3 的操作环境，以帮助用户在进行视频编辑时节省大量的时间，从而提高视频编辑的工作效率。

在会声会影 X3 窗口界面菜单中，选择"设置"｜"参数选择"命令，弹出"参数选择"对话框，如图 3-43 所示。该对话框包括"常规"、"编辑"、"捕获"、"性能"和"界面布局"5 个选项卡，在其中可以指定工作文件夹来保存文件、设置撤销级别、启用智能代理和选择界面布局等。

图 3-43　"参数选择"对话框

3.3.1　常规设置

在"参数选择"对话框的"常规"选项卡中可以设置会声会影 X3 高级编辑器基本操作的相关选项（参见图 3-43 所示）。该选项卡中各主要选项的含义如下：

1．撤销

选择"撤销"复选框，并在其后的"级别"数值框中设置适当的数值，在编辑处理视频素材时，如果要撤销所执行的操作，可以通过选择"编辑" | "撤销"命令，或按【Ctrl+Z】组合键进行撤销。对于撤销操作的最大步骤数，主要由"级别"数值框中设定的数值决定，数值越大，可撤销的步骤就越多。

2．重新链接检查

选择该复选框，可以自动检查执行项目中的素材与其来源文件之间的关联。如果来源文件存储的位置发生改变，则会弹出信息提示对话框，通过该对话框可以将来源文件重新链接到素材上。

3．显示启动画面

选择该复选框，可设置在每次启动会声会影时显示启动画面，以便用户进行相关的选择操作。

4．工作文件夹

在使用会声会影 X3 编辑视频之前，要指定一个工作文件夹来保存已完成的项目和放置捕获的视频等，而此文件夹最好在至少有 30GB 剩余空间的磁盘中。单击"浏览"按钮，在弹出的"浏览文件夹"对话框中可以指定工作文件夹的位置。

5．素材显示模式

在该下拉列表框中可以设置素材在时间轴上的显示方式，包括"略图和文件名"、"仅略图"和"仅文件名"3种显示方式,默认为"略图和文件名"显示方式。图 3-44 所示为 3 种显示方式的效果。

以"略图和文件名"方式显示的效果

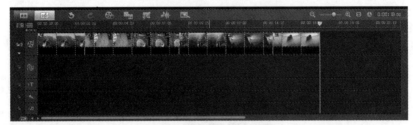

以"仅略图"方式显示的效果

以"仅文件名"方式显示的效果

图 3-44 素材在时间轴上的 3 种显示方式效果

提示:

采用"仅略图"显示方式能非常直观地看到画面的变化情况,在视频剪辑时非常方便。

6. 媒体库动画

选择该复选框,可以启用媒体库中的媒体动画。

7. 将第一个视频素材插入到时间轴时显示消息

选择该复选框,能够使会声会影 X3 在检测到插入视频素材的属性与当前项目设置不匹配时弹出信息提示框,以决定是否将项目的设置自动调整为与素材属性相匹配。

8. 自动保存项目间隔

选择该复选框,并在其后的数值框中指定相应的数值,可设置项目自动保存的时间间隔。当遇到断电,或因操作不当而导致会声会影 X3 不正常退出时,再次打开项目文件,会提示是否加载自动保存的项目内容,这样可以最大限度地减少因断电等意外情况发生时所造成的损失。

9．即时回放目标

该下拉列表框主要用于设置回放项目的目标设备，包括"预览窗口"、"DV 摄像机"、"预览窗口和 DV 摄像机"和"双端口设备"4 个选项。双端口设备通常指双端口显示卡，如果计算机上配备了双端口的显示卡，可以同时在预览窗口和外部显示设备上回放项目。

10．背景色

单击右侧的黑色色块，将打开如图 3-45 所示的"颜色"面板，在此面板中可以直接为预览窗口的背景选择颜色；也可以选择"Corel 色彩选取器"命令，弹出"Corel 色彩选取器"对话框，如图 3-46 所示；或者选择"Windows 色彩选取器"命令，弹出"颜色"对话框，如图 3-47 所示，从而进一步设置颜色。

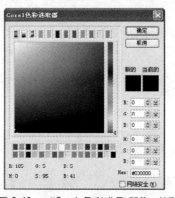

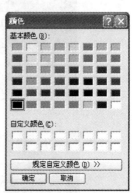

图 3-45　"颜色"面板　　图 3-46　"Corel 色彩选取器"对话框　　图 3-47　"颜色"对话框

11．在预览窗口中显示标题安全区域

选择该复选框，在创建标题时，预览窗口中会显示一个矩形框，即标题安全区域。只要文字位于此矩形框范围内，标题即可完全显示出来。

12．在预览窗口中显示 DV 时间码

选择该复选框，在 DV 视频回放时，在预览窗口中将会显示 DV 视频的时间码。但要求显卡必须兼容 VMR（video mixing renderer，视频混合渲染器）。

13．在预览窗口中显示轨道提示

选择该复选框，可以在回放停止时显示不同覆叠轨的轨道信息。

3.3.2　编辑设置

在"参数选择"对话框中选择"编辑"选项卡，如图 3-48 所示。在该选项卡中，可以对所有效果和素材的质量进行设置，还可以调整插入的图像/色彩素材的默认区间，以及转场、淡入/淡出效果的默认区间。

下面分别介绍该选项卡中各主要选项的含义。

1．应用色彩滤镜

选择该复选框，可以将会声会影 X3 的调色板限制在 NTSC 或 PAL 滤镜色彩空间的可见范

围内，以确保所有色彩均有效。一般选择 PAL 单选按钮，如果仅用于计算机监视器显示，可以不选择此复选框。

2．重新采样质量

在该下拉列表框中可以设置所有效果和素材的质量。质量越高，生成的视频质量越好，但渲染的时间也越长。建议使用较低的采样质量以获取最有效的编辑性能。如果准备用于最后的输出，可选择"最佳"选项；如果要进行快速操作，可以选择"好"选项。

3．用调到屏幕大小作为覆叠轨上的默认大小

默认状态下，该复选框未被启用，此时在覆叠轨中添加素材之后，覆叠素材比预览窗口的屏幕小，如图 3-49 所示。选择该复选框，在覆叠轨中插入素材时，可以使素材的默认大小设置为适合预览窗口的屏幕大小，覆盖整个预览窗口屏幕，如图 3-50 所示。

图 3-48　"编辑"选项卡

图 3-49　默认状态下覆叠轨中的素材在预览窗口显示的效果

图 3-50　选择"用调到屏幕大小作为覆叠轨上的默认大小"复选框后的效果

4．默认照片/色彩区间

该选项可以设置添加到项目中的图像素材或色彩素材的默认长度，时间单位为"秒"。默认状态下，添加的图像和色彩素材的默认长度为 3 秒。

5．图像重新采样选项

在该下拉列表框中可以设置图像重新采样的方法。在其下拉列表框中包括"保持宽高比"和"调到项目大小"两个选项。选择不同的选项，图像在预览中的显示效果则不同。对比效果如图 3-51 所示。

保持宽高比

调到项目大小

图 3-51　两种图像重新采样选项的显示效果对比

6．默认音频淡入/淡出区间

该选项用于设置两段音频默认淡入和淡出区间。在此文本框中输入的值将作为音量达到正常级别（对于淡入）或达到最低量（对于淡出）所需要的时间量。

7．自动应用音频交叉淡化

选择该复选框，可以在两个相互重叠的音频间自动应用交叉淡化效果，从而使两段音频的过渡更加自然。

8．默认转场效果的区间

该选项用于设置应用于项目文件中所有转场效果默认的时间长度，单位为"秒"。

9．自动添加转场效果

这是一个节约时间的办法，当项目中的素材太多，而又不需要特别地为素材之间添加具体的转场效果时，可选择此复选框，并在其下的"默认转场效果"下拉列表框中选择一种默认的转场效果，如图 3-52 所示。这样，在添加素材时就会自动加入转场效果，如图 3-53 所示。

图 3-52 "默认转场效果"下拉列表框

图 3-53 设置自动添加转场效果后的时间轴上的素材

提示：　　　如果选择"随机"选项，则由系统自动挑选转场，效果丰富；但如果选择了某一具体的转场效果，例如，选择"取代-棋盘"选项，则添加素材时自动出现的转场效果都是"取代-棋盘"转场。

3.3.3　捕获设置

在"参数选择"对话框中，选择"捕获"选项卡，如图 3-54 所示。在该选项卡中可以设置与视频捕获相关的各项参数。

下面分别介绍该选项卡中各主要选项的含义。

1．按「确定」开始捕获

在进行视频捕获时，通常单击"开始捕获"按钮即可开始视频捕获。而如果选择此复选框，则在单击"开始捕获"按钮后不会立即开始视频捕获，而是弹出一个对话框，只有在此对话框中单击"确定"按钮，才会开始捕获视频。

2. 从 CD 直接录制

选择该复选框，将允许用户直接从 CD 播放器中录制音频，并保留最佳质量。

3. 捕获格式

在此下拉列表框可指定捕获的静态图像保存的文件格式，包括 BITMAP 和 JPEG 两种格式。如果选择 JPEG格式，则其下的"捕获质量"选项将被激活，通过此选项可指定捕获的静态图像的显示质量，质量越高，文件越大。

图 3-54　"捕获"对话框

高手点津：BITMAP 及 JPEG 图像文件格式的区别

　　BITMAP 即 BMP，它是 Windows 操作系统中的标准图像文件格式，被广泛应用。此格式的特点是包含的图像信息比较丰富，但由于几乎不进行压缩，因而占用的硬盘空间过大。

　　JPEG 也是一种常见的图像格式，此格式能对图像进行有损压缩，从而用最少的硬盘空间得到较好的图像质量。此外，JPEG 格式允许用不同的压缩比例对文件进行压缩，因此，可以在图像质量和文件尺寸之间找到平衡点。

4. 捕获去除交织

选择该复选框，可以在捕获视频中的静态帧时使用固定的图像分辨率，而不使用交织图像的渐进式图像分辨率。

5. 捕获结束后停止 DV 磁带

选择该复选框，当视频捕获完成后，允许 DV 自动停止磁带的回放；否则捕获停止后，DV仍将继续播放视频。

6. 显示丢弃帧的信息

选择该复选框，在捕获过程中，可在"捕获"操作界面的信息栏显示丢弃帧的多少。如果在捕获过程中产生丢帧，会在视频播放时产生跳跃感。

3.3.4　性能设置

　　会声会影 X3 能够自动为高质量的视频文件创建采用低分辨率的智能代理形式，来代替原影片进行编辑。编辑完成后，将所有剪辑的效果重新应用到原有的高清影片上，加快了视频的编辑过程，而对最后的输出质量不会有任何影响。这样，即使是性能一般的计算机，也可以在会声会影 X3 中轻松捕获、录入和编辑高清影片。如果计算机的配置足够高，则可以取消选择"启用智能代理"复选框。在"参数选择"对话框中，选择"性能"选项卡，如图 3-55 所示。其中，该选项卡中主要选项的含义如下：

- 启用智能代理：选择此复选框，可以在每次视频源文件插入时间轴时自动创建代理文件。
- 当视频大小大于此值时，创建代理：此下拉列表框主要用于设置允许生成代理文件的条件。当视频源文件的帧大小等于或高于此下拉列表框中所选择的帧大小时，则为该视频文件生成代理文件。
- 代理文件夹：在此选项中可以设置存储代理文件的文件夹位置。

图 3-55　"性能"选项卡

- 自动生成代理模板：选择此复选框，可根据预定义设置自动生成代理文件。

范例实战 15　设置预览窗口的背景色

通过本节的学习，读者已掌握了会声会影 X3 的参数设置操作。通过对工作环境的设置，能够使视频的编辑环境更具个性。下面结合本节所学知识来设置会声会影 X3 预览窗口的背景颜色。

步骤01 ▶ 选择"设置"｜"参数选择"命令，弹出"参数选择"对话框，如图 3-56 所示。

步骤02 ▶ 在"常规"选项卡的"预览窗口"选项组中单击"背景色"右侧的颜色块，在打开的"颜色"面板中选择预览窗口的背景颜色，例如，选择"蓝色"选项，如图 3-57 所示。

图 3-56　"参数选择"对话框

步骤03 ▶ 单击"确定"按钮，关闭"参数选择"对话框，返回到会声会影 X3 编辑器界面，此时可看到预览窗口的背景颜色已经被更改为蓝色，效果如图 3-58 所示。

图 3-57　选择预览窗口的背景颜色

图 3-58　更改颜色后的预览窗口

3.4 影片项目的基本操作

所谓影片项目，是指进行影片编辑等加工工作的文件，文件格式为*.VSP。其主要有以下 3 个作用：

- 保存当前操作结果，在下一次运行会声会影 X3 编辑器时可以在以前的工作基础上继续进行编辑。
- 设置当前影片的各种属性，如输出影片的格式、帧速率和压缩等各种属性。
- 建立当前影片的工作环境，如回放方式、工作文件夹等。

影片项目的基本操作包括新建项目、打开项目等，这些操作都是使用会声会影 X3 时最基础也是必不可少的操作，下面将分别进行介绍。

3.4.1 新建影片项目

启动会声会影 X3 之后，默认打开一个新建的影片项目，如果已打开其他影片项目，则需要手动新建一个影片项目，这是因为会声会影是以项目的方法来管理影片制作流程的。

范例实战 16 新建影片项目

视频文件 ·随书光盘\视频文件\第 3 章\新建影片项目.swf

步骤01 在会声会影编辑器窗口中选择"文件"|"新建项目"命令，如图 3-59 所示。

步骤02 如果工作区中有尚未保存的项目，会声会影则会弹出提示对话框，提示是否保存更改，如图 3-60 所示。

图 3-59 选择"新建项目"命令

图 3-60 提示对话框

步骤03 单击"否"按钮，即可创建一个新项目，如图 3-61 所示。

高手点津：关于影片项目的说明

影片项目文件本身并不是影片，只有在最后的"分享"步骤面板中经过渲染输出，才将项目文件中的所有素材连接在一起生成最终的影片。因此，在新建文件夹时，建议大家将文件夹指定到有较大剩余空间的磁盘上，以便为安装文件所在的磁盘保留更多的交换空间。

此外，在创建一个新项目后，建议先对新建的项目属性进行设置。这是由于每个项目需要配置的参数可能不一样，例如，本次要编辑一部画面是显示比例为 16:9 的影片，下次需要编辑的影片显示比例可能是 4:3。因此，应该在每次创建新项目后即设置项目属性。有关项目属性设置的具体操作方法请参见 3.4.4 节的具体介绍。

技巧

在会声会影 X3 编辑器窗口中按【Ctrl+N】组合键也可以新建项目文件。

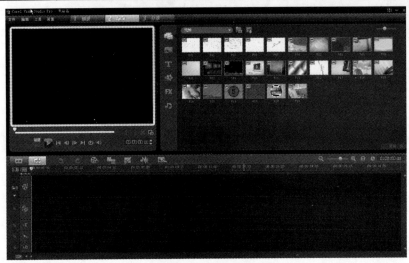

图 3-61　新建的项目

3.4.2　保存及另存为影片项目

创建了新的影片项目后，就可以在项目中导入各种素材，进行剪辑和修饰。完成项目的编辑或在编辑告一段落后，一定要保存项目，保存项目文件可以保存视频素材、图像素材、声音文件、背景音乐，以及字幕和特效等所有信息，以便下次能继续编辑或者修改。

范例实战 17　保存影片项目

视频文件・随书光盘\视频文件\第 3 章\保存影片项目.swf

步骤01▶ 选择"文件"｜"保存"命令，如图 3-62 所示。

步骤02▶ 在弹出的"另存为"对话框中，设置项目文件保存的路径及项目文件名称，如图 3-63 所示。单击"保存"按钮，即可保存影片项目。

高手点津：保存项目的其他操作方法

按【Ctrl+S】组合键也可弹出"另存为"对话框，在其中设置文件的保存路径及文件名称后，单击"保存"按钮，即可保存影片项目文件。如果用户要对已经保存过的影片项目文件进行保存，则选择"文件"｜"保存"命令后，将不会弹出"另存为"对话框，而是直接保存当前影片项目文件。如果要将当前编辑完成的影片项目文件以另外的名称进行保存，或者将当前的影片项目文件进行备份，则可采用会声会影 X3 提供的"另存为"命令另存影片项目文件。

图 3-62　选择"保存"命令

图 3-63　设置项目文件保存参数

3.4.3　打开影片项目

如果要使用已经保存的影片项目，可以先将其打开，然后再在其中进行相应的编辑。打开影片项目的具体操作方法如"范例实战 18"。

范例实战 18　在计算机系统中直接打开影片项目

原始素材 ·随书光盘\素材\第 3 章\样片.VSP

视频文件 ·随书光盘\视频文件\第 3 章\在计算机系统中直接打开影片项目.swf

步骤01 在系统桌面上双击"我的电脑"图标，如图 3-64 所示。

步骤02 在打开的"我的电脑"窗口中，进入到需要打开的影片项目所在的文件夹，如图 3-65 所示。

图 3-64　双击"我的电脑"图标

图 3-65　打开影片项目所在的文件夹窗口

步骤03▶ 双击要打开的影片项目，即可打开选择的影片项目，如图 3-66 所示。

图 3-66 打开的影片项目

📀 范例实战 19 在会声会影 X3 中打开影片项目

原始素材 · 随书光盘\素材\第 3 章\爱的秋千.VSP

视频文件 · 随书光盘\视频文件\第 3 章\在会声会影中打开影片项目.swf

步骤01▶ 在会声会影 X3 编辑器界面中选择"文件"｜"打开项目"命令，如图 3-67 所示。

步骤02▶ 在弹出的"打开"对话框中选择需要打开的影片项目，如图 3-68 所示。

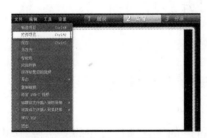

图 3-67 选择"打开项目"命令

图 3-68 "打开"对话框

步骤03▶ 单击"打开"按钮，即可打开所选择的影片项目，如图 3-69 所示。

图 3-69 打开所选择的影片项目

3.4.4　设置项目属性

　　项目属性的设置包括影片的视频和音频格式、压缩方式和比例、帧速率，以及最终影片的长宽比等。影片项目属性设置得是否合理，将直接影响着影片的最终效果。

　　当启动会声会影 X3 编辑器时，系统会自动创建一个默认的项目文件，用户可以根据自己的需要对项目属性进行设置。

范例实战 20　自定义设置影片项目属性

视频文件　• 随书光盘\视频文件\第 3 章\自定义设置影片项目属性.swf

步骤01 在会声会影 X3 编辑器工作界面选择"设置"｜"项目属性"命令，弹出"项目属性"对话框，如图 3-70 所示。

图 3-70　打开"项目属性"对话框

技巧

　　在会声会影 X3 编辑器工作界面中按【Alt+Enter】组合键，也可以弹出"项目属性"对话框。

提示： 　　当项目文件没有被保存时，在"项目属性"对话框的"项目文件信息"选项组中不会显示文件名称等信息内容。

步骤02 单击"编辑文件格式"下拉按钮，在打开的下拉列表框中选择 Microsoft AVI files 文件格式，如图 3-71 所示。

步骤03 单击"编辑"按钮，弹出"项目选项"对话框，然后选择 AVI 选项卡，单击"压缩"下拉按钮，在打开的下拉列表框中将压缩方式选择为 DV 类型选项，例如，选择"DV视频编码器--类型 1"选项，如图 3-72 所示。

图 3-71　"编辑文件格式"下拉列表框

图 3-72　选择项目文件压缩方式

步骤04 选择"常规"选项卡，在"帧类型"下拉列表框中按播放媒体指定合适的帧类型（例如，如果默认制作后的影片要在传统电视上播放，则选择"低场优先"选项），如图 3-73 所示。

步骤05 选择"标准"单选按钮，然后在其后的下拉列表框中选择相应的选项即可，如图 3-74 所示。

图 3-73　设置"帧类型"

图 3-74　设置"帧大小"

高手点津：影片项目分辨率的设置

　　在会声会影中，影片项目的分辨率主要通过帧大小来进行设置。影片项目分辨率越高，影片的像素就越高，但是影片文件也就越大。通常情况下，建议将影片项目的分辨率设置为 720×576。

步骤06 在"显示宽高比"下拉列表框中根据影片拍摄时的设置选择影片画面的宽高比例，通常情况下，选择 4:3 选项，如图 3-75 所示。

步骤07 设置完成后，依次单击"确定"按钮，将弹出提示信息对话框，如图 3-76 所示。单击"确定"按钮，完成影片项目属性自定义设置。

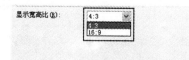

图 3-75　设置影片宽高比

图 3-76　提示信息对话框

高手点津：自定义项目设置的相关注意事项

　　① 自定义项目设置时，建议将设置项定义为与捕获的视频镜头的属性相同，以避免视频图像变形，从而可以进行平滑回放，不会出现跳帧现象。将项目属性自定义为与所需项目输出设置相同时（例如，如果要将项目输出到 DVD 光盘上，则将"项目属性"设置为 DVD），可以对最终影片进行更为准确的预览。

　　② 将第一个视频素材捕获或插入到项目中时，会声会影 X3 会自动检查素材和项目的设置。如果属性（如文件格式、帧大小等）不相同，系统会自动将项目设置调整为与素材属性一致。由于具有将项目设置更改为素材属性一致的功能，系统可以执行智能渲染功能。

Chapter 04 快剪直录
——使用向导制作影片

对于完成编辑的视频片段或录制在 DV 磁带中的视频，都可以通过会声会影 X3 提供的"简易编辑"和"DV 转 DVD 向导"功能快速制作成一套影片或者刻录成 DVD 光盘。本章将以实例的方式，讲解运用"简易编辑"和"DV 转 DVD 向导"两个功能制作快速制作影片的方法和相关技巧。

本章知识要点：

◆ 使用"简易编辑"——我的第一个影片：《上海世博掠影》

◆ 使用"DV 转 DVD 向导"——我的第二个影片：《清华园纪实》

4.1 使用"简易编辑"——我的第一个影片：《上海世博掠影》

如果您是一位视频编辑的初学者，希望将拍摄的录像快速编辑成有片头、画面转场及背景音乐的影片，以便与亲朋好友分享，使用会声会影 X3 提供的"简易编辑"功能，只需完成"插入素材"、"套用模板"和"输出影片"3 个步骤，就能快速制作出一个简单但同样精彩的专业影片。

使用"简易编辑"功能除了可以将视频快速制作成影片之外，还可以将拍摄的照片制作成动态影片。本节将以一个具体实例介绍利用会声会影 X3 的"简易编辑"功能，制作出属于自己的第一个影片：《上海世博掠影》。实例最终效果如图 4-1 所示。

最终效果 • 随书光盘\效果文件\第 4 章\上海 2010 世博会.VSP

图 4-1 我的第一个影片：《上海世博掠影》最终效果

4.1.1 添加素材文件

使用"简易编辑"功能可以从 DV 摄像机中捕获视频，也可以插入硬盘中的视频文件或静态图像，还可以从 DVD 光盘中直接抓取视频。下面就来学习如何添加素材文件，具体操作如"范例实战 21"。

范例实战 21 添加素材文件

原始素材 • 随书光盘\素材\第 4 章\上海 2010 世博会

视频文件 • 随书光盘\视频文件\第 4 章\添加素材文件.swf

步骤01 单击"开始"按钮，选择"所有程序"｜Corel VideoStudio Pro X3｜Corel VideoStudio Pro X3 命令，如图 4-2 所示，打开会声会影 X3 启动界面。

步骤02 单击会声会影 X3 启动界面上的"简易编辑"按钮，如图 4-3 所示，启动简易编辑窗口。

步骤03 在窗口左侧的"库"窗格中单击"视频"下拉按钮，在打开的下拉列表框中选择"照片"选项，如图 4-4 所示。

步骤04 单击窗口标题中的"导入"按钮，在打开的下拉面板中单击"我的电脑"按钮，如图 4-5 所示。

图 4-2　启动会声会影 X3

图 4-3　单击"简易编辑"按钮

图 4-4　选择"照片"选项

图 4-5　"导入"下拉面板

步骤05 ▶ 在打开的"我的电脑"窗口中，选择需要导入的文件夹前面的复选框，如图 4-6 所示。

步骤06 ▶ 单击窗口右下角的"开始"按钮，将选择的文件夹中的照片素材导入到简易编辑窗口中，如图 4-7 所示。

图 4-6　选择要导入的文件

图 4-7　导入的图片素材文件夹

步骤07 ▶ 右击导入的素材文件夹，在弹出的快捷菜单中选择"添加到媒体托盘"命令，如图 4-8 所示。

步骤08 ▶ 执行操作后，即可将素材文件夹中的所有素材文件添加至媒体托盘，如图 4-9 所示。

图 4-8　选择"添加到媒体托盘"命令　　　图 4-9　添加至托盘中的素材文件

4.1.2　应用主题模板并修改模板

会声会影 X3 提供了"趣味"和"简单"两种模板，每种模板都提供了一个不同的主题，并附带预设的起始和结束视频素材、转场、标题及背景音乐。

1．应用主题模板

导入素材图像后，需要对它们进行处理，例如，应用主题模板，以快速完成影片的制作。

范例实战 22　应用主题模板

视频文件 • 随书光盘\视频文件\第 4 章\应用主题模板.swf

步骤01 在窗口标题栏中单击"创建"按钮，在打开的下拉面板中单击"电影"按钮，如图 4-10 所示。

步骤02 打开"创建电影"窗口，在"项目名称"文本框中输入项目名称"上海世博掠影"，如图 4-11 所示。

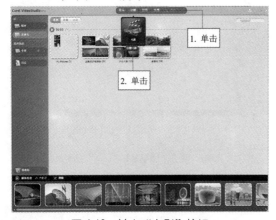

图 4-10　单击"电影"按钮　　　　　图 4-11　输入项目名称

> **步骤03** 单击"转至电影"按钮，打开"上海世博掠影"窗口，如图 4-12 所示。
> **步骤04** 在媒体托盘中选择"样式"选项卡，如图 4-13 所示。

图 4-12　打开"上海世博掠影"窗口　　　　　图 4-13　选择"样式"选项卡

> **步骤05** 在"样式"选项卡中为影片选择相应的主题模板，即可为影片套用选择的主题模板，
> 如图 4-14 所示。在预览窗口中单击"播放"按钮，可预览影片效果，如图 4-15 所示。

图 4-14　选择相应的主题模板　　　　　图 4-15　套用主题模板后的预览效果

2. 修改主题模板设置

套用的主题模板有时不一定能够完全符合每个影片的要求，在此可对套用的模板进行修改。

范例实战 23　修改主题模板设置

视频文件 ·随书光盘\视频文件\第 4 章\修改主题模板设置.swf

> **步骤01** 将鼠标移动至窗口右侧的"设置"按钮上，将打开"设置"面板，如图 4-16 所示。
> **步骤02** 单击"转场"按钮，在打开的"转场"面板中，可根据需要为影片设置相应的转场效
> 果（例如，选择第 2 行第 3 列的转场效果）；然后在"调整区间至"选项组中，选择

"按音乐调整演示"单选按钮，然后选择一种模板，如图 4-17 所示。

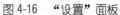

图 4-16 "设置"面板

图 4-17 设置影片转场

步骤03 将鼠标移开"设置"面板，将自动应用对模板所进行的修改，单击预览窗口右侧的"播放"按钮，即可预览影片，效果如图 4-18 所示。

图 4-18 预览影片效果

3．编辑模板标题

为影片套用了相应的主题模板后，接下来可以为影片添加相应的标题字幕，使影片更具生动效果。

范例实战 24 编辑模板标题

视频文件 ·随书光盘\视频文件\第 4 章\编辑模板标题.swf

步骤01 在预览窗口的右侧单击"起始"按钮 ，将时间标记移至素材的起始位置，如图 4-19 所示。

步骤02 在媒体托盘中选择"标题"选项卡，如图 4-20 所示。

步骤03 在其中选择相应的标题动画样式，然后单击动画样式下方的"在当前位置添加一个标题"按钮，在时间标记的当前位置添加一个标题，如图 4-21 所示。

步骤04 选择已添加的标题样式，将其标题内容更改为"上海世博掠影"，如图 4-22 所示。

图 4-19　将时间标记移至素材起始位置

图 4-20　切换至"标题"选项卡

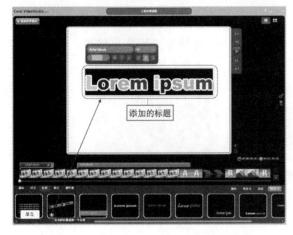

图 4-21　在时间标记当前位置添加标题

图 4-22　更改标题内容

步骤05 　选择标题内容，然后在"字体"浮动工具栏的"字体类型"下拉列表框中选择标题的字体，例如，选择"方正粗圆简体"选项，在"字体大小"下拉列表框中设置标题的字体大小，例如，选择 72 选项，在"字体颜色"下拉列表框中为标题选择一种颜色，例如，选择橙色选项，设置完成后的标题效果如图 4-23 所示。

步骤06 　在预览窗口下方，双击模板自动添加的字幕，激活字幕编辑状态，如图 4-24 所示。

图 4-23　调整标题属性

图 4-24　激活字幕编辑状态

步骤07▶ 选择预置的片头字幕，然后输入文字"爱生活，爱世界"，并在"字体"浮动工具栏中设置字幕的字体、大小及颜色，效果如图 4-25 所示。

步骤08▶ 参照上述相同的操作，更改预置的片尾字幕内容，并设置字幕的属性，效果如图 4-26 所示。

图 4-25　修改预置的片头字幕　　　　　　图 4-26　修改预置的片尾字幕

步骤09▶ 设置完成后，单击导览面板中的"播放"按钮，即可预览影片字幕效果，如图 4-27 所示。

图 4-27　预览影片字幕效果

4．设置音频效果

重新调整设置好影片字幕后，接下来可以根据需要设置相应的背景音乐效果。具体操作方法如"范例实战 25"。

范例实战 25　设置音频效果

视频文件　·随书光盘\视频文件\第 4 章\设置音频效果.swf

步骤01▶ 在媒体托盘中选择"配乐"选项卡。然后单击选择预置的音乐文件图标，单击图标下方的"删除"按钮，删除预置的音频文件，如图 4-28 所示。

图 4-28　删除预览的音频文件

步骤02▶ 单击"浏览我的音乐"按钮，打开"音乐"窗口，在其中选择需要添加的音频文件，如图 4-29 所示。

步骤03 单击"添加"按钮，返回"配乐"选项卡，此时，可看到选择的音频文件被添加至媒体托盘的"配乐"选项卡中，如图 4-30 所示。单击预览窗口右侧的"播放"按钮，即可试听音频效果。

图 4-29 在"音乐"窗口中选择需要添加的音频文件　　图 4-30 音频被添加到媒体托盘

4.1.3 创建输出影片文件

至此，用户即可对简易编辑制作好视频文件进行输出操作，既可创建为视频文件，也可将影片创建成光盘或者转到会声会影 X3 高级编辑器中进行深加工。

1. 输出影片文件

范例实战 26 输出影片文件

视频文件 ·随书光盘\视频文件\第 4 章\输出影片文件.swf

步骤01 在媒体托盘的右上角单击"输出"按钮，如图 4-31 所示，进入"输出电影"界面，再单击"文件"按钮，如图 4-32 所示。

图 4-31 单击"输出"按钮　　　　　　　　图 4-32 单击"文件"按钮

步骤02 在打开的"文件"窗口中,可以根据需要设置影片项目的相关参数,例如,单击"视频格式"下拉按钮,在打开的下拉列表框中选择 MPEG4 选项,如图 4-33 所示。

步骤03 单击"保存"按钮,即可按设置创建影片文件,并打开"创建电影文件"界面,显示视频文件创建的进度,如图 4-34 所示。

步骤04 视频创建完成后,将弹出一个信息提示对话框,提示视频文件已创建成功,如图 4-35 所示。单击"确定"按钮,完成影片的制作。

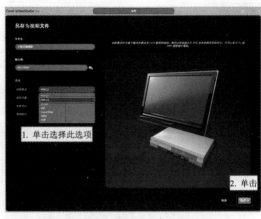

图 4-33 设置影片输出项目参数

图 4-34 显示视频文件创建的进度

图 4-35 信息提示对话框

2. 保存项目文件

在制作影片的过程中,用户还可以根据需要保存项目文件。

范例实战 27 保存项目文件

视频文件 · 随书光盘\视频文件\第 4 章\保存项目文件.swf

步骤01 在媒体托盘的右上角单击"另存为"按钮,如图 4-36 所示,弹出"另存为"对话框。

步骤02 在"另存为"对话框的"名称"文本框中输入要保存的项目文件名称,如图 4-37 所示。单击"确定"按钮,即可保存项目文件。

步骤03 单击"退出"按钮,返回"简易编辑"主菜单,在"项目"选项卡中即可预览已保存的项目文件,如图 4-38 所示。

图 4-36 单击"另存为"按钮

图 4-37　设置保存文件名称　　　　　　　图 4-38　保存的项目文件

4.2　使用"DV 转 DVD 向导"——我的第二个影片:《清华园纪实》

使用"DV 转 DVD 向导"可以快速制作影片,且不占硬盘空间,给需要快速将录像带转录成 DVD 光盘的用户提供了方便。本节将以制作影片《清华园纪实》为例,介绍使用"DV 转 DVD 向导"制作影片的方法。图 4-39 所示为影片《清华园纪实》的视频画面效果。

最终效果 ・随书光盘\效果文件\第 4 章\清华园纪实.VOB

图 4-39　影片《清华园纪实》的视频画面效果

4.2.1　将 DV 与计算机连接

如果要利用"DV 转 DVD 向导",需要先将专用的 IEEE 1394 卡安装在计算机主板的 PCI 插槽上,然后通过 IEEE 1394 卡将 DV 摄像机与计算机连接在一起。具体连接方法如下:

步骤01 取出 IEEE 1394 连接线,将 6 芯插头的一端插入计算机的 IEEE 1394 卡接口,如图 4-40 所示。然后将 IEEE 1394 连接线的另一端(4 芯插头)插入 DV 机上的 1394 接口中,如图 4-41 所示。

步骤02 连接后,打开 DV 摄像机,并将其置于 VCR 或 VTR 档,即播放模式,如图 4-42 所示。

图 4-40 插入计算机 IEEE1394 接口上　图 4-41 插入 DV 机上 1394 接口上　图 4-42 将 DV 机置于 VCR 档

高手点津：使用"DV 转 DVD 向导"需注意的事项

在使用"DV 转 DVD 向导"快速复制影带内容时，摄像机是不能断电的。如果在计算机工作时突然断电，则会导致光盘损坏，因此，在使用"DV 转 DVD 向导"制作影片时要保持 DV 摄像机有充足的电源，最好让 DV 摄像机使用外接电源。

4.2.2　扫描 DV 场景

在 DV 摄像机与计算机连接好之后，就可以启动"DV 转 DVD 向导"进行 DV 的场景扫描了。下面介绍利用会声会影 X3 扫描 DV 场景的操作方法。

范例实战 28　扫描 DV 场景

视频文件 ·随书光盘\视频文件\第 4 章\扫描 DV 场景.swf

步骤01 启动会声会影 X3，在启动界面中单击"DV 转 DVD 向导"按钮，如图 4-43 所示。

步骤02 在"DV 转 DVD 向导"窗口界面的"设备"下拉列表框中选择 DV 摄像机设备选项（本例为 Panasonic 的磁带 DV），在"捕获格式"下拉列表框中选择要捕获的视频格式，如图 4-44 所示。

图 4-43　会声会影 X3 启动界面

图 4-44　选择 DV 设备及捕获的视频格式

：正确选择视频捕获格式

如果有比较充裕的时间和硬盘空间，选择 DV AVI 格式可以获得最佳的视频质量，这对于影片中运动的画面质量提升效果尤为明显。如果工作效率优先或硬盘空间有限，可以在捕获视频时根据输出目的直接选择 DVD 格式。

步骤03 选择"场景检测"单选按钮，再选择"开始"单选按钮，然后在"速度"下拉列表框中选择 1X 选项，如图 4-45 所示。

步骤04 单击"开始扫描"按钮 开始扫描，即可开始扫描 DV 设备上的场景，并在右侧的故事面板中显示扫描的视频场景缩略图，如图 4-46 所示。如果用户所需要的视频内容扫描完成后，可以单击"停止扫描"按钮 停止扫描，停止场景的扫描。

图 4-45　设置场景扫描选项　　　　　　图 4-46　场景扫描过程

：正确选择视频捕获速度

在进行场景检测过程中，速度的选择很关键，通常有 1X、2X 和"最大速度"3 个选项，速度越慢，扫描的场景清晰度越高，但扫描的时间也就越长，一般选择 1X 来进行场景的扫描。

提示：场景是由拍摄日期和时间区分的视频片段。使用 DV 拍摄时，每次拍摄和停止拍摄操作都会被作为一个场景来处理。在场景检测状态下，当选择从磁带的开始位置扫描场景时，如果磁带当前的位置不在开始处，会声会影将自动把 DV 带倒退至起始位置。

4.2.3　编辑视频场景

将 DV 中的视频扫描至会声会影 X3 的"DV 转 DVD 向导"窗口中之后，用户可以对扫描的视频场景进行预览、标记、取消标记，以及删除全部视频场景等。

1. 预览视频场景

当用户需要确认所捕获视频的具体内容时，可以在"DV 转 DVD 向导"窗口中对捕获的视频场景进行预览，然后再对视频场景进行具体的操作。具体操作方法如范例实战 29。

范例实战 29　预览视频场景

视频文件 ·随书光盘\视频文件\第 4 章\预览视频场景.swf

步骤01 在"DV 转 DVD 向导"右侧的故事面板中，选择要预览的视频场景，如图 4-47 所示。

步骤02 单击窗口左下角的"播放所选场景"按钮，此时 DV 机将自动将磁盘倒退至该段视频场景所在位置，并开始播放，如图 4-48 所示。

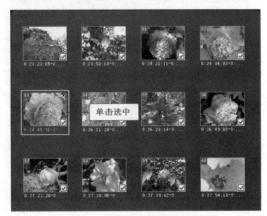

图 4-47　选择要预览的视频场景

图 4-48　预览选择的视频场景

步骤03 预览完毕，单击"导览"面板下方的"停止"按钮，即可停止播放。

2. 取消视频场景的标记

"DV 转 DVD 向导"对视频场景进行扫描完成后，会对每段视频场景进行标记（在故事面板视图中，场景缩略图的右下角都会显示一个对勾符号，如图 4-49 所示），表示此场景被选择。

图 4-49　视频场景标记符号

如果不需要某个视频场景，则可以取消其场景标记，使其不被选择。具体操作方法如下：

- 方法一：通过快捷菜单取消标记。在"DV 转 DVD 向导"右侧的故事面板中选择要取消标记的视频场景，然后在其缩略图上右击，在弹出的快捷菜单中选择"不标记场景"命令即可，如图 4-50 所示。

- 方法二：通过"不标记场景"按钮取消标记。在"DV 转 DVD 向导"右侧的故事面板中选择要取消标记的视频场景，然后在界面右下角单击"不标记场景"按钮即可，如图 4-51 所示。

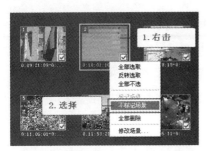

图 4-50　取消标记视频场景快捷菜单

图 4-51　"不标记场景"按钮

高手点津：重新标记视频场景

　　取消视频场景的标记后，如果要重新标记视频场景，则可在故事板中选择要进行标记的视频场景，然后单击界面下方的"标记场景"按钮；或者在故事板中右击要进行标记的视频场景，在弹出的快捷菜单中选择"标记场景"命令即可。配合使用【Ctrl】键或【Shift】键，可以同时选择多个视频场景。

3．修改视频场景

　　修改视频场景主要是对所捕获场景的起始与结束位置进行设置，下面就来介绍一下修改场景的具体操作方法。

范例实战 30　修改视频场景

视频文件 ·随书光盘\视频文件\第 4 章\修改视频场景.swf

步骤01 在"DV 转 DVD 向导"右侧的故事面板中，右击要修改的视频场景，在弹出的快捷菜单中选择"修改场景"命令，如图 4-52 所示。

步骤02 弹出"修改场景"对话框，在"起始"和"结束"文本框中依次输入视频场景的起始和结束时间点，如图 4-53 所示。

图 4-52　选择"修改场景"命令

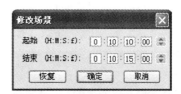

图 4-53　"修改场景"对话框

步骤03 单击"确定"按钮，系统将自动调整扫描的视频场景。返回到"DV 转 DVD 向导"界面，将鼠标指向所修改的视频场景，即可看到修改后的视频场景的时间，如图 4-54 所示。

图 4-54　修改后的视频场景时间

高手点津 ：重新恢复被修改后的视频场景

视频场景修改后，如果要恢复为原有的时间，则可在"DV 转 DVD 向导"右侧的故事面板中右击要恢复的视频场景，在弹出的快捷菜单中选择"修改场景"命令，弹出"修改场景"对话框，然后单击"恢复"按钮，即可将修改后的视频场景恢复为原始状态。

4．删除视频场景

捕获视频后，如果用户发现捕获的视频场景不好，可直接将捕获的视频场景删除。操作方法如下：

- 在"DV 转 DVD 向导"右侧的故事面板中右击，在弹出的快捷菜单中选择"全部删除"命令。
- 在"DV 转 DVD 向导"右侧的故事面板中，单击界面询问的"全部删除"按钮 <kbd>全部删除</kbd>。

执行以上两种方法中的任意一种，都将弹出一个信息提示对话框，询问是否删除全部的视频场景，单击"确定"按钮，即可删除所有扫描的视频场景。

4.2.4 刻录 DVD 光盘

完成了 DV 中视频场景的扫描及编辑修改后，接下来即可将扫描捕获的视频场景应用主题模板，并刻录到 DVD 光盘中。

1．高级设置

在将捕获的视频场景刻录至 DVD 光盘之前，还需先对刻录的相关选项进行设置，包括设置工作文件夹、自动添加章节号，以及创建 DVD 文件夹等内容。下面介绍一下具体的设置操作。

范例实战 31 DVD 刻录设置

视频文件 ·随书光盘\视频文件\第 4 章\DVD 刻录设置.swf

步骤01 在"DV 转 DVD 向导"右侧的故事面板中对扫描的视频场景编辑修改完成后，单击向导界面底部的"下一步"按钮，如图 4-55 所示。

步骤02 进入 DVD 刻录界面后，在"卷标名称"文本框中输入需要的卷标名称，然后单击"刻录格式"右侧的"高级"按钮，如图 4-56 所示。

图 4-55 单击"下一步"按钮

图 4-56 设置卷标名称

步骤03 弹出"高级设置"对话框，单击"工作文件夹"文本框右侧的"浏览"按钮，如图 4-57 所示。

步骤04 弹出"浏览文件夹"对话框，选择工作文件夹，如图4-58所示。

步骤05 单击"确定"按钮，返回"高级设置"对话框，选择"自动添加章节"复选框，再选择"按场景"单选按钮，如图4-59所示。单击"确定"按钮，即可完成刻录DVD光盘的设置。

图4-57 "高级设置"对话框

图4-58 "浏览文件夹"对话框

图4-59 设置"自动添加章节"和"按场景"选项

2. 选择主题模板与编辑标题

为了使刻录完成的DVD光盘更加完美，还需要对刻录DVD时所使用的主题模板中的标题进行编辑。具体操作方法如"范例实战32"。

范例实战32 选择主题模板与编辑标题

视频文件 ·随书光盘\视频文件\第4章\选择主题模板与编辑标题.swf

步骤01 在DVD刻录界面的"主题模板"列表框中选择一种需要应用的主题模板选项，然后单击"编辑标题"按钮，如图4-60所示。

步骤02 弹出"编辑模板标题"对话框，选择"起始"选项卡，然后双击标题文本，拖动鼠标选择标题文本，再输入新的标题内容："清华园纪实"，如图4-61所示。

图4-60 选择"主题模板"

图4-61 "编辑模板标题"对话框

步骤03 选择新的标题内容，然后在预览框下方的文字属性设置区域设置标题文字的字体、大小、颜色及阴影等属性，如图4-62所示。

步骤04 选择"结束"选项卡，然后按步骤2和步骤3的操作方法修改编辑结束字幕文字，如图4-63所示。

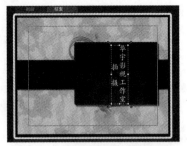

图 4-62　设置标题文字的属性　　　　　　图 4-63　修改编辑结束字幕文字

 单击"确定"按钮，完成主题模板的应用及标题字幕的编辑。

3．刻录 DVD 光盘

将光盘中视频文件的主题模板、标题等内容编辑完成后，就可以进行光盘刻录了，具体操作方法如"范例实战 33"。

范例实战 33　刻录 DVD 光盘

视频文件 · 随书光盘\视频文件\第 4 章\刻录 DVD 光盘.swf

步骤01 将 DVD 光盘放入 DVD 光盘刻录机中，然后在 DVD 刻录界面的"视频质量"选项组中选择"标准"单选按钮，单击"刻录"按钮，如图 4-64 所示。

图 4-64　单击"刻录"按钮

提示：　　　这里需要注意的是：视频品质越高，容量就越大，在 DVD 光盘中所容纳的影片时间就越短。通常只有一盘 60 分钟的 DV 带，可选择标准品质进行刻录。

此外，在会声会影 X3 中可以同时导入视频拍摄日期作为字幕，例如，在"视频日期信息"选项组中选择"添加为标题"复选框，再选择"区间"单选按钮，并在其后的数值框中输入 30 秒，即可在 30 秒的地方显示日期信息。如果选择"整个视频"单选按钮，则整个影片都将增加日期信息。

步骤02 开始刻录时，会声会影 X3 还将对视频进行一次捕获，捕获完成后会自动开始转换菜单，并显示刻录的进度，如图 4-65 所示。

图 4-65　正在进行刻录

提示：　　单击"刻录"按钮后，一定不要中断与 DV 设备的连接，这是由于程序会先将视频转换成 DVD 格式并暂存在硬盘空间中，因此，要保证 DV 设备有足够的电源。转换完毕后，通过刻录机写入刻录盘开始真正的刻录，此时，才可以断开与 DV 设备的连接。

步骤03 刻录完成，将弹出刻录成功信息提示对话框，单击"确定"按钮，然后将刻录好的 DVD 光盘放入家里的 DVD 播放机中，即可在电视上看到记录的影片。

高手点津：从"DV 转 DVD 向导"界面切换至会声会影编辑器界面

在进入"DV 转 DVD 向导"界面后，如果用户需要切换到会声会影 X3 高级编辑器界面中进行操作，则可在"DV 转 DVD 向导"的光盘刻录界面中单击界面左下角的"选项"按钮，在弹出的下拉菜单中选择"转到 VideoStudio Pro Editor"命令，如图 4-66 所示，即可切换至会声会影 X3 的高级编辑器界面。

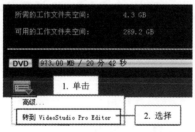

图 4-66　选择"转到 VideoStudio Pro Editor"命令

Chapter 05　影片剪辑准备
——素材的捕获与管理

一部好的影视作品离不开高质量的素材和具有创造性的剪辑。因此，视频素材的捕获是视频编辑的第一步，也是进行视频编辑的一个首要环节。所谓视频素材的捕获，就是从摄像机、电视、VCD 及 DVD 光盘等外部设备视频源中获取视频和图像等素材，再通过视频捕获卡或 IEEE 1394 卡接收和翻译数据，最后导入到计算机硬盘中。本章将主要介绍利用会声会影 X3 捕获视频素材的具体操作方法。

本章知识要点：

◆　视频捕获准备

◆　从 DV 捕获视频

◆　从移动设备捕获视频

5.1 视频捕获准备

捕获视频是影片制作的基本前提，视频捕获是否成功直接影响着影片制作的效果。因此，在进行视频捕获之前，需要做一些准备工作。

5.1.1 选择合适的操作系统

在捕获视频之前，首先需要确认所使用的计算机操作系统能够支持 Microsoft DV 驱动程序。为了避免 DV 和 IEEE 1394 卡在安装或捕获过程中发生问题，最好将操作系统升级到 Windows XP、Windows Vista 或 Windows 7。表 5-1 列出了各种操作系统对 DV 设备的支持情况。

表 5-1　不同的操作系统对 DV 设备的支持情况

操 作 系 统	说　　　　明
Windows XP	可充分支持 IEEE 1394 卡，连接 HDV 需要 Windows XP2
Windows NT 4.X	不支持 IEEE 1394 卡
Windows 2000	可充分支持 IEEE 1394 卡，并且它可检测的设备与 Windows 98 第二版相同
Windows Vista/7	可充分支持 IEEE 1394 卡

5.1.2 视频捕获的注意事项

在视频捕获之前，还需要注意以下一些事项，这将为更好地完成视频捕获工作会带来极大的便利。

- 关闭其他程序。如果捕获视频的时间较长，耗费系统资源较大，捕获前建议除 Windows 资源管理器和会声会影 X3 以外，尽量关闭所有正在运行的其他程序，例如，QQ、防火墙和病毒实时监控等，以提高捕获质量。对于低配置的计算机，这一点尤为重要。
- 如果当前系统包括两个磁盘分区或者两块硬盘，建议将会声会影安装在系统盘（通常是 C 盘），而将捕获的视频保存在另一个磁盘分区（通常是 D 盘）或者另一块硬盘上。
- 对于视频编辑工作，由于需要传输大量的数据，建议使用 7200 转速的高速硬盘并保持 30GB 可用磁盘空间，以免出现丢帧或磁盘空间不足的情况。
- 正确地设置计算机环境，例如，启用 DMA 功能、禁用硬盘的"写入缓存"功能，以及设置虚拟内存等。具体的设置操作请读者参阅本书 1.3 节的详细介绍。
- 关闭一些隐藏在后台的程序，例如，屏幕保护程序、定时杀毒程序和定时备份程序等，以免捕获视频时发生中断。

高手点津：捕获时断开网络连接

在视频捕获过程中，为防止计算机遭到病毒或黑客的攻击，建议用户最好断开网络连接。

范例实战 34 关闭屏幕保护程序

视频文件 • 随书光盘\视频文件\第 5 章\关闭屏幕保护程序.swf

步骤01▶ 在桌面的空白处右击，在弹出的快捷菜单中选择"属性"命令，如图 5-1 所示。

步骤02▶ 在弹出的"显示属性"对话框中选择"屏幕保护程序"选项卡，然后单击"屏幕保护程序"下拉按钮，在打开的下拉列表框中选择"无"选项，并依次单击"应用"和"确定"按钮即可，如图 5-2 所示。

图 5-1 选择"属性"命令

图 5-2 选择"屏幕保护程序"选项卡

5.1.3 认识捕获面板

设置完计算机后，在正式捕获视频之前，还应提前熟悉捕获面板，以便为捕获工作奠定良好的基础。

在会声会影 X3 编辑器界面窗口中，选择步骤面板中的"捕获"选项卡，即可进入其捕获面板，如图 5-3 所示。

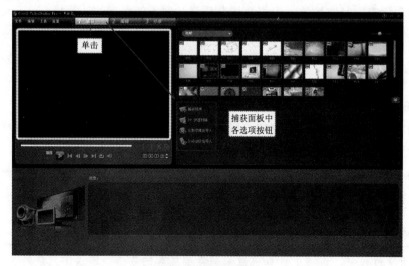

图 5-3 捕获面板

- 捕获视频。单击此按钮，可以捕获来自 DV、HDV、模拟摄像机和电视中的视频素材。对于各种不同类型的视频来源来说，捕获的步骤类似，所不同的是每种类型来源的捕获视频选项面板中可用的捕获设置有所不同。
- DV 快速扫描。单击此按钮，可以扫描 DV 设备，查找到要导入的场景，然后再捕获视频素材。
- 从数字媒体导入。单击此按钮，可以将光盘或硬盘中的 DVD/DVD-VR、AVCHD 或 BDMV 视频或者 AVCHD*.m2ts 和*.mts 文件导入到会声会影 X3 中。
- 从移动设备导入。单击此按钮，可以将基于 Windows Mobile 的智能手机、Pocket PC/PDA、iPod 或者 PSP 等移动设备中的媒体文件导入到会声会影 X3 中。

5.1.4 设置声音属性

为了确保在捕获视频时能够同步录制声音，在捕获之前还需要在计算机中对声音属性进行设置。

范例实战 35 设置声音属性

视频文件 · 随书光盘\视频文件\第 5 章\设置声音属性.swf

步骤01 单击"开始"按钮，选择"控制面板"命令，打开"控制面板"窗口，如图 5-4 所示。

步骤02 双击"声音和音频设备"图标，弹出"声音和音频设备属性"对话框，如图 5-5 所示。

图 5-4 "控制面板"窗口

图 5-5 "声音和音频设备属性"对话框

技巧

在"声音和音频设备"图标上右击，在弹出的快捷菜单中选择"打开"命令，也可以弹出"声音和音频设备属性"对话框。

步骤03 选择"音频"选项卡，在"录音"选项组中将当前使用的声卡设置为首选设备，如图 5-6 所示。

步骤04 单击"确定"按钮，退出"声音和音频设备属性"对话框。然后在 Windows 桌面的任务栏中双击"音量"图标，打开"主音量"窗口，如图 5-7 所示。

图 5-6 选择音频设备

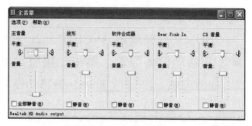

图 5-7 "主音量"窗口

步骤05 选择"选项" | "属性"命令，弹出"属性"对话框，如图 5-8 所示。

步骤06 在"混音器"下拉列表框中选择需要的声音设备，然后选择"录音"单选按钮，并在"显示下列音量控制"列表框中选择"线路输入"复选框，如图 5-9 所示。

图 5-8 "属性"对话框

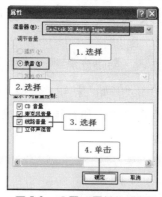

图 5-9 设置"属性"选项

根据计算机系统的不同，弹出的对话框中的设置选项可能会有所不同。

步骤07 单击"确定"按钮，"主音量"窗口将变为"录音控制"窗口，如图 5-10 所示。

步骤08 在"录音控制"窗口的"线路音量"选项组中选择"选择"复选框，如图 5-11 所示。然后单击窗口右上角的"关闭"按钮，即可完成声音属性的设置。

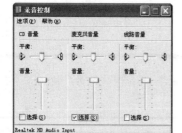

图 5-10 "录音控制"窗口

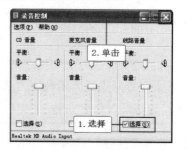

图 5-11 选择"选择"复选框

5.1.5　设置工作文件夹

在使用会声会影 X3 捕获视频之前，还需要根据硬盘的剩余空间正确设置工作文件夹和预览文件夹。工作文件夹用于保存编辑完成的项目和捕获的视频素材。会声会影 X3 默认的工作文件夹为 C:\Documents and Settings\Administrator\My Documents\Corel VideoStudio Pro\Corel VideoStudio Pro\13.0\，会声会影 X3 要求保持 30GB 可用磁盘空间，以免出现丢帧或磁盘空间不足的情况。如果 C 盘空间不够大，可以将工作文件夹指定到另一个磁盘分区或者另一块硬盘上。

 范例实战 36　设置工作文件夹

视频文件 ·随书光盘\视频文件\第 5 章\设置工作文件夹.swf

步骤01 启动会声会影 X3 编辑器，选择"设置"|"参数选择"命令，或者按【F6】键，弹出"参数选择"对话框，如图 5-12 所示。

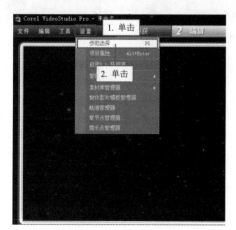

图 5-12　打开"参数选择"对话框

步骤02 选择"常规"选项卡，单击"工作文件夹"右侧的按钮，在弹出的对话框中选择一个新的磁盘分区，然后单击"新建文件夹"按钮，新建一个新的工作文件夹，并重新命名文件夹，如图 5-13 所示。

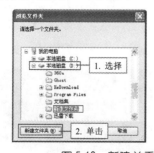

图 5-13　新建并重命名新的工作文件夹

步骤03 设置完成后，单击"确定"按钮即可。

5.2 从 DV 捕获视频

在会声会影 X3 中，当用户正确安装完 IEEE 1394 采集卡后，就可以很方便地从 DV 中采集视频素材了。本节主要介绍从 DV 中采集视频素材的具体操作方法。

5.2.1 "捕获"选项面板功能详解

将 DV 与计算机正确连接后，单击选项面板上的"捕获视频"按钮，进入捕获选项面板，如图 5-14 所示。

图 5-14 进入捕获选项面板

下面将具体介绍捕获选项面板中各选项参数的功能及设置方法。

1. 区间

该数值框用于指定要捕获素材的长度，其中的几组数字分别对应小时、分钟、秒和帧。在需要调整的数字上单击，当其处于闪烁状态时，输入新的数字或者单击右侧的三角按钮来增加或减少所设置的时间。在捕获视频时，"区间"中同步显示当前已经捕获的视频时间长度，也可以预告指定时间值，捕获指定时间长度的视频。

高手点津："帧"的最大值

对于 PAL 制式的 VCD 而言，帧速率为 25 帧/秒，因此，在"区间"数值框中的"帧"位上所能设置的最大数值为 24。

2. 来源和格式

"来源"下拉列表框用于显示检测到的视频设备，即显示所连接的 DV 机的名称和类型。

"格式"下拉列表框用于设置保存捕获视频的文件格式。单击该下拉按钮，在打开的下拉列表框中可以根据所使用的捕获设备及输出需求选择捕获视频的格式，如图 5-15 所示。

图 5-15 选择要捕获视频的格式

3．捕获文件夹

单击"捕获文件夹"文本框右侧的按钮■，弹出"浏览文件夹"对话框，在其中可以指定保存捕获文件的文件夹。建议将捕获文件夹设置到 C 盘以外有足够大剩余空间的磁盘分区中。

4．按场景分割

在拍摄影片时，会在同一盘录像带中拍摄多个视频片段，在编辑视频时，常常需要分割这些片段以便为它们加上转场效果或者标题。选择"按场景分割"复选框，可以根据录制的日期、时间及录像带上任何较大的动作变化、相机移动，以及亮度变化，自动将视频文件分割成单独的素材，并将它们当做不同的素材插入到项目中。

5．选项

单击该按钮，在弹出的下拉菜单中选择相应的命令，可以弹出与捕获驱动程序相关的对话框，如图 5-16 所示。

- 捕获选项：选择该命令，将弹出如图 5-17 所示的对话框，在其中可以选择是否捕获到素材库中。如果选择"捕获到素材库"复选框，将在捕获视频后，在素材库中将添加一个当前捕获的素材的缩略图链接，以备今后快速存取。对于某些格式，可以选择是否捕获音频并设置帧速率。

图 5-16　"选项"下拉菜单

图 5-17　"捕获选项"对话框

- 视频属性：如果在"格式"下拉列表框中选择 DV 选项，则选择该命令，在弹出的对话框中可以选择 DV type-1 或者 DV type-2 选项，如图 5-18 所示。如果在"格式"下拉列表框中选择 DVD 选项，则选择该命令，将在弹出的对话框中可以选择 DVD 类型选项，如图 5-19 所示。

图 5-18　设置 DV 视频属性

图 5-19　设置 DVD 视频属性

高手点津 ：关于 DV type-1 或者 DV type-2

通过 IEEE 1394 采集卡捕获的 DV 视频被自动保存为 AVI 文件，在这种 AVI 中包含两种数据流：视频和音频，而 DV 是本身就包含视频和音频的数据流。

在 DV type-1 的 AVI 中，整个 DV 流被未经修改地保存在 AVI 文件的一个流中；而在 DV type-2 的 AVI 中，DV 流被分割成单独的视频和音频数据，保存在 AVI 文件的两个流中。DV type-1 的优点是 DV 数据无须进行处理，保存为与原始相同的格式；DV type-2 的优点是可以与不是专门用于识别和处理 DV type-1 文件的视频软件相兼容。

6．捕获视频

单击此按钮，可以从已连接的视频输入设备中捕获视频。

7．抓拍快照

单击此按钮，可以将视频输入设备中的当前帧作为静态图像捕获到会声会影 X3 中。

8．禁止音频预览

在捕获选项面板中单击"捕获视频"按钮后，此按钮才处于可用状态。单击此按钮，可以在捕获视频的同时使音频静音。

5.2.2　从 DV 中捕获视频

在会声会影 X3 中捕获 DV 视频的方法与在影片向导中捕获 DV 视频的方法类似。下面将详细介绍在会声会影 X3 中捕获 DV 视频的方法。

范例实战 37　从 DV 中捕获视频

 **视频文件** ·随书光盘\视频文件\第 5 章\从 DV 中捕获视频.swf

步骤01 将 DV 与计算机正确连接，并将摄像机切换至播放模式。

步骤02 在会声会影 X3 编辑器窗口的步骤面板中单击"捕获"按钮，进入捕获步骤，如图 5-20 所示。

图 5-20　进入捕获步骤

步骤03 单击"捕获视频"按钮，进入视频捕获选项面板，如图 5-21 所示。

步骤04 单击"格式"下拉按钮，在打开的下拉列表框中选择需要捕获的视频文件格式，例如，选择 DV 选项，如图 5-22 所示。

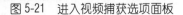

图 5-21　进入视频捕获选项面板　　　　　　　图 5-22　选择要捕获的视频文件格式

步骤05 ▶ 在导览面板中单击"播放"按钮，播放 DV 设备中的视频，如图 5-23 所示。

步骤06 ▶ 播放至合适位置后，单击导览面板中的"暂停"按钮，确定捕获视频的起点，如图 5-24 所示。

图 5-23　播放 DV 设备中的视频　　　　　　　图 5-24　确定捕获视频的起点

步骤07 ▶ 在捕获选项面板中单击"捕获视频"按钮，开始捕获视频，此时，"捕获视频"按钮变为"停止捕获"按钮，如图 5-25 所示。

步骤08 ▶ 单击"停止捕获"按钮，停止视频捕获，结束捕获，捕获的视频将显示在素材库中。选择该视频文件，单击导览面板的"播放"按钮，即可预览捕获的视频效果，如图 5-26 所示。

图 5-25　单击"捕获视频"按钮　　　　　　　图 5-26　预览捕获的视频

高手点津：捕获为其他格式的视频

　　默认情况下，捕获的视频是 DV 格式，用户也可以根据需要将捕获的视频捕获成其他格式。在捕获选项面板中单击"格式"下拉按钮，在打开的下拉列表框中选择需要的文件格式，例如，选择 DVD 选项，然后再进行视频捕获，即可将 DV 视频捕获成其他格式。

5.2.3 从 DV 中捕获静态图像

会声会影 X3 的捕获功能比较强大，用户在捕获 DV 视频的同时，也可以将其中的一帧影像捕获成静态图像。

 范例实战 38 从 DV 中捕获静态图像

视频文件 · 随书光盘\视频文件\第 5 章\捕获静态图像.swf

步骤01 在菜单中选择"设置"｜"参数选择"命令，弹出"参数选择"对话框。选择"捕获"选项卡，然后单击"捕获格式"下拉按钮，在打开的下拉列表框中选择 JPEG 选项，如图 5-27 所示。

高手点津：关于捕获静态图像的格式

从视频中捕获静态图像的长宽取决于原始视频，例如，PAL DV 视频是 720×576 像素。图像格式可以是 BITMAP 或 JPEG，默认选项为 BITMAP，它的图像质量比 JPEG 好，但是文件较大。在"参数选择"对话框中选择"捕获去除交织"复选框，捕获静态图像时使用固定的分辨率，而非采用交织型图像的渐进式图像分辨率，这样，捕获后的图像就不会产生锯齿。

步骤02 设置完成后，单击"确定"按钮，退出对话框。选择 "捕获"步骤面板，单击"捕获视频"按钮，进入捕获视频选项面板，然后单击"捕获文件夹"下拉列表框右侧的 按钮，如图 5-28 所示。

图 5-27 设置"捕获格式"选项

图 5-28 单击"捕获文件夹"按钮

步骤03 在弹出的"浏览文件夹"对话框中指定捕获图像文件的保存路径，如图 5-29 所示。

步骤04 在导览面板中单击"播放"按钮，播放 DV 带中的视频，找到需要保存为静态图像的画面位置，单击"暂停"按钮，如图 5-30 所示。

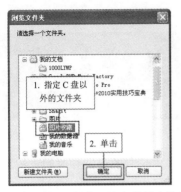

图 5-29　指定捕获的图像文件保存路径

图 5-30　定位要捕获的画面位置

步骤05 单击"抓拍快照"按钮，即可将定位的视频画面捕获成静态的图像，如图 5-31 所示。

步骤06 选择"编辑"步骤面板，即可在故事板视图中查看捕获的图像缩略图，如图 5-32 所示。

图 5-31　单击"抓拍快照"按钮

图 5-32　查看捕获的静态图像缩略图

5.2.4　特殊视频的捕获技巧

在使用会声会影 X3 捕获视频时，除了掌握常规的视频捕获方法外，如果能再掌握一些不同的捕获技巧，必会提高视频捕获的效率。下面就向大家介绍几种特殊的视频捕获技巧。

1．捕获视频时按场景分割

使用会声会影 X3 的"按场景分割"功能，可以根据日期、时间，以及录像带上任何较大的动作变化、相机移动和亮度变化，自动将视频文件分割成单独的素材，并将其作为不同的素材插入到项目中。

范例实战 39　捕获视频时按场景分割

视频文件 ·随书光盘\视频文件\第 5 章\捕获视频时按场景分割.swf

步骤01 在会声会影 X3 编辑器的步骤面板中单击"捕获"按钮，选择"捕获"步骤界面，然后在选择面板中单击"捕获视频"按钮，如图 5-33 所示。

步骤02 在视频捕获选项面板的"格式"下拉列表框中选择 DV 选项，并选择"按场景分割"

复选框，如图 5-34 所示

图 5-33　单击"捕获视频"按钮

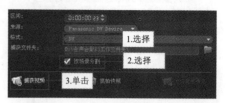

图 5-34　选择"按场景分割"复选框

步骤03 单击"捕获视频"按钮 ，程序将自动根据录制的日期和时间查找场景，并将它们分割成单独的视频文件，如图 5-35 所示。

步骤04 捕获至适当的位置后，单击"停止捕获"按钮 ，停止视频的捕获。分割后的视频将显示在素材库中，如图 5-36 所示。

图 5-35　开始捕获视频

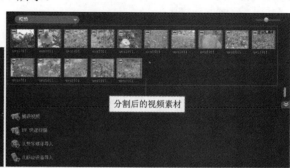

图 5-36　分割后的视频将显示在素材库中

2. 按指定时长捕获视频

如果用户希望程序自动捕获一个指定时间长度的视频内容，并使程序在捕获到所指定的视频内容后自动停止捕获，则可为捕获视频指定一个时间长度。

范例实战 40　按指定时长捕获视频

视频文件　·随书光盘\视频文件\第 5 章\按指定时长捕获视频.swf

步骤01 在会声会影 X3 编辑器窗口的步骤面板中单击"捕获"按钮，选择"捕获"步骤面板，然后单击选项面板中的"捕获视频"按钮，打开视频捕获选项面板。然后在"区间"数值框中需要调整的数字上单击，当光标呈闪烁状态时，输入捕获的时长值，例如，输入 20，如图 5-37 所示。

步骤02 单击"捕获视频"按钮，程序开始捕获视频，经过 20 秒后，程序自动停止捕获，并在素材库中显示捕获的视频，如图 5-38 所示。

3. 捕获成其他格式

会声会影 X3 可以直接从 DV、模拟或任何视频设备中将视频实时捕获成 MPEG-1 或 MPEG-2 格式。直接捕获成 MPEG 格式可以节省硬盘空间，这是因为 MPEG 格式的文件要比 AVI 格式的文件小得多。

图 5-37　设置捕获时长　　　　　　　　　　图 5-38　显示捕获到的视频

范例实战 41　捕获成其他格式

视频文件・随书光盘\视频文件\第 5 章\捕获成其他格式.swf

步骤01 选择"捕获"步骤面板，单击选项面板中"格式"下拉按钮，在打开的下拉列表框中选择 DVD 选项，如图 5-39 所示。

步骤02 单击选项面板中的"选项"按钮，在打开的下拉列表框中选择"视频属性"选项，如图 5-40 所示。

图 5-39　选择 DVD 选项　　　　　　　　图 5-40　选择"视频属性"选项

步骤03 弹出"视频属性"对话框，单击"当前的配置文件"下拉按钮，在打开的下拉列表框中用户可根据需要选择相应的配置文件选项，如图 5-41 所示。

图 5-41　在"视频属性"对话框中选择相应配置文件选项

步骤04 单击"确定"按钮，然后单击选项面板中的"捕获视频"按钮，开始捕获视频，至合适位置后，单击"停止捕获"按钮，即可完成直接将视频捕获为 DVD 格式的操作。

5.3 从移动设备捕获视频

在会声会影 X3 中，除了可以从 DV 摄像机中捕获视频外，还可以从 PSP、iPODC、智能手机、PDA 和 U 盘等许多移动设备中捕获视频。本节主要介绍从移动设备中捕获视频的多种方法。

5.3.1 从光盘中捕获视频

在会声会影 X3 中，用户可以根据需要将 VCD/DVD/DVD-VR 等光盘中的精彩视频捕获至软件中，以用于视频的编辑。

 范例实战 42　从光盘中捕获视频

视频文件 • 随书光盘\视频文件\第 5 章\从光盘中捕获视频.swf

步骤01 将 VCD 或 DVD 光盘置于光盘驱动器中，然后在会声会影 X3 编辑器中选择"捕获"步骤面板，然后单击选项面板中的"从数字媒体导入"按钮，如图 5-42 所示。

步骤02 在弹出的"选取'导入源文件夹'"对话框中选择需要导入的 VCD/DVD 视频文件，如图 5-43 所示。

图 5-42　单击"从数字媒体导入"按钮　　　　图 5-43　选择需要导入的文件

步骤03 单击"确定"按钮，在弹出的"从数字媒体导入"对话框中，单击"起始"按钮，如图 5-44 所示。

步骤04 在打开的"选取要导入的项目"窗口中选择需要导入的视频项目前面的复选框，如图 5-45 所示。

步骤05 单击"开始导入"按钮，打开相应的界面，并显示导入进度，如图 5-46 所示。

步骤06 导入完成后，即可在素材库中显示导入的视频文件，如图 5-47 所示。

图 5-44　单击"起始"按钮　　　　　　　　　图 5-45　选择需要导入的视频项目

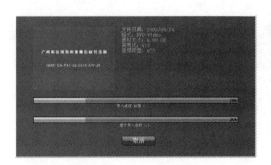

图 5-46　显示导入进度　　　　　　　　　　图 5-47　显示导入的视频文件

5.3.2　从移动设备中捕获视频

在会声会影 X3 中，用户还可以将存储在 U 盘等移动设备中的视频捕获至计算机中。

范例实战 43　从移动设备中捕获视频

 视频文件 · 随书光盘\视频文件\第 5 章\从移动设备中捕获视频.swf

步骤01▶　将移动设备与计算机连接好之后，在会声会影 X3 编辑器步骤面板的选项面板中单击"从移动设备导入"按钮，弹出"从硬盘/外部设备导入媒体文件"对话框，然后在"设备"列表框中选择需要导入文件设备，再在右侧的窗格中选择需要导入的视频文件，如图 5-48 所示。

步骤02▶　单击"确定"按钮，即可将素材导入到素材库中，如图 5-49 所示。

技巧

在"从硬盘/外部设备导入媒体文件"对话框中单击"设置"按钮,可以在弹出的"设置"对话框中设置浏览文件及保存导入/导出文件的位置。

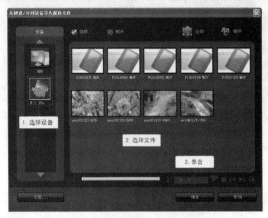

图 5-48　选择需要导入的视频文件

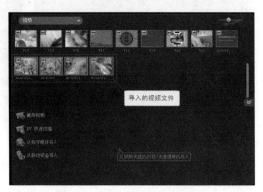

图 5-49　素材被导入至素材库

5.3.3　从摄像头捕获视频

使用会声会影 X3,也可以直接从与计算机连接的摄像头中捕获视频。

范例实战 44　从摄像头捕获视频

步骤01 通过 USB 连接线将摄像头与计算机相连接,并正确安装摄像头驱动程序。

步骤02 在会声会影 X3 编辑器界面单击"捕获"步骤按钮,选择"捕获"步骤面板,然后在选项面板中单击"捕获视频"按钮,此时,在视频捕获选项面板中将显示与计算机相连的摄像头名称,并在预览窗口中显示当前的画面,如图 5-50 所示。

步骤03 在"格式"下拉列表框中选择捕获视频的文件格式选项,例如,选择 DVD 选项,如图 5-51 所示。

图 5-50　视频捕获选项面板

图 5-51　设置捕获视频的文件格式

步骤04 单击"捕获视频"按钮,开始通过摄像头捕获视频文件,在选项面板中将显示捕获视频的时长,如图 5-52 所示。

步骤05 ▶ 捕获到所需要的内容后，单击"停止捕获"按钮，捕获的视频将自动被保存到素材库中，如图5-53所示。

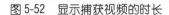

显示视频捕获的时长

图5-52 显示捕获视频的时长

通过摄像头捕获的视频

图5-53 捕获的视频被保存在素材库

Chapter 06 视频编辑初级技法
——素材的导入与调整

　　毋庸置疑，一部优秀的影片是在原始视频的基础上，经过反复剪辑而成的。因此，素材的编辑是会声会影 X3 编辑器最为核心的内容。在会声会影 X3 中，用户可以根据不同的作品选择不同的素材进行修饰和修改，使其能够组合成一段情节更为生动，效果更为美观的影片。

本章知识要点：

◆　导入素材

◆　调整素材

◆　添加摇动和缩放

◆　素材色彩校正

◆　视频素材的特殊处理

6.1 导入素材

在会声会影 X3 中，素材是组成影片的重要元素，素材可以是视频、静态图像、标题或音频等，这些素材可以直接插入到相应的轨道中制作影片，也可以导入至素材库中方便随时调用。因此，在影片制作之前，必须先掌握导入素材的具体操作方法。

6.1.1 将素材导入至素材库

在会声会影中，素材库是一个很重要的预览存储区域，可以让用户放置与创建影片需要的所有素材，如视频、音频、图像、色彩、转场、视频滤镜、标题、装饰和 Flash 动画等。因此，为了方便影片的制作，在会声会影 X3 中，用户可以将计算机中的一些素材导入至素材库中。

1．导入视频素材

在所有的媒体素材中，视频素材是最基本也是最重要的素材类型。为此，会声会影 X3 自带了大量的视频素材供用户使用，如图 6-1 所示。

图 6-1 视频素材库中的视频素材

当然，仅依靠软件自带的视频素材是无法完成一项完整的影片剪辑制作任务的，这就需要用户先将视频素材导入至素材库中。

范例实战 45 导入视频素材

原始素材 ·随书光盘\素材\第 6 章\01.mpg、02.mpg、03.mpg

视频文件 ·随书光盘\视频文件\第 6 章\导入视频素材.swf

步骤01▶ 进入会声会影 X3 编辑器界面，默认状态下，素材库的“画廊”下拉列表框中选择的是“视频”选项，单击“画廊”下拉列表框右侧的“添加”按钮，如图 6-2 所示。

步骤02▶ 在弹出的“浏览视频”对话框中找到要导入的视频素材文件，如图 6-3 所示。

图 6-2　单击"添加"按钮　　　　　　　　图 6-3　"浏览视频"对话框

步骤03 单击"打开"按钮，即可将选择的视频素材文件导入至素材库中，如图 6-4 所示。

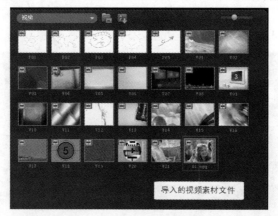

图 6-4　导入的视频素材文件

技 巧

在"浏览视频"对话框中，按住【Ctrl】键或【Shift】键，可以选择多个视频素材文件，并同时将多个视频素材文件导入至素材库中。

提示：如果在"浏览视频"对话框中选择了多个文件，单击"打开"按钮，则会弹出"改变素材序列"对话框，在其中用鼠标拖动视频素材，可以调整素材的顺序，如图 6-5 所示。

图 6-5　"改变素材序列"对话框

高手点津：另外两种快速将素材添加到素材库中方法

除了上述方法外，还可以通过以下两种方法快速地将素材添加到素材库中：

方法一：打开 Windows "资源管理器"窗口，选择要添加到素材库中的媒体文件，然后保持"资源管理器"窗口位于会声会影界 X3 面窗口的前面，直接将它们拖动到素材库中即可，如图 6-6 所示。

方法二：在会声会影 X3 界面中选择"文件"|"将媒体文件插入到素材库"命令，在弹出的子菜单中选择相应的命令，也可将媒体文件添加到素材库中，如图 6-7 所示。

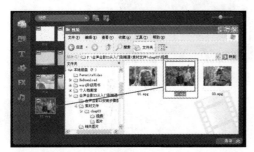

图 6-6　从"资源管理器"窗口中直接添加素材

图 6-7　通过"文件"菜单添加素材

2．导入图像素材

静态图像也是会声会影 X3 在制作影片剪辑时的一种重要素材类型，主要应用于多段视频间的过渡。在制作电子相册时，图像是会声会影 X3 编辑的主要对象。

 范例实战 46　导入图像素材

原始素材 ・随书光盘\素材\第 6 章\01.jpg、02.jpg、03.jpg
视频文件 ・随书光盘\视频文件\第 6 章\导入图像素材.swf

步骤01 在会声会影 X3 编辑器的素材库面板中，单击"画廊"下拉按钮，在弹出的下拉列表框中选择"照片"选项，然后单击"添加"按钮，如图 6-8 所示。

步骤02 在弹出的"浏览照片"对话框中选择要导入的图像素材文件，如图 6-9 所示。

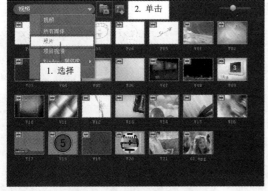

图 6-8　单击"添加"按钮

图 6-9　"浏览照片"对话框

步骤03 ▶ 单击"打开"按钮，即可将选择的图像素材文件导入至素材库中，如图 6-10 所示。

图 6-10　导入的图像素材文件

6.1.2　将素材添加到视频轨

将素材导入至会声会影 X3 素材库中，只是制作影片的准备工作，而将素材添加到视频轨则是编辑视频的必要前提。根据会声会影 X3 的软件设定，用户可以将视频、图像和色彩素材这 3 种不同类型的媒体素材添加至"视频轨"中。下面将对这些素材的添加方法进行简单介绍。

1．添加视频素材到视频轨

视频素材是影片剪辑的基础，因此，在会声会影 X3 中可以采用多种方法将视频素材添加到视频轨中，用户可以根据实际情况和使用习惯进行选择。

（1）添加素材库中的素材

对于已经导入到素材库中的视频素材，可以采取以下两种方法将素材添加到视频轨。

■　方法一：可以在素材库中选择视频素材，然后按住鼠标并拖动至时间轴面板的视频轨上释放鼠标，该视频或图像素材即可被添加至视频轨中，如图 6-11 所示。

■　方法二：在素材库中右击要添加至视频轨的视频或图像素材，在弹出的快捷菜单中选择"插入到"｜"视频轨"命令即可，如图 6-12 所示。

图 6-11　拖动添加视频素材

图 6-12　快捷菜单方式添加视频素材

技 巧

在素材库中如果选择了多个视频素材，可以将它们一起拖动至视频轨中。

（2）将视频素材直接添加至视频轨

上面介绍的两种方法只能在视频轨中添加素材库中已经存在的素材，对于还未导入素材库的素材，则可以通过以下 3 种方法将其添加至视频轨中。

图 6-13　选择"插入视频"命令

- 方法一：在项目时间轴的视频轨中右击，在弹出的快捷菜单中选择"插入视频"命令，如图 6-13 所示，在弹出的"打开视频文件"对话框中，选择要添加的视频文件，单击"打开"按钮即可。

- 方法二：选择"文件"|"将媒体文件插入到时间轴"|"插入视频"命令，如图 6-14 所示，在弹出的"打开视频文件"对话框中选择要添加的视频文件，单击"打开"按钮，即可将选择的视频文件直接插入至"视频轨"中。

提示： 在"方法一"和"方法二"的操作中，如果在"打开视频文件"对话框中一次选择了多个视频文件，单击"打开"按钮后，将会弹出"改变素材序列"对话框，在此对话框中可以根据需要以拖动的方式调整视频素材的排列顺序，如图 6-15 所示。

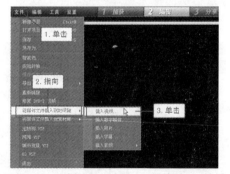

图 6-14　"将媒体文件插入到时间轴"菜单

图 6-15　"改变素材序列"对话框

- 方法三：打开"Windows 资源管理器"窗口，然后在其中找到需要添加到视频轨的视频文件并选中，按住鼠标并拖动，将选择的文件直接拖动到会声会影 X3 编辑器的"视频轨"上即可，如图 6-16 所示。

2．添加图像素材

将静态的图像制作成动态的电子相册，或在影片中加入符合场景的图像作为片头，这些都是会声会影 X3 在应用图像素材的典型案例。然而，若要想完成上述操作，首先需要将所需图像素材添加至"视频轨"中。

（1）将图像素材库中的素材添加至视频轨

如果图像文件已经导入至会声会影 X3 素材库中，可以在素材库中单击"画廊"下拉按钮，在打开的下拉列表框中选择"照片"选项，然后在库面板中的图像素材缩略图中右击，在弹出的快捷菜单中选择"插入到"｜"视频轨"命令，即可将所选的图像素材添加至时间轴的"视频轨"中，如图 6-17 所示。

图 6-16　从资源管理器直接添加视频素材

另外，与添加视频素材相同，也可以直接将图像素材从图像素材库中拖动至"视频轨"中，如图 6-18 所示。

图 6-17　选择"视频轨"命令

图 6-18　将图像从素材库拖动至"视频轨"中

▌▌▌高手点津：在视频轨中添加图像素材的注意事项

　　在开始给项目时间轴添加静态图像之前，首先要确定所有图像的大小。在默认情况下，会声会影 X3 会自动调整图像的大小，并保持图像的宽高比。要使插入的所有图像大小都与项目的帧大小相同，可在"参数选择"对话框的"图像重新采样选项"下拉列表框中选择"调到项目大小"选项，如图 6-19 所示。

图 6-19　选择"调到项目大小"选项

（2）直接将图像文件添加至视频轨

在打开的"Windows 资源管理器"窗口中，选择需要添加到视频轨的图像文件，将其直接拖动到时间轴面板的视频轨上即可，如图 6-20 所示。

此外，在项目时间轴的视频轨中右击，在弹出的快捷菜单中选择"插入照片"命令，在弹出的"浏览照片"对话框中选择要添加的图像文件，单击"打开"按钮，也可将图像文件直接添加至"视频轨"，如图 6-21 所示。

图 6-20　从资源管理器直接添加视频素材

图 6-21　"插入照片"快捷菜单

技巧

选择"文件"｜"将媒体文件插入到时间轴"｜"插入照片"命令，也可在弹出的"浏览照片"对话框中选择要添加的图像文件，并将其添加至"视频轨"中。

3. 添加色彩素材

色彩素材就是单色的背景，通常用于标题和转场之中。例如，可以使用黑色素材来产生的淡出效果起到两个视频素材间的平滑过渡，或者将开场字幕放在色彩素材上，然后使用交叉淡化效果，将色彩素材慢慢转变为影片。

在"视频轨"中插入色彩素材的方法与插入视频和图像的方法相似，只需在"色彩"素材库中将色彩素材拖动至项目时间轴的"视频轨"上即可，如图 6-22 所示。

然而，在实际应用中，由于"色彩"素材库中的色彩素材数量有限，往往无法满足需要。

因此，用户可以添加自定义的色彩素材。

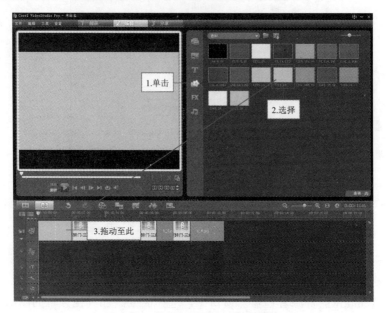

图 6-22　将色彩素材拖动至视频轨

范例实战 47　自定义色彩素材

视频文件 ·随书光盘\视频文件\第 6 章\自定义色彩素材.swf

步骤01 在素材库面板中单击"图形"按钮，然后在"画廊"下拉列表框中选择"色彩"
选项，切换至"色彩"素材库，如图 6-23 所示。

步骤02 单击素材库上方的"添加"按钮，弹出"新建色彩素材"对话框。单击"色彩"右侧
的颜色方框，在打开的下拉列表框中选择"Corel 色彩选取器"或"Windows 色彩选
取器"选项，如图 6-24 所示。

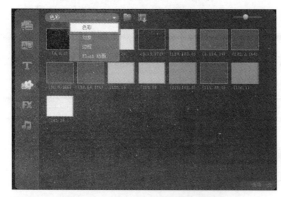

图 6-23　切换至"色彩"素材库

图 6-24　"新建色彩素材"对话框

步骤03 在弹出的"Corel 色彩选取器"或"颜色"对话框中选取新建色彩素材的颜色，如
图 6-25 所示。

步骤04 设置完成之后，单击"确定"按钮，即可将自定义的色彩素材添加到素材库，如图 6-26

所示。

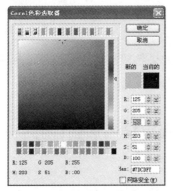

图 6-25　自定义色彩

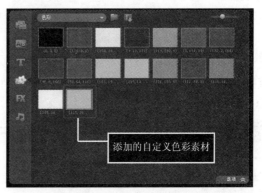

图 6-26　添加的自定义色彩素材

技 巧

在"Corel 色彩选取器"对话框的"RGB 颜色值"数值框中分别输入相应的数值也可设置色彩素材的颜色。

4. 添加 Flash 动画

在会声会影 X3 中，可以从素材库或者直接从硬盘上将 Flash 动画添加到影片中。

（1）从素材库中添加 Flash 动画

范例实战 48　从素材库中添加 Flash 动画

原始素材　·随书光盘\素材\第 6 章\海上升明月.swf

视频文件　·随书光盘\视频文件\第 6 章\从素材库中添加 Flash 动画.swf

步骤01　在素材库选项面板中单击"图形"按钮，切换至"图形"素材库，然后单击"画廊"下拉按钮，在打开的下拉列表框中选择"Flash 动画"选项，如图 6-27 所示。

步骤02　在"Flash 动画"素材库中单击"添加"按钮，在弹出的"浏览 Flash 动画"对话框中选择随书光盘中的 Flash 动画文件——"海上升明月.swf"，并将其导入至"Flash 动画"素材库，如图 6-28 所示。

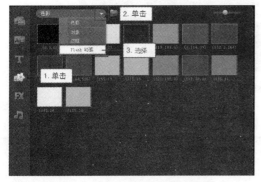

图 6-27　选择"Flash 动画"选项

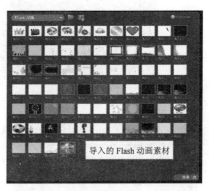

图 6-28　将 Flash 动画导入至素材库

步骤03▶ 在 Flash 动画素材库中选择要添加到"视频轨"的动画素材，按住鼠标并拖动至项目
时间轴的"视频轨"上释放鼠标即可。

（2）从文件夹中添加 Flash 动画

大多数情况下，素材文件都保存在硬盘或光盘上，如果希望将这些素材不添加到素材库而
直接添加到影片中，可以按"范例实战 49"中的方法进行操作。

范例实战 49　将文件夹中的 Flash 动画直接添加到视频轨

原始素材　·随书光盘\素材\第 6 章\让座.swf
视频文件　·随书光盘\视频文件\第 6 章\从文件夹中添加 Flash 动画.swf

步骤01▶ 选对"文件"｜"将媒体文件插入到时间轴"｜"插入视频"命令，如图 6-29 所示。
步骤02▶ 在弹出的"打开视频文件"对话框中选择需要插入的 Flash 文件，如图 6-30 所示。

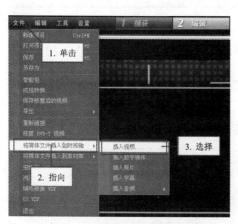

图 6-29　选择"插入视频"命令　　　　图 6-30　选择要插入的 Flash 文件

步骤03▶ 单击"打开"按钮，即可将选择的 Flash 文件插入到"视频轨"中，如图 6-31 所示。

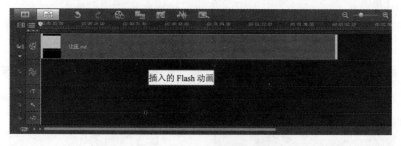

图 6-31　插入 Flash 文件的效果

高手点津：在时间轴中插入其他素材

按照上述介绍的类似方法，还可以将标题文字添加至项目时间轴的标题轨，将音乐及音
频素材添加至声音轨或者音乐轨中。

6.2 调整素材

在影片的编辑制作过程中，大多数的原始素材都不完全符合视频的制作和设计思路，因此，接下来需要对素材的播放顺序、播放时间和播放速度等做进一步的调整。本节将主要介绍调整素材的具体操作方法。

6.2.1 调整素材的播放顺序

将各类素材添加至项目时间轴的各轨道上后，所有的素材都会按照影片中的播放顺序排列，然而，用户可以自动调整各素材的排列顺序，以便满足影片的需要。

 范例实战 50　调整素材播放顺序

> **原始素材** • 随书光盘\素材\第 6 章\蔷薇 01.jpg～蔷薇 05.jpg
> **视频文件** • 随书光盘\视频文件\第 6 章\调整素材播放顺序.swf

步骤01 进入会声会影 X3 编辑器，在项目时间轴的"视频图"中添加 5 幅素材图像（随书光盘\视频文件\第 6 章\蔷薇 01.jpg～蔷薇 05.jpg），如图 6-32 所示。下面要将素材"蔷薇 04.jpg"调整至素材"蔷薇 02.jpg"之前。

图 6-32　在"视频轨"中添加图像素材

步骤02 在项目时间轴面板的工具栏中单击"故事板视图"按钮，切换至故事板视图，然后选择需要调整顺序的素材（例如，"蔷薇 04.jpg"），按住鼠标并拖动至素材"蔷薇 02.jpg"之前，此时鼠标指针呈形状，拖动的位置处将会显示一条竖线，表示素材将要放置的位置，如图 6-33 所示。

步骤03 释放鼠标，即可将选择的素材移至鼠标释放的位置处，效果如图 6-34 所示。

图 6-33　拖动素材

图 6-34　调整顺序后的效果

6.2.2　设置图像素材的默认区间

设置默认区间是指在插入素材之前设置图像素材的默认播放时间。在插入素材之前按【F6】键，弹出"参数选择"对话框，在"编辑"选项卡中将"默认照片/色彩区间"修改为所需要的持续播放时间，例如，设置为 5 秒，如图 6-35 所示。设置完成后，新插入的图像素材即自动采用自定义的持续播放时间。

图 6-35　设置默认区间

6.2.3　调整单个素材的播放时间

如果想要调整已经添加到故事板中的单个素材的播放时间，可以按照"范例实战 51"中的方法操作。

📀 范例实战 51　调整单个素材的播放时间

🔘 **原始素材**　• 随书光盘\素材\第 6 章\大自然美景.VSP

🔘 **视频文件**　• 随书光盘\视频文件\第 6 章\调整单个素材的播放时间.swf

步骤01 ▶ 打开随书光盘\视频文件\第 6 章\大自然美景.VSP 项目文件，如图 6-36 所示。

图 6-36　打开项目文件

步骤02 ▶ 在项目时间轴的工具栏中单击"故事板视图"按钮，切换至故事板视图，然后选择需要调整的图像素材，此时在选项面板的"区间"中显示当前素材的持续播放时间，如图 6-37 所示。

图 6-37　在"区间"中显示当前素材的持续播放时间

步骤03 在选项面板的"区间"数值框中设置希望图像素材持续播放的时间值，例如，设置为6秒，如图 6-38 所示，设置完成后，按【Enter】键即可。

图 6-38　调整素材的播放时间

高手点津：调整素材播放时间的快捷方法

　　在时间轴视图中，选择要调整播放时间的素材，然后将鼠标指针移动至素材左右边框的一侧，当鼠标呈⬌或⬅形状时，按住鼠标左右拖动可快速地增长或缩短图像素材的区间，如图 6-39 所示。

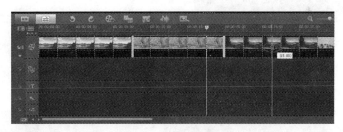

图 6-39　拖动素材的边框调整素材的播放时间

6.2.4　批量调整素材的播放时间

　　如果项目时间轴中添加了大量的图像素材，单独调整每一张图片的播放时间显然是不太现实的，因此，会声会影 X3 提供了批量调整播放时间的功能，可以方便快捷地完成此操作。

范例实战 52　批量调整素材的播放时间

 原始素材　•随书光盘\素材\第 6 章\大自然美景.VSP

视频文件 · 随书光盘\视频文件\第 6 章\批量调整素材的播放时间.swf

步骤01▶ 打开随书光盘\视频文件\第 6 章\大自然美景.VSP 项目文件，然后在项目时间轴的工具栏中单击"故事板视图"按钮 ▦ ，切换至故事板视图。

步骤02▶ 在故事板视图中按住【Shift】键的同时选择要调整的多个素材，或者按【Ctrl+A】组合键选择所有素材，如图 6-40 所示。此时在缩略图下方可以查看当前素材的播放时间。

图 6-40　选择要调整的素材

步骤03▶ 在任意一个素材上右击，在弹出的快捷菜单中选择"更改照片区间"命令，如图 6-41 所示。

步骤04▶ 在弹出的"区间"对话框中输入图片的播放时间，例如，设置为 10 秒，如图 6-42 所示。

图 6-41　选择"更改照片区间"命令

图 6-42　调整图像的播放时间

步骤05▶ 设置完成后，单击"确定"按钮，在"故事板视图"中素材的缩略图下方可以看到所有被选择的素材播放时间都变成了 10 秒，如图 6-43 所示。

图 6-43　批量调整图片播放时间后的效果

6.2.5　调整素材声音

在使用会声会影 X3 软件进行视频编辑时，有时为了使视频与背景音乐相配合，需要对视频素材的音量进行调整。

范例实战 53　调整素材声音

原始素材 · 随书光盘\素材\第 6 章\奇观.mpg

视频文件 · 随书光盘\视频文件\第 6 章\调整素材声音.swf

步骤01▶ 在项目时间轴的视频轨中右击，在弹出的快捷菜单中选择"插入视频"命令，插入一段视频素材（随书光盘\视频文件\第 6 章\奇观.mpg），如图 6-44 所示。

步骤02▶ 选择视频轨中的视频素材，然后在右侧窗格中单击"选项"按钮，打开"选项"面板，单击"素材音量"选项组最右侧的向下三角按钮，打开音量列表，拖动右侧的滑块调节音量至合适大小，如图 6-45 所示。

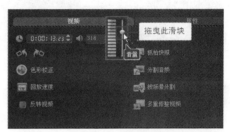

图 6-44　插入一段视频素材　　　　图 6-45　调整音量

步骤03▶ 在导览面板中单击"播放"按钮，即可预览视频效果并聆听音频效果，如图 6-46 所示。

图 6-46　预览视频效果并聆听音频效果

6.2.6　分离视频与音频

在影片编辑过程中，有时需要将音频从影片中分离出来，然后替换原先的音频或者对音频部分做进一步的单独调整。这时，可以使用分割音频功能直接从视频中将音频分离出来。

 范例实战 54　分离视频与音频

原始素材 · 随书光盘\素材\第 6 章\美女写真集.mpg

视频文件 · 随书光盘\视频文件\第 6 章\分离视频与音频.swf

步骤01 在项目时间轴的视频轨中右击，在弹出的快捷菜单中选择"插入视频"命令，插入一段包含音频的视频素材片段（随书光盘\视频文件\第 6 章\美女写真集.mpg）。在视频轨中包含音频的视频素材缩略图右下角会显示 🔳 标志，如图 6-47 所示。

步骤02 选择视频轨中的视频素材，然后在右侧窗格中单击"选项"按钮，打开"选项"面板，单击"分割音频"按钮 [分割音频]，视频中的音频部分将与视频分离，并自动添加至声音轨上，如图 6-48 所示。

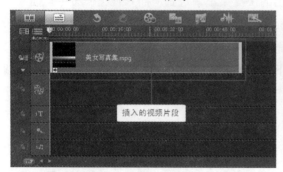

图 6-47　插入的视频片段

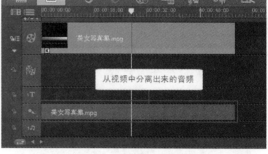

图 6-48　从视频中分离音频

步骤03 此时，视频素材的缩略图左下角的 🔳 标志变为 🔳 标志，表示视频素材中已经不包含声音。这样就可以对音频素材进行单独编辑了。

技 巧

在项目时间轴的"视频轨"中右击包含音频的视频素材，在弹出的快捷菜单中选择"分割音频"命令，也可快速地从视频中将音频分离出来。

6.3　添加摇动和缩放

会声会影 X3 提供的摇动和缩放功能有 4 个方面的作用：首先可以制作图像的运动效果，使影片变得生动；其次可以通过局部放大起到提示主题的作用；再次可以利用快速的缩放动作产生比较强烈的视觉冲击；最后还可以让宽高比不匹配的图像能够全屏幕显示。

6.3.1　自动添加摇动和缩放

摇动和缩放功能是快速制作电子相册的得利工具，它可以模拟摄像机运动拍摄的效果，使静止的图像素材动起来，以增强画面的动感，让静态的图片更加生动。下面以快速制作简易的电子相册——庐山动态风光为例，介绍摇动和缩放功能的使用方法。

📽 范例实战 55　简易电子相册——庐山动态风光

🔘 **原始素材** · 随书光盘\素材\第 6 章\庐山风景 01.jpg～庐山风景 06.jpg

最终效果 ・随书光盘\效果文件\第 6 章\庐山动态风光.VSP

视频文件 ・随书光盘\视频文件\第 6 章\自动添加摇动和缩放.swf

步骤01 在会声会影 X3 编辑器界面，单击项目时间轴上方工具栏面板中的"故事板视图"按钮，切换至故事板视图，然后在故事板中插入 6 幅图像素材（随书光盘\素材\第 6 章\庐山风景 01.jpg～庐山风景 06.jpg），如图 6-49 所示。

图 6-49　在故事板中插入图像素材

步骤02 按【Ctrl+A】组合键选择所有素材，然后在任意一个素材上右击，在弹出的快捷菜单中选择"自动摇动和缩放"命令，如图 6-50 所示。

图 6-50　选择"自动摇动和缩放"命令

步骤03 此时，程序将自动摇动和缩放效果应用到选定的素材上。单击"预览"窗口下方的"播放"按钮，即可查看设置自动摇动和缩放效果后的电子相册，如图 6-51 所示。

图 6-51　预览自动摇动和缩放效果

技 巧

　　如果要一个一个素材单独地添加摇动和缩放效果，则可在故事板中选择图像素材，然后在"选项"面板中，选择"摇动和缩放"单选按钮，再在该单选按钮下方的"摇动和缩放样式"下拉列表框中选择需要的样式即可，如图 6-52 所示。

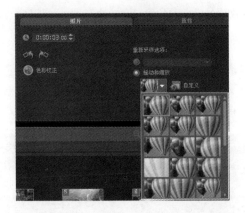

图 6-52 "摇动和缩放样式"下拉列表框

6.3.2 自定义摇动和缩放

在会声会影 X3 中，除了可快速地为图像素材自动添加默认的摇动和缩放效果外，用户还可根据需要自定义摇动和缩放效果。下面以制作简易动画——虫之安逸为例，介绍自定义摇动和缩放效果。

范例实战 56 简易动画——虫之安逸

原始素材 • 随书光盘\素材\第 6 章\昆虫.jpg

最终效果 • 随书光盘\效果文件\第 6 章\虫之安逸.VSP

视频文件 • 随书光盘\视频文件\第 6 章\自定义摇动和缩放.swf

步骤01 在会声会影 X3 编辑器界面的项目时间轴视频轨中插入一幅图像素材（随书光盘\素材\第 6 章\昆虫.jpg），如图 6-53 所示。

步骤02 选择插入的图像素材，打开"选项"面板，选择"摇动和缩放"单选按钮，然后单击"自定义"按钮，如图 6-54 所示。

图 6-53 在视频轨中插入图像素材

图 6-54 单击"自定义"按钮

步骤03 在弹出的"摇动和缩放"对话框中设置"缩放率"为 170%，然后在"停靠"选项组中单击右侧中间的按钮，如图 6-55 所示。

图 6-55 设置"缩放率"及"停靠"选项

步骤04 将擦洗器拖动至 00:00:01:10 位置处，单击"添加关键帧"按钮，在擦洗器所在位置添加一个关键帧；然后设置"缩放率"为 170%，然后在"停靠"选项组中单击左侧中间的按钮，如图 6-56 所示。

图 6-56 "添加关键帧"并设置相关选项参数

步骤05 在插入的关键帧上右击，在弹出的快捷菜单中选择"复制"命令；然后选择最后一个关键帧并右击，在弹出的快捷菜单中选择"粘贴"命令，如图 6-57 所示。

图 6-57　粘贴关键帧

步骤06 确认最后一个关键帧仍处于选择状态，然后设置"缩放率"为 420%，单击"确定"按钮，退出该对话框，如图 6-58 所示。

图 6-58　设置最后一个关键帧相关选项参数

步骤07 在导览面板单击"播放"按钮，即可预览自定义的摇动和缩放效果，如图 6-59 所示。

图 6-59　预览自定义摇动和缩放效果

　　缩放率：用于设置图像素材的缩放比率，在此数值框中数值越高，会将镜头越拉近对焦的主题。

　　透明度：如果图像素材应用了淡入、淡出特效，可以在此设置透明度，图像会淡化为背景色，背景色可以在右侧颜色方块中单击加以设置。

　　对数内插法：选择该复选框，可以让静态的图像在平移缩放的操作时比较流畅。

6.4　素材色彩校正

　　由于环境光线不足、拍摄设备精密度欠佳等原因，拍摄的影片效果可能不是很理想，例如，色彩暗淡、画面对比度偏低或偏色等。对于这类低品质的视频，可以借助会声会影 X3 提供的色彩校正功能进行改善。

6.4.1　调整素材的色彩与亮度

　　如果对原始视频或图像素材的色彩及明暗度效果不满意，在会声会影 X3 中可以通过调整素材的色彩与亮度来改善视频或图像素材的质量与效果。

范例实战 57　调整素材的色彩与亮度——蝶恋花

原始素材 · 随书光盘\素材\第 6 章\蝶恋花.jpg

最终效果 · 随书光盘\效果文件\第 6 章\蝶恋花.VSP

视频文件 · 随书光盘\视频文件\第 6 章\调整素材的色彩与亮度.swf

步骤01▶ 在会声会影 X3 编辑器界面项目时间轴的视频轨中插入一幅图像素材（随书光盘\素材\第 6 章\蝶恋花.jpg），如图 6-60 所示。

步骤02▶ 选择插入的图像素材，打开"选项"面板，单击"色彩校正"按钮 色彩校正，如图 6-61 所示。

图 6-60　插入图像素材　　　　　图 6-61　"色彩校正"选项面板

步骤03▶ 在打开的"色彩校正"选项面板中分别拖动"色彩"、"饱和度"、"亮度"、"对比度"和 Gamma 选项的滑块至合适值即可，如图 6-62 所示。调整前后的效果对比如图 6-63 所示。

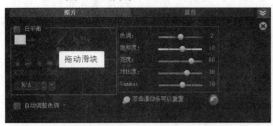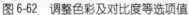

图 6-62　调整色彩及对比度等选项值

图 6-63　调整素材色彩及对比度前后的效果对比

技 巧

在进行色彩及对比度调整时，双击某一选项滑动条，可以使该选项值回到初始值；如果对设置的效果不满意，可以单击 按钮恢复素材的原始色彩。

6.4.2　调整白平衡

许多用户在使用 DV 拍摄的时候都会遇到这样的问题：在日光灯的房间里拍摄的影像显得发绿，在室内钨丝灯光下拍摄出来的景物偏黄，而在日光阴影处拍摄到的画面则偏蓝，其原因就在于白平衡的设置。如果在拍摄时没有能够正确地设置白平衡，则可在会声会影 X3 中通过后期调整得到真实的色彩画面。

范例实战 58　调整白平衡——东方明珠

原始素材　•随书光盘\素材\第 6 章\东方明珠.jpg
最终效果　•随书光盘\效果文件\第 6 章\东方明珠.VSP
视频文件　•随书光盘\视频文件\第 6 章\调整白平衡.swf

步骤01 ▶ 在会声会影 X3 编辑器界面项目时间轴的视频轨中插入一幅图像素材（随书光盘\素材\第 6 章\东方明珠.jpg），然后在"选项"面板中单击"色彩校正"按钮 ，如图 6-64 所示。

图 6-64　单击"色彩校正"按钮

步骤02 ▶ 在打开的"色彩校正"选项面板中选择"白平衡"复选框，系统会根据图像自动校正白平衡，如图 6-65 所示。

图 6-65　选择"白平衡"复选框及相关选项

步骤03 如果对自动校正的效果不满意，可以单击"选取色彩"按钮 选取色彩 ，然后将鼠标移至导览面板中的图像上，当鼠标指针呈吸管形状 时，在图像中认为应该是白色的区域单击，使程序以此为标准进行色彩校正，如图 6-66 所示。

图 6-66　用"选取色彩"的方式校正白平衡

图 6-67 所示为调整白平衡后的前后效果对比。

图 6-67　调整图像素材白平衡后的前后效果对比

技巧

　　在使用"选取色彩"方式进行白平衡校正时，如果选择"显示预览"复选框，可以同时在选项面板显示原始素材效果，以便于比较校正前后的效果，如图 6-68 所示。

图 6-68 显示预览

高手点津：调整素材白平衡的其他方法

除了以上所介绍的方法外，还可以使用以下两种方法对素材的白平衡进行校正。

① 利用场景模式。"色彩校正"选项面板中的场景模式 中的各按钮分别对应：钨光 、荧光 、日光 、云彩 、阴影 和阴暗 等场景，在选项面板中单击相应的按钮，程序将会以此为依据进行智能白平衡校正。

② 利用色温。"色彩校正"选项面板中的温度即是"色温"。所谓色温，是指光波在不同的能量下，人类眼睛所感受的颜色变化。例如，在 2800K 时，发出的色光和灯泡相同，则灯泡的色温是 2 800 K。因此，要利用色温对素材白平衡进行校正，只需将色温值调整到环境光源的数值，程序即会据此校正素材的白平衡，如图 6-69 所示。

图 6-69 利用色温校正白平衡

6.4.3 自动调整色调

如果对如何调整色调、亮度、对比度及白平衡等色彩因素不太了解，利用会声会影 X3 提供的"自动色调调整"功能，则可利用程序按指定的方式快速对素材的色调进行调整。

范例实战 59   自动调整色调——烟雨楼

原始素材 · 随书光盘\素材\第 6 章\烟雨楼.jpg

最终效果 · 随书光盘\效果文件\第 6 章\烟雨楼.VSP

视频文件 · 随书光盘\视频文件\第 6 章\自动调整色调.swf

步骤01 在会声会影 X3 编辑器界面项目时间轴的视频轨中插入一幅图像素材（随书光盘\素材\第 6 章\烟雨楼.jpg），然后在"选项"面板中单击"色彩校正" 色彩校正 按钮，打开"色彩校正"选项面板，如图 6-70 所示。

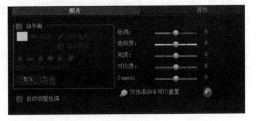

图 6-70　插入图像素材并打开"色彩校正"选项面板

步骤02 选择"自动调整色调"复选框，并单击其右侧的下拉按钮，在打开的下拉列表框中选择合适的自动调整选项，如选择"最亮"选项，如图 6-71 所示。

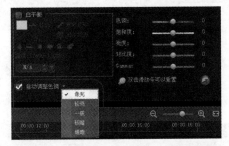

图 6-71　选择"自动调整色调"选项

图 6-72 所示为自动调整色调的前后效果对比。

图 6-72　自动调整色调的前后效果对比

6.5　视频素材的特殊处理

在会声会影 X3 中，用户还可以通过程序提供的一些特殊编辑功能对素材进行特殊处理，例如，可通过调整素材的回放速度制作快镜头或慢镜头效果、使用素材变形功能对素材的大小与形状进行调整等。本节将重点介绍这方面的操作。

6.5.1　调整素材的回放速度

影片的标准播放速度通常为 25 帧/秒，也就是 1 秒播放 25 幅连续的画面，从而产生连续运动的影像。若以高于 25 帧/秒的播放速度播放影片，则会产生快动作效果，即通常所说的快镜头；若以低于 25 帧/秒的速度播放影片，则会产生慢动作效果，即通常所说的慢镜头。下面将介绍制作慢镜头和快镜头特殊效果的方法。

范例实战 60 调整素材的回放速度——冲浪运动

原始素材 ·随书光盘\素材\第 6 章\冲浪运动.VSP

最终效果 ·随书光盘\效果文件\第 6 章\冲浪运动 end.VSP

视频文件 ·随书光盘\视频文件\第 6 章\调整素材的回放速度.swf

步骤01 启动会声会影 X3 编辑器，然后选择"文件"｜"打开项目"命令，打开"随书光盘\素材\第 6 章\冲浪运动.VSP"文件，如图 6-73 所示。

图 6-73 打开随书光盘项目文件

步骤02 在时间轴的视频轨中选择项目的第一段素材，然后在"选项"面板中单击"回放速度" 回放速度 按钮，弹出"回放速度"对话框。然后在"速度"数值框中输入大于 100% 的任意数值（取值范围为 101%～1000%）设置素材的快镜头效果，例如，这里设置为 300%，如图 6-74 所示。

 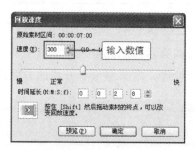

图 6-74 打开"回放速度"对话框并设置相关选项

技 巧

在"回放速度"对话框中用鼠标拖动"速度"选项下方滑杆中的滑块，可快速设置素材的回放速度值。

步骤03 单击"预览"按钮，可以预览在素材中应用快镜头的效果。效果满意后，单击"确定"按钮完成快镜头的设置。

步骤04 在时间轴中选择第二段素材，打开"回放速度"对话框，并在"速度"数值框中输入小于 100% 的任意数值（取值范围为 10%~99%），设置素材的慢镜头效果，例如，这里设置为 35%，如图 6-75 所示。

图 6-75　设置素材慢镜头选项参数

步骤05 单击"确定"按钮，即可完成素材的快、慢镜头的制作。

高手点津：调整回放速度的快捷方法

　　按住【Shift】键，将鼠标指针移至素材的终止处，当鼠标指针呈 ⇔ 形状时，向左拖动可使播放速度变快，向右拖动可使播放速度变慢。

6.5.2　反转视频

　　使用会声会影 X3 提供的反转视频功能（即倒放功能），可以反向播放视频，从而创建有趣的视觉效果。

范例实战 61　反转视频——海豚

原始素材 ·随书光盘\素材\第 6 章\海豚.mpg

最终效果 ·随书光盘\效果文件\第 6 章\海豚.VSP

视频文件 ·随书光盘\视频文件\第 6 章\反转视频.swf

步骤01 启动会声会影 X3 编辑器，然后在项目时间轴的视频轨中插入一段视频素材（随书光盘\素材\第 6 章\海豚.mpg），如图 6-76 所示。

步骤02 选择插入的视频素材，然后在"选项"面板中选择"反转视频"复选框，如图 6-77 所示。

图 6-76　在视频轨中插入视频素材

图 6-77　选择"反转视频"复选框

技巧

　　如果要将视频素材恢复到正常播放效果，只需在选项面板中取消选择"反转视频"复选框即可。

步骤03 单击导览面板中的"播放"按钮，即可在预览窗口中预览视频反转后的效果。图 6-78 所示为同一时间点播放画面的对比效果。

正常的播放效果

反转视频后的效果

图 6-78　播放画面对比

高手点津：改变播放速度及反转视频后的音频处理

　　无论是为影片制作快镜头、慢镜头，还是反转视频效果，如果原始素材中包含音频，应用特殊处理后，音乐的播放速度也会增快、变慢或者倒转，使影片中的音频失真。为了避免这种情况，在对素材进行特殊处理前，需要从原始素材中将音频从视频素材中分离出来，或者为其重新配音。

6.5.3　变形素材

范例实战 62　变形素材——牡丹

原始素材 · 随书光盘\素材\第 6 章\牡丹.avi

最终效果 · 随书光盘\效果文件\第 6 章\牡丹.VSP

视频文件 · 随书光盘\视频文件\第 6 章\变形视频.swf

步骤01 启动会声会影 X3 编辑器，然后在项目时间轴的视频轨中插入一段视频素材（随书光盘\素材\第 6 章\牡丹.avi），如图 6-79 所示。

步骤02 选择插入的视频素材，然后在"选项"面板中选择"属性"选项卡，打开"属性"选项面板，如图 6-80 所示。

步骤03 选择"变形素材"复选框，此时在导览面板的预览画面中将显示一个矩形变换控制框，如图 6-81 所示。

步骤04 将鼠标指针置于变换控制框四角的黄色控制柄处，当鼠标指针呈↖形状时，按住鼠标并拖动，可以等比例调整素材的大小，如图 6-82 所示。

图 6-79 在视频轨插入视频素材

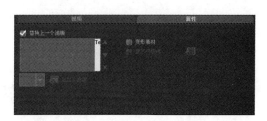

图 6-80 打开"属性"选项卡

图 6-81 在导览面板中显示可调整的控制框

图 6-82 等比例调整素材大小

步骤05 将鼠标指针置于变换控制框四边的黄色控制柄处，当鼠标指针呈↔形状时，按住鼠标并拖动，可以不按比例调整素材的大小，如图 6-83 所示。

步骤06 将鼠标指针置于变换控制框四角的绿色控制柄处，当鼠标指针呈形状时，按住鼠标并拖动，可以得到素材的倾斜效果，如图 6-84 所示。

图 6-83 不按比例调整素材大小

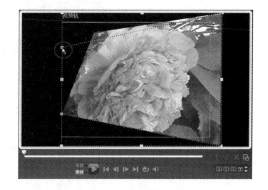

图 6-84 倾斜素材

技巧

在预览窗口中右击，在弹出的快捷菜单中选择相应的命令，可以调整变形素材的位置和比例，还可以取消变形操作。

Chapter 07 视频编辑高级技法
——影片的剪辑与修整

会声会影 X3 作为一款专业的视频编辑软件，其最基本的功能就是对影片素材进行分割与合理组合，使一个个单独的视频素材合成为一部美仑美奂的影视作品。因此，掌握并熟练使用影片剪辑与修整的基本操作是影片制作中最为重要的基本功。本章将重点向大家详细介绍视频剪辑的具体操作方法。

本章知识要点：

◆ 影片素材的剪辑方法

◆ 保存剪辑后的影片素材

◆ 分割影片素材

◆ 多重修整影片素材

◆ 使用影片特殊剪辑

7.1 影片素材的剪辑方法

会声会影 X3 作为一款专业的影视作品编辑软件，具有非常强大的视频剪辑功能，可以很方便地对影片进行精确到帧的剪辑和修整。本节将主要介绍影片素材的基本剪辑技法。

7.1.1 使用略图修剪素材

在会声会影 X3 中，对影片素材进行剪辑最为常见的就是去除影片素材中头、尾部分多余的内容。因此，会声会影 X3 提供了多种操作方式来实现这个功能，其中，使用缩略图修剪素材是最快捷、最直观的修剪方式，这种方式适用于素材的粗略剪辑。

 范例实战 63　使用略图修剪素材——海滨之城

🔘 **原始素材** ・随书光盘\素材\第 7 章\海滨之城.mpg

🔘 **最终效果** ・随书光盘\效果文件\第 7 章\海滨之城.VSP

🔘 **视频文件** ・随书光盘\视频文件\第 7 章\使用略图修剪素材.swf

步骤01 ▶ 启动会声会影 X3 编辑器，然后在项目时间轴的视频轨中插入一段视频素材（随书光盘\素材\第 7 章\海滨之城.mpg），如图 7-1 所示。

步骤02 ▶ 按【F6】键，弹出"参数选择"对话框，选择"常规"选项卡，在"素材显示模式"下拉列表框中选择"仅略图"选项，以设置时间轴中素材的显示方式，如图 7-2 所示。这样就可以查看各帧的缩略图效果。

图 7-1　在时间轴中添加视频素材　　　　图 7-2　设置素材在时间轴中的显示方式

步骤03 ▶ 在时间轴中选择需要修剪的素材，选择的视频素材两端将用黄色标记表示，在这段视频素材中需要去除头部和尾部的一些内容，如图 7-3 所示。

步骤04 ▶ 将鼠标指针置于左侧的黄色标记处，当鼠标指针呈 ⬌ 形状时，按住鼠标并向右拖动，同时在预览窗口中查看当前标记所对应的视频内容。当看到需要修剪的位置后，略微回移鼠标，然后释放鼠标即可。这时，时间轴上仍将保留一部分需要剪去的内容，如图 7-4 所示。

图 7-3　选择需要修剪的视频素材　　　　　图 7-4　以拖动的方式修剪素材的头部

高手点津：为精确修剪保留余量

在使用鼠标拖动修剪素材时，略微回移鼠标的目的在于能够在后面的操作中以帧为单位精确修剪素材留有余地。如果不需要精确到帧的修剪视频素材，只需一次定位，并在预览窗口中查看当前标记所对应的视频内容即可。

步骤05 在时间轴工具栏中单击"放大" 按钮数次，或者将滑块 拖动到最右侧，将时间轴上的素材缩略图放大显示，如图 7-5 所示。

图 7-5　放大显示视频轨中素材的缩略图

步骤06 再次将鼠标指针置于素材左侧的黄色标记处，按住并拖动鼠标，将它拖至需要精确修剪的位置，释放鼠标即可完成开始部分的修剪工作，如图 7-6 所示。

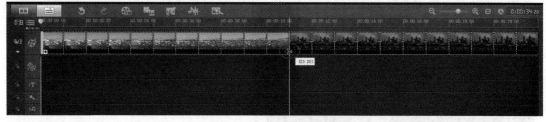

图 7-6　精确修剪素材位置

步骤07 单击时间轴工具栏中的"将项目调到时间轴窗口大小"按钮 ，使视频轨中要修剪的素材在窗口中完全显示出来。然后将鼠标指针置于素材右侧的黄色标记处，按上述相同的操作分两次完成对素材尾部内容的修剪。修剪完成后的视频效果如图 7-7 所示。

图 7-7　完成修剪后的视频素材效果

7.1.2　使用区间修剪素材

使用区间进行素材的修剪，可以精确控制素材片段的播放时间，但它只能从视频的尾部进行截取。如果对整个影片的总播放时间有严格的限制，可以使用区间修剪的方式来调整各个素材片段。

范例实战 64　使用区间修剪素材——飞流瀑布

原始素材 ·随书光盘\素材\第 7 章\瀑布.avi
最终效果 ·随书光盘\效果文件\第 7 章\飞流瀑布.VSP
视频文件 ·随书光盘\视频文件\第 7 章\使用区间修剪素材.swf

步骤01▶ 启动会声会影 X3 编辑器，然后在项目时间轴的视频轨中插入一段视频素材（随书光盘\素材\第 7 章\瀑布.avi），如图 7-8 所示。

图 7-8　在时间轴视频轨中添加视频素材

步骤02▶ 在视频轨中选择需要修剪的素材，此时在选项面板的"视频区间"中显示了当前选择素材的长度，如图 7-9 所示。当前素材的长度为 25 秒 6 帧。

步骤03▶ 单击导览面板中的"播放"按钮查看影片效果，找到需要剪辑的位置后，单击"暂停"按钮，此时在预览窗口下方的时间码选项中显示了当前位置的时间（如 13 秒 5 帧），如图 7-10 所示。

步骤04▶ 单击选项面板的"视频区间"中对应的数值，分别在"秒"中输入 13，在"帧"中输入 05，如图 7-11 所示。然后按【Enter】键，即可自动完成了修剪工作。修剪完成后，飞梭栏中将以白色显示保留的区域，被剪掉的区域呈深灰色显示，如图 7-12 所示。

图 7-9　在选项面板中查看素材的长度

图 7-10　查找需要修剪的位置

图 7-11　输入素材修剪的时间点值

图 7-12　预览窗口剪辑区间的显示方式

7.1.3　在素材库中直接修剪素材——单素材修整

在会声会影 X3 中，可以直接在素材库中剪辑视频素材，这样，可以先对影片中需要使用的素材单独进行剪辑，然后再直接将其添加到要编辑制作的影片中。

 范例实战 65　单素材修整

 原始素材 · 随书光盘\素材\第 7 章\异域风光.mpg

 视频文件 · 随书光盘\视频文件\第 7 章\单素材修整.swf

步骤01 启动会声会影 X3 编辑器，然后按照前面章节介绍的方法，将视频素材（随书光盘\素材\第 7 章\异域风光.mpg）导入至视频素材库中，如图 7-13 所示。

步骤02 在视频素材库中，右击刚刚导入的视频素材"异域风光"，在弹出的快捷菜单中选择"单素材修整"命令，弹出"单素材修整"对话框，如图 7-14 所示。

步骤03 单击"播放"按钮 ▶ 或者拖动预览窗口下方飞梭栏上的"擦洗器"滑块 查看素材内容，然后将"擦洗器"定位于需要剪切的开始位置处，单击"设置开始标记"按钮 [，设置需要剪辑的开始标记，如图 7-15 所示。

图 7-13　将需要修剪的素材导入至素材库

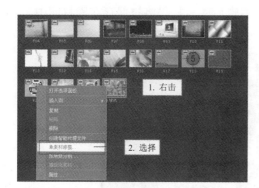

图 7-14　打开"单击素材修剪"对话框

图 7-15　定位剪辑的开始位置并设置开始标记

步骤04▶ 使用播放控制按钮或者拖动"擦洗器"滑块█定位于需要剪切的结束位置处，单击"设置结束标记"█按钮，设置需要剪辑的结束标记，如图 7-16 所示。

图 7-16 定位剪辑的结束位置并设置结束标记

步骤05 单击"确定"按钮，完成素材的剪辑，剪辑后的素材仍将被保存在素材库中，如图 7-17 所示。

图 7-17 剪辑后的素材被保存在素材库

技巧

在素材库中修剪素材是可逆的，也就是说，如果希望将素材库中修剪的素材恢复至修剪前的长度，只需在"单击素材修整"对话框中将"开始标记"和"结束标记"拖至视频范围的两端即可。

7.1.4 使用飞梭栏和预览栏精确修剪素材

使用飞梭栏和预览栏修整素材是最为直观和精确的影片剪辑方式，利用这种方式可以很方便地对素材进行精确到帧的修剪。

范例实战 66 使用飞梭栏及预览栏精确修剪素材——海之夕阳

 原始素材 ·随书光盘\素材\第 7 章\海南风光.mpg

最终效果 · 随书光盘\效果文件\第 7 章\海之夕阳.VSP

视频文件 · 随书光盘\视频文件\第 7 章\使用飞梭栏及预览栏精确修剪素材.swf

步骤01 启动会声会影 X3 编辑器，然后在项目时间轴的视频轨中插入一段视频素材（随书光盘\素材\第 7 章\海南风光.mpg），如图 7-18 所示。

步骤02 单击导览面板中的"播放"按钮，播放所选素材，或者直接拖动预览窗口下方的擦洗器，使预览窗口中显示需要修剪的起始帧的大致位置，单击"上一帧" 或"下一帧" 按钮进行精确定位，然后单击"开始标记" 按钮或者按

图 7-18 在视频轨中插入视频素材

【F3】键，将擦洗器所在位置设置为开始标记，如图 7-19 所示。

步骤03 单击导览面板中的"播放"按钮，继续播放所选素材，或者直接拖动擦洗器，使预览窗口中显示需要修剪的结束帧的大致位置，单击"上一帧" 或"下一帧" 按钮进行精确定位，然后单击"结束标记" 按钮或者按【F4】键，将擦洗器所在位置设置为结束标记，如图 7-20 所示。

图 7-19 精确定位并设置修剪的起始点　　图 7-20 精确定位并设置修剪的结束点

步骤04 单击导览面板中的"播放"按钮，预览修剪后的素材效果，如图 7-21 所示。

图 7-21 预览修剪后的素材效果

7.2　保存剪辑后的影片素材

使用上述方法修剪影片素材后，并没有真正地将所修剪的部分减去，只有在最后的"分享"步骤中，通过创建视频文件才去除了所标记的不需要的部分，因此，在这之前可以随时调整修剪的位置。如果已经确认不再需要对影片素材进行调整，为了避免因误操作而改变了精心剪辑的影片素材，就需要将剪辑后的影片素材单独保存起来。

7.2.1　保存至素材库

对素材进行剪辑后，为了在以后的工作中能够方便地使用剪辑后的素材，可以将其保存到素材库中。

 范例实战 67　将剪辑后的素材保存至素材库

原始素材 •随书光盘\素材\第 7 章\桃花.VSP
视频文件 •随书光盘\视频文件\第 7 章\将剪辑后的素材保存至素材库.swf

步骤01 启动会声会影 X3 编辑器，然后选择"文件"｜"打开项目"命令，打开"随书光盘\素材\第 7 章\桃花.VSP"项目文件，如图 7-22 所示。

图 7-22　打开项目文件

步骤02 根据需要按 7.1 节中介绍的方法将项目文件中的视频素材进行剪辑，如图 7-23 所示。
步骤03 在时间轴中选择需要保存到素材库的素材，然后将其直接拖动至素材库即可，如图 7-24 所示。

图 7-23　剪辑视频素材

图 7-24　将剪辑后的素材保存至素材库

技巧

在时间轴中右击剪辑后需要保存到素材库的影片素材，在弹出的快捷菜单中选择"复制"命令，然后在素材库的空白处右击，在弹出的快捷菜单中选择"粘贴"命令，也可将剪辑后的影片素材保存至素材库。

7.2.2　输出为新视频文件

对剪辑修整完成后的影片素材，需要经过保存渲染之后才能得到一个剪辑好的素材文件。

范例实战 68　将剪辑后的素材输出为新视频文件

原始素材 ·随书光盘\素材\第 7 章\缤纷心情.VSP

视频文件 ·随书光盘\视频文件\第 7 章\将剪辑后的素材输出为新视频文件.swf

步骤01 启动会声会影 X3 编辑器，然后选择 "文件" | "打开项目"命令，打开"随书光盘\素材\第 7 章\缤纷心情.VSP"项目文件，如图 7-25 所示。

图 7-25　打开项目文件

步骤02 根据需要按前面内容介绍的方法，将项目文件中视频素材进行剪辑，如图 7-26 所示。

步骤03 在时间轴中选择需要输出为新文件的影片素材，然后选择"文件"│"保存修整后的视频"命令，如图 7-27 所示。

图 7-26 剪辑修整影片素材　　　　　　图 7-27 选择"保存修整后的视频"命令

步骤04 此时，软件会自动对保存的文件进行渲染，最后得到一个剪辑修整好的影片素材，并且此素材缩略图会自动加载到相应的素材库中，如图 7-28 所示。

 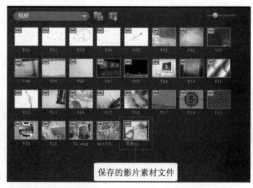

图 7-28 渲染保存剪辑修整好的影片素材

高手点津：查看修整后的影片素材保存路径

　　剪辑修整好的影片素材被保存到了会声会影 X3 默认的工作文件夹，可以选择"设置"│"参数选项"命令，弹出"参数选择"对话框，在"常规"选项卡的"工作文件夹"选项中查看所设置工作文件夹，用户也可在此选项中重新设置工作文件夹的路径。

7.3　分割影片素材

　　分割影片素材就是将影片素材从某个指定位置分割成两个或多个部分，这样，就可以分割的位置添加转场效果或插入其他的影片素材，也可以分割出不需要保留的内容，然后将其删除。

7.3.1 简单分割

如果捕获的影片素材中某个部分效果很差，或者有不需要的内容时，可以将该段影片素材进行简单分割，从中分割出不需要的内容，将其删除。

范例实战 69 简单分割素材——NBA 季赛

原始素材 • 随书光盘\素材\第 7 章\篮球比赛.mpg

最终效果 • 随书光盘\效果文件\第 7 章\NBA 季赛.VSP

视频文件 • 随书光盘\视频文件\第 7 章\简单分割素材.swf

步骤01 启动会声会影 X3 编辑器，然后在项目时间轴的视频轨中添加要进行分割的影片素材（随书光盘\素材\第 7 章\篮球比赛.mpg），如图 7-29 所示。

步骤02 在导览面板中单击"播放" ▶ 按钮，播放影片素材，或者直接拖动擦洗器找到需要分割的位置，然后单击"上一帧" ◀ 按钮和"下一帧" ▶ 按钮进行精确定位，如图 7-30 所示。

图 7-29 将素材添加至视频轨　　　　图 7-30 定位需要分割的位置点

步骤03 在导览面板中单击"分割素材" ✂ 按钮，将影片素材从当前位置分割为两个素材，如图 7-31 所示。

步骤04 分割完成后，在故事板视图模式下可以看到原先的一个素材缩略图变成了两个独立的素材缩略图，如图 7-32 所示。

步骤05 选择分割后的后一段影片素材，按照步骤 2～步骤 4 的方法继续将后一段影片素材分割为两部分、如图 7-33 所示。

步骤06 分割完成后，在故事板视图模式下选择不需要的视频片段，按【Delete】键将其删除，如图 7-34 所示。

图 7-31　单击"分割素材"按钮

图 7-32　分割后的素材缩略图

图 7-33　继续分割影片素材

图 7-34　删除不需要的影片视频片段

7.3.2　按场景分割

利用会声会影 X3 的按场景分割功能，可以自动检测视频中的场景变化，然后根据变化将视频分割成为不同的素材文件。

范例实战 70　按场景分割素材——海之韵

 原始素材　·随书光盘\素材\第 7 章\海之韵.mpg

 最终效果　·随书光盘\效果文件\第 7 章\海之韵.VSP

 视频文件　·随书光盘\视频文件\第 7 章\按场景分割素材.swf

步骤01▶　启动会声会影 X3 编辑器，然后在项目时间轴的视频轨中添加要进行分割的影片素材（随书光盘\素材\第 7 章\海之韵.mpg），如图 7-35 所示。

图 7-35　在视频轨中添加影片素材

步骤02 在视频轨中选择需要分割场景的影片素材，然后在选项面板中单击"按场景分割"按钮，弹出"场景"对话框，如图 7-36 所示。

图 7-36　打开"场景"对话框

技 巧

在视频轨中右击要分割的素材，在弹出的快捷菜单中选择"按场景分割"命令，也可以弹出"场景"对话框。

步骤03 单击"扫描方法"下拉按钮，在打开的下拉列表框中选择需要的扫描方法选项，如图 7-37 所示。

步骤04 单击"选项"按钮，在弹出的"场景扫描敏感度"对话框中，拖动滑块以设置敏感度的值。敏感度数值越高，场景检测越精确。设置完成后，单击"确定"按钮，如图 7-38 所示。

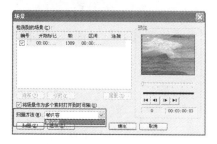

图 7-37　设置"扫描方法"　　　　图 7-38　"场景扫描敏感度"对话框

高手点津：选择扫描方法

对于不同类型的影片素材，场景检测也有所不同，如果是 DV AVI 文件，则场景检测的方法有两种：一是录制时间，即根据不同的录制时间来分割视频文件；二是内容结构，即根据录制的内容来分割视频，如移动、切换和灯光的改变等。如果视频为 MPEG-1 或 MPEG-2 文件，则只能采用第二种方法来分割视频。

步骤05 在"场景"对话框中单击"扫描"按钮，程序将扫描整个影片素材，并列出所有检测到的场景，如图 7-39 所示。

步骤06 单击"确定"按钮，按场景分割后的视频素材将分别显示在故事板中，如图 7-40 所示。

图 7-39 扫描场景   图 7-40 按场景分割后的视频素材

高手点津：分割后素材的重新组接

在会声会影 X3 中，通过场景扫描，可以将一些已检测到的场景合并为单个素材。方法是：在"场景"对话框中选择要合并的所有场景，然后单击"连接"按钮即可。加号（＋）和数字表示组接合并到特定素材中的场景数量。单击"分割"按钮，则可以重新分割组接合并的素材。

7.4 多重修整影片素材

多重修整视频是将视频分割成多个片段的另一种方法，它可以让用户完整地控制要提取的素材，从而更方便地管理项目。

7.4.1 进入多重修整视频

在进行多重修整视频操作之前，首先需要打开"多重修整视频"对话框，其操作方法很简单，只需在选项面板中单击相应的按钮即可。

范例实战 71 进入多重修整视频

原始素材 ·随书光盘\素材\第 7 章\花满天.mpg

视频文件 ·随书光盘\视频文件\第 7 章\多重修整视频.swf

步骤01 启动会声会影 X3 编辑器，然后在项目时间轴的视频轨中添加要进行多重修整的影片素材（随书光盘\素材\第 7 章\花满天.mpg），如图 7-41 所示。

步骤02 在视频轨中选中需要进行多重修整的影片素材，然后在选项面板中单击"多重修整视频"按钮，弹出"多重修整视频"对话框，如图 7-42 所示。

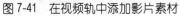

图 7-41　在视频轨中添加影片素材　　　　图 7-42　"多重修整视频"对话框

下面对"多重修整视频"对话框中的各选项参数进行介绍。

■　反转选取：单击此按钮，可以在标记保留素材片段和标记删除素材片段之间进行切换。

■　快速搜索间隔：此选项主要用于设置帧之间的固定间隔，并以设置值浏览影片。

■　自动检测电视广告：可以搜索广告间隔的视频，此功能可将广告提取到媒体列表中。

■　检测敏感度：用于控制广告之间的区别度。

■　合并 CF：选择该复选框，对识别为广告而提取出来的所有素材进行合并。

■　播放修整的视频：用于只播放位于故事板视图中的视频片段。

■　删除所选素材：用于删除"修整的视频区间"故事板视图中的片段。

■　精确剪辑时间轴：用于逐帧扫描视频素材，精确地为开始标记和结束标记定位。

7.4.2　多重修整视频

在会声会影 X3 中，利用多重修整视频功能，能够很方便地从捕获到媒体素材列表的影片中修整出多个精彩的视频片段。

范例实战 72　多重修整视频——海滨游乐场

　原始素材　·随书光盘\素材\第 7 章\海滨游乐场.mpg

最终效果　·随书光盘\效果文件\第 7 章\海滨游乐场.VSP

步骤01　启动会声会影 X3 编辑器，然后在项目时间轴的视频轨中添加要进行多重修整的影片素材（随书光盘\素材\第 7 章\海滨游乐场.mpg），如图 7-43 所示。

步骤02　在视频轨中选择需要进行多重修整的影片素材，然后在选项面板中单击"多重修整视频"按钮，弹出"多重修整视频"对话框。拖动预览窗口下方"飞梭栏"中

的"擦洗器"滑块█，或者单击预览窗口下方的"播放"█按钮，找到第一个片段的
起始帧位置，然后单击"设置开始标记"█按钮，如图 7-44 所示。

图 7-43 在视频轨中添加影片素材

1. 定位第一个
片段的起始位置

2. 单击

图 7-44 设置第一个片段的开始标记

步骤03 拖动"飞梭栏"中的"擦洗器"滑块█，或者单击预览窗口下方的"播放"█按钮，
找到第一个片段的起始帧位置，然后单击"设置开始标记"█按钮，如图 7-45 所示。

步骤04 重复执行步骤 2 和步骤 3 的操作，直至标记出要保留或删除的所有片段，如图 7-46
所示。

1. 定位第一个
片段的结束位置

2. 单击

图 7-45 设置第一个片段的结束标记

标记出的
所有片段

图 7-46 标记出要保留或删除的所有片段

步骤05 在默认设置下，标记的区域是需要保留的区域。单击"反转选取"按钮，原来所标记
的区域将被删除，未标记的区域则被保留下来，如图 7-47 所示。

步骤06 设置完成所有的片段标记后，单击"确定"按钮，在故事板视图模式下原来的一段视
频被修整为多个视频片段，如图 7-48 所示。

图 7-47　反转选取素材

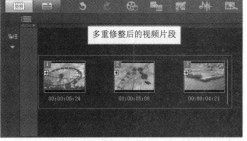

图 7-48　修整后的视频片段

高手点津：多重修整视频操作的快捷方式

在使用多重修整视频功能时，用户可以使用以下快捷键进行快速操作。

【Delete】键：选择已标记出的素材缩略图，按此键可以删除选择的素材片段。

【F3】键：按此键可以快速设置开始标记，其功能与单击"设置开始标记" ▮ 按钮相同。

【F4】键：按此键可以快速设置结束标记。

【F5】键：按此键可以转到素材的前面，其功能与单击"起始" ◀ 按钮相同。

【F6】键：按此键可以转到素材的后面，其功能与单击"结束" ▶ 按钮相同。

向左方向键：按此键可以转到当前帧的上一帧，其功能与单击"转到上一帧" ◀ 按钮相同。

向右方向键：按此键可以转到当前帧的下一帧，其功能与单击"转到下一帧" ▶ 按钮相同。

空格键：按下空格键，开始播放素材，再次按下空格键，则停止播放。

【Esc】键：按此键可以取消多重修整操作。

7.4.3　多重修整视频定位的 6 种方式

通过前面范例中的操作可以知道，要想精确地修整视频，首要条件是精确定位开始标记和结束标记。为了满足用户不同的需要，在"多重修整视频"对话框中提供了 6 种方式来帮助用户定位视频修整的位置。

1．快速搜索间隔 ◀◀ ▶▶ 0:00:15:00

首先在时间码中设置固定的时间间隔，例如，设置为 15 秒。然后单击"向前搜索" ◀◀ 按钮或"向后搜索" ▶▶ 按钮，每单击一次，视频将按照用户所指定的时间间隔向前或向后搜索定位视频修整的位置。

2．飞梭栏中的"擦洗器"

拖动飞梭栏中的"擦洗器"滑块可以快速在预览窗口中查找到需要修整的画面位置，然后单击"转到上一帧" ◀ 或"转到下一帧" ▶ 按钮，可以精确定位视频修整的位置。

3．利用"时间轴缩放"

如果要以精确到帧的方式来定位视频修整的位置，可以使用"时间轴缩放"功能按钮。方法是：向上拖动 ◯ 滑块或者单击"放大"按钮 🔍，可以使精确剪辑时间轴以更小的时间单位显示视频画面；向下拖动 ◯ 滑块或者单击"缩小"按钮 🔍，可以使精确剪辑时间轴以更大的时间单位显示视频画面。例如，向上拖动滑块，可以以 1 帧或 5 帧为单位查看视频略图；向下拖动滑块，则可以以 30 帧或 900 帧为单位查看视频略图。

4．时间码 0:00:02:09

时间码是以小时、分钟、秒和帧为单位表示视频画面的位置。操作方法是：在某个时间码上单击，然后输入数值，画面会立刻定位到所指定的时间码位置。例如，将时间码设置为 0:00:10:05，即可快速定位到 10 秒 5 帧的画面。

5．飞梭轮

飞梭轮是模拟传统非线性编辑机上的搜索轮，通过手式转动即可快速找到并定位到所需的画面。在飞梭轮上按住鼠标并向左拖动，可以快速向后搜索并定位到所需的画面；在飞梭轮上按住鼠标并向右拖动，可以快速向前并定位到所需的搜索画面。

6．穿梭滑动条

利用"穿梭滑动条"也可快速地搜索并定位所需的画面位置。例如，向左拖动滑块，预览窗口的右下角会显示向后搜索的倍速（如-1.0×，表示以 1 倍速向后搜索）；向右拖动滑块，预览窗口的右下角会显示向前搜索的倍速（如 8.0×，表示以 8 倍速向前搜索）。

7.4.4　使用自动广告检测功能

会声会影的自动广告检测功能可用于搜索视频中的广告片段。例如，从电视节目录取视频时，会出现一些插入其间的广告片段。而使用会声会影的自动广告检测功能则可以很轻松地从影片节目中将插入其间的广告片段提取出来。

📙 范例实战 73　使用自动广告检测功能——影视片段

原始素材 ・随书光盘\素材\第 7 章\影视片段.mpg

最终效果 ・随书光盘\效果文件\第 7 章\影视片段.VSP

视频文件 ・随书光盘\视频文件\第 7 章\使用自动广告检测功能.swf

步骤01 启动会声会影 X3 编辑器，然后在项目时间轴的视频轨中添加要进行多重修整的影片素材（随书光盘\素材\第 7 章\影视片段.mpg），如图 7-49 所示。

图 7-49　在视频轨中添加影片素材

步骤02▶ 在视频轨中选择需要进行多重修整的影片素材，在选项面板中单击"多重修整视频" ▇▇多重修整视频 按钮，弹出"多重修整视频"对话框。然后在"检测敏感度"选项组中选择 "高"单选按钮，设置程序自动检测和区分广告的敏感度，如图 7-50 所示。

步骤03▶ 单击"自动检测电视广告"按钮，程序将自动搜索视频中的广告，并将检测出的广告 显示在媒体列表框中，如图 7-51 所示。

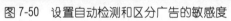

图 7-50　设置自动检测和区分广告的敏感度　　　图 7-51　检测出的广告显示在媒体素材列表中

步骤04▶ 在媒体素材列表框中选择一个素材，单击预览窗口下方的"播放"按钮，确定该片段 是广告还是影片内容。然后在认为是节目内容的缩略图上右击，在弹出的快捷菜单中 选择"设置为节目"命令，将它标记为节目内容，如图 7-52 所示。标记完成后，节 目内容缩略图下方将显示 **P** 标记，广告略图下方将显示 **C** 标记。

图 7-52　标记节目内容

步骤05▶ 单击"确定"按钮，广告和节目内容将被分为两个部分显示在时间轴的视频轨中确认 需要提取的节目内容后，如图 7-53 所示。

图 7-53　素材被分为两个部分显示在视频轨中

提示：　　　如果从素材中检测出多个广告及节目的片段，可以选择"合并 CF"复选框，将广告和节目内容分别合并为单独的素材，使它们在媒体列表框中显示为一个缩略图。

7.5　使用影片特殊剪辑

在会声会影 X3 中，用户还可以使用一些特殊的视频剪辑方法对影片素材进行剪辑，例如，可以从视频中截取静态的图像，直接使用时间轴面板进行影片剪辑等。

7.5.1　从视频中截取静态图像

在本书的 5.2.2 节中已介绍过如何在捕获视频时将视频中的一帧画面捕获为静态图像。其实，在视频剪辑的过程中，也可以选取时间轴中特定的帧并将其保存为静态图像。

范例实战 74　从视频中截取静态图像

原始素材　• 随书光盘\素材\第 7 章\广告.mpg

视频文件　• 随书光盘\视频文件\第 7 章\从视频中截取静态图像.swf

步骤01▶ 启动会声会影 X3 编辑器，然后将影片素材（随书光盘\素材\第 7 章\广告.mpg）添加到项目时间轴的视频轨中，如图 7-54 所示。

图 7-54　在视频轨中添加影片素材

步骤02▶ 单击导览面板中的"播放"按钮，或者拖动擦洗器至要截取静态图像的画面位置，可以通过单击"上一帧"或"下一帧"按钮进行精确定位，找到一个在预览窗口中清晰显示的视频帧画面，如图 7-55 所示。

步骤03 ▶ 在选项面板中单击"抓拍快照"  按钮，即可在视频文件中截取静态图像，截取的图像自动存储在"照片"素材库中，如图 7-56 所示。

图 7-55　精确定位到清晰显示的视频帧画面

图 7-56　将当前帧作为静态图像保存到素材库中

步骤04 ▶ 在素材库的缩略图上右击，在弹出的快捷菜单中选择"属性"命令，在弹出的对话框中可以查看静态图像的尺寸及保存路径，如图 7-57 所示。对于 DVD 格式的视频素材，保存的静态图像的尺寸为 720×576 像素。

图 7-57　查看静态图像的尺寸以及保存路径

7.5.2　使用时间轴面板剪辑影片

在会声会影 X3 中，也可以直接在时间轴面板中剪辑影片素材。下面介绍使用时间轴面板剪辑视频的方法。

范例实战 75　使用时间轴面板剪辑影片

原始素材 ・随书光盘\素材\第 7 章\海浪.avi

最终效果 ・随书光盘\效果文件\第 7 章\海浪.VSP

视频文件 ・随书光盘\视频文件\第 7 章\使用时间轴面板剪辑影片.swf

步骤01 ▶ 启动会声会影 X3 编辑器，然后将影片素材（随书光盘\素材\第 7 章\海浪.avi）添加到项目时间轴的视频轨中，如图 7-58 所示。

图 7-58　在视频轨中添加影片素材

步骤02 将鼠标移动至时间轴标尺处，当鼠标指针呈形状时，按住鼠标并向右拖动至合适的位置后释放鼠标，如图 7-59 所示。

步骤03 在导览面板中单击"开始标记"按钮，此时在时间轴标尺处会显示一条橘红色的线，如图 7-60 所示。

图 7-59　定位剪辑的位置　　　　图 7-60　设置"开始标记"后的时间轴显示方式

步骤04 再次将鼠标移动至时间轴标尺处，按住鼠标并拖动至合适的位置后释放鼠标，然后单击导览面板中的"结束标记"按钮，设置剪辑的结束位置，即可在时间轴中选定区域，如图 7-61 所示。

步骤05 单击导览面板中的"播放"按钮，即可预览剪辑后的视频素材效果，如图 7-62 所示。

图 7-61　设置素材剪辑的结束位置　　　　图 7-62　预览剪辑后的视频素材效果

Chapter 08 制作梦幻奇特的视频效果
——视频滤镜的应用

在观看影片时，经常会看到一些梦幻奇特的画面效果，这些都源自于滤镜的应用。通过视频滤镜的应用，可以将一些特殊的效果添加到视频或图像素材中，为影片营造出各种变幻莫测的神奇视觉效果，从而使影片能够吸引人们的眼球。本章将主要介绍视频滤镜的应用与操作技巧。

本章知识要点：

◆ 视频滤镜概述

◆ 添加与设置视频滤镜

◆ 常用视频滤镜讲解

◆ 视频滤镜应用范例

8.1　视频滤镜概述

在影视作品的编辑和制作过程中，由于种种客观因素的限制，采集的原始素材往往不能够完全符合影视制作的要求，此时就需要合理地使用会声会影 X3 提供的视频滤镜对原始素材进行特殊处理与修饰，以改善前期拍摄或制作的不足，同时还能够起到突出影视作品主题的作用。

简单地说，视频滤镜是一种可以添加到视频或图像素材上的特效视频效果片段，它能够改变视频或图像素材的外观或样式。例如，通过滤镜可以改善素材的色彩平衡，为素材添加动态的光照效果，还可以使素材呈现出绘画效果等。因此，在视频或图像素材中应用视频滤镜，不仅可以弥补视频或图像素材因拍摄而造成的缺陷，而且可以使画面更加生动。图 8-1 所示为应用视频滤镜前后的画面对比效果。

图 8-1　应用视频滤镜前后的画面对比效果

在视频或图像素材中添加视频滤镜后，滤镜效果能够模拟各种艺术效果对素材进行美化，同时能够自动地将效果应用到素材的每一帧上，通过调整滤镜属性，可以控制起始帧到结束帧之间的滤镜强度、效果和速度。

8.2　添加与设置视频滤镜

在会声会影 X3 中内置了大量视频滤镜供用户选择，用户可以很方便地将其添加至影片素材上，并通过"视频滤镜属性"选项面板对应用的预设视频滤镜进行重新设置和修改（例如，添加、替换和删除视频滤镜效果等），从而快速地制作出与众不同的影片画面效果。

8.2.1　添加视频滤镜

会声会影 X3 提供了 12 类共 67 种视频滤镜效果，如果要制作特殊的视频效果，可以从"滤镜库"面板中直接为视频素材添加合适的视频滤镜，以制作出各种奇特、梦幻的视频效果。

1．添加单一视频滤镜

范例实战 76　添加单一视频滤镜——城市夜景

原始素材　·随书光盘\素材\第 8 章\城市夜景.jpg

最终效果 · 随书光盘\效果文件\第 8 章\城市夜景.VSP

视频文件 · 随书光盘\视频文件\第 8 章\添加单一视频滤镜.swf

步骤01 启动会声会影 X3，并在时间轴的视频轨中插入一幅素材图像（随书光盘\素材\第 8 章 \城市夜景.jpg），如图 8-2 所示。

步骤02 在素材库面板中单击"滤镜"按钮，切换至"滤镜库"面板，然后单击"画廊"下 拉按钮，在打开的下拉列表框中选择"相机镜头"选项，如图 8-3 所示。

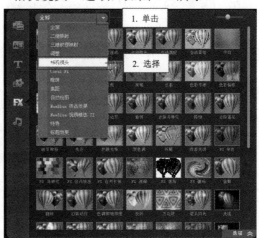

图 8-2　插入的图像素材效果　　　　　　　　图 8-3　选择"相机镜头"选项

步骤03 在"相机镜头"滤镜组素材库中，显示了该滤镜类别包含的所有滤镜效果。选择其中 的一种滤镜（例如，"镜头闪光"），按住鼠标左键将选择的滤镜效果拖动至时间轴 中的图像素材上，如图 8-4 所示。

步骤04 释放鼠标，即可在图像素材应用选择的滤镜效果。然后单击导览面板中的"播放"按 钮，预览添加滤镜后的效果，如图 8-5 所示。

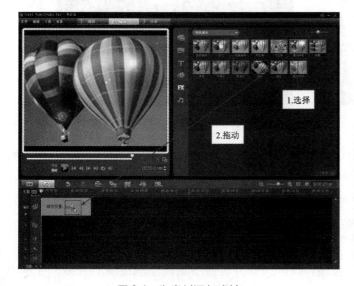

图 8-4　为素材添加滤镜　　　　　　　　　　图 8-5　添加视频滤镜后的效果

高手点津：删除视频滤镜的方法

在为素材添加了视频滤镜后，如果觉得添加的滤镜效果不合适，则可以在"滤镜"素材库的右下角单击"选项"按钮 ▊ 选项 ❖，打开"选项"面板，然后在"滤镜"列表框中选择应用的滤镜，单击列表框右侧的"删除"按钮▓，即可删除选择的滤镜。

2. 添加多个视频滤镜

在会声会影 X3 中，用户还可以一次性地为影片素材添加多个视频滤镜，使影片效果更加丰富。

范例实战 77　添加多个视频滤镜——河滩

原始素材 ・随书光盘\素材\第 8 章\河滩.jpg
最终效果 ・随书光盘\效果文件\第 8 章\河滩.VSP
视频文件 ・随书光盘\视频文件\第 8 章\添加多个视频滤镜.swf

步骤01 启动会声会影 X3，并在时间轴的视频轨中插入一幅素材图像（随书光盘\素材\第 8 章\河滩.jpg），如图 8-6 所示。

步骤02 在素材库面板中单击"滤镜"按钮，切换至"滤镜库"面板，单击"画廊"下拉按钮，在打开的下拉列表框中选择"特殊"选项，如图 8-7 所示。

图 8-6　插入的图像素材效果

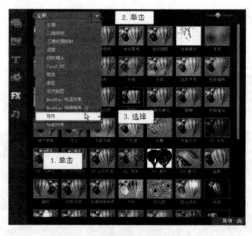

图 8-7　选择"特殊"选项

步骤03 在"特殊"滤镜组素材库中选择"闪电"滤镜，并将其拖动至时间轴中的素材上，如图 8-8 所示。

步骤04 按照上述同样的操作，将"特殊"滤镜组中的"雨点"滤镜及"调整"滤镜组中的"改善光线"滤镜拖动至时间轴中的素材上。打开"选项"面板，可以查看为素材添加的滤镜效果，如图 8-9 所示。

步骤05 在导览面板中单击"播放"按钮，即可预览为素材添加视频滤镜后的效果。图 8-10 所示为添加视频滤镜前后的效果对比。

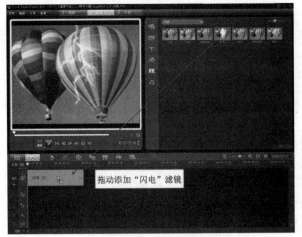

图 8-8　为素材添加滤镜　　　　　　　　图 8-9　为素材添加的滤镜列表

图 8-10　添加视频滤镜前后的效果对比

在会声会影 X3 中，一个素材最多只能应用 5 个视频滤镜效果。

高手点津：快速替换视频滤镜的方法

在为素材添加了视频滤镜后，如果发现应用滤镜后的素材效果并不是所希望得到的效果，除了可将添加的滤镜删除，再重新添加滤镜之外，会声会影 X3 还提供了一个更加快捷的方法，即利用"替换上一个滤镜"功能可以选择其他的视频滤镜来替换现有的视频滤镜，具体操作方法如下：

① 打开"随书光盘\素材\第 8 章\宠物狗.VSP"项目文件，如图 8-11 所示。

图 8-11　打开项目文件

② 在时间轴中选择视频素材，打开"属性"选项面板，此时，可以看到在素材中已经添加了"彩色笔"滤镜效果。选择"替换上一个滤镜"复选框，如图 8-12 所示。

③ 在"滤镜"素材库中选择一种合适的滤镜（如"自动草绘"），然后将其拖动至时间轴中的素材上，即可将素材中原有的"彩色笔"滤镜替换成新添加的"自动草绘"滤镜效果，如图 8-13 所示。

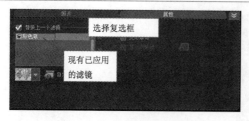 

图 8-12　素材现有应用的滤镜　　　　　　图 8-13　新替换的视频滤镜

提示：　　在替换视频滤镜效果时，一定要保证"属性"选项面板中的"替换上一个滤镜"复选框处于选择状态。如果该复选框未选择，则将视频滤镜从"滤镜"素材库中拖动至素材上时，新添加的滤镜不会替换原有的滤镜，而是同时使用两个视频滤镜效果。

8.2.2　设置视频滤镜

在素材中应用了视频滤镜之后，会声会影 X3 会自动为所应用的视频滤镜效果指定预设的默认效果，当滤镜预设的默认效果不能达到所需的效果时，则可以对所应用的滤镜做进一步的调整和设置。

1．选择预设的视频滤镜

在会声会影 X3 中，每一个视频滤镜都会提供多个预设的滤镜样式，以供用户进行选择。下面以"光线"滤镜效果为例，介绍选择视频滤镜预设样式的操作方法。

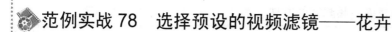

范例实战 78　选择预设的视频滤镜——花卉

🔘 原始素材　•随书光盘\素材\第 8 章\花卉.jpg

🔘 最终效果　•随书光盘\效果文件\第 8 章\花卉.VSP

🔘 视频文件　•随书光盘\视频文件\第 8 章\选择预设的视频滤镜.swf

步骤01▶　启动会声会影 X3，将"随书光盘\素材\第 8 章\花卉.jpg"图片素材导入至"照片"素材库中，然后将其添加到时间轴的视频轨中，并为其添加"暗房"滤镜组中的"光线"滤镜效果，如图 8-14 所示。

步骤02▶　打开"属性"选项面板，单击"预设"下拉按钮，在打开的"预设样式"下拉列表框中选择需要应用的滤镜预设样式即可，如图 8-15 所示。

2．自定义视频滤镜效果

与"摇动和缩放"功能相同的是，会声会影 X3 也允许用户按照自己的思路来自定义视频滤镜，这为用户制作个性化的影片剪辑提供了更为广阔的创作空间。下面以"缩放动作"滤镜为例，介绍自定义滤镜效果的具体操作方法。

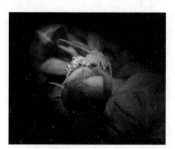

图 8-14 添加"光线"滤镜后的素材效果

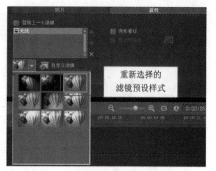

图 8-15 重新选择滤镜预设样式

范例实战 79 自定义视频滤镜——游艇

原始素材 · 随书光盘\素材\第 8 章\游艇.jpg

最终效果 · 随书光盘\效果文件\第 8 章\游艇.VSP

视频文件 · 随书光盘\视频文件\第 8 章\自定义视频滤镜.swf

步骤01 ▶ 启动会声会影 X3，并在时间轴的视频轨中插入"随书光盘\素材\第 8 章\游艇.jpg"图像素材，如图 8-16 所示，然后为图像素材添加"相机镜头"滤镜组中的"缩放动作"滤镜效果。

步骤02 ▶ 打开"属性"选项面板，单击"自定义滤镜"按钮，如图 8-17 所示。

图 8-16 插入图像素材并添加滤镜效果

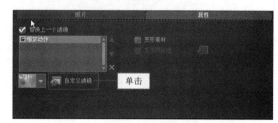

图 8-17 单击"自定义滤镜"按钮

技 巧

在单击"自定义滤镜"按钮之前，可以先单击"预设"下拉按钮，在打开的"滤镜样式"下拉列表框中选择一种"缩放动作"预设滤镜效果作为模板，以便提高自定义视频滤镜的效率。

步骤03 ▶ 在弹出的"缩放动作"对话框中选择时间轴中的第一个关键帧，选择"相机"单选按钮，并设置"速度"值为 15，如图 8-18 所示。

步骤04 ▶ 将时间轴标尺上的滑块移动至 0:00:02:10 位置处，单击"添加关键帧"➕按钮，在时间轴上添加一个关键帧，然后将"速度"值设置为 75，如图 8-19 所示。

步骤05 ▶ 选择最后一个关键帧，然后将"速度"值设置为 1，如图 8-20 所示。

步骤06 ▶ 单击"确定"按钮，返回会声会影 X3 编辑器窗口，单击导览面板中的"播放"按钮，即可预览自定义的视频滤镜效果，如图 8-21 所示。

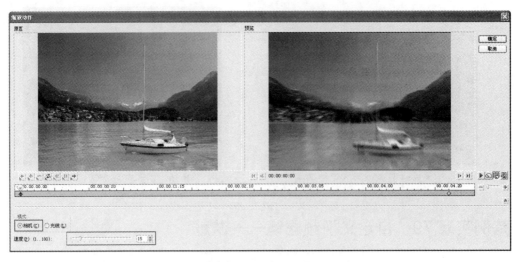

图 8-18　设置第一个关键帧的视频滤镜参数

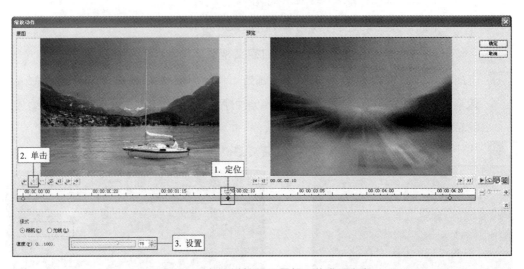

图 8-19　添加关键帧并设置相关的选项参数

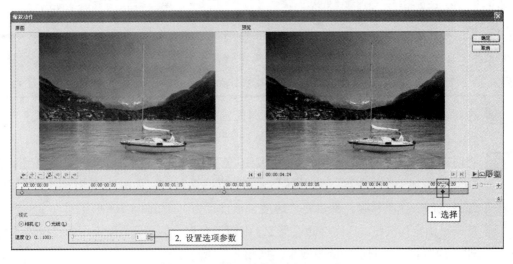

图 8-20　设置最后关键帧的相关选项参数

图 8-21　预览自定义的视频滤镜效果

8.3　常用视频滤镜讲解

对于用户来说，虽然会声会影 X3 提供的视频滤镜数量众多，效果也各不相同。为了在视频编辑过程中更好地应用视频滤镜，本节将根据实际的使用经验，对会声会影 X3 中的视频滤镜进行简要的介绍。

8.3.1　"二维映射"类滤镜

"二维映射"类滤镜包括修剪、翻转、涟漪、波纹、水流和漩涡 6 种滤镜效果，通过"二维映射"类滤镜，可以对素材进行二维空间变形处理。

1．修剪

"修剪"滤镜主要用于修剪视频画面，用指定的色彩遮挡局部区域。它的典型应用就是将 4:3 标准模式拍摄的影片模拟出 16:9 的影片效果。"修剪"滤镜的对话框及应用效果如图 8-22 所示。

图 8-22　"修剪"滤镜对话框及应用效果

在该对话框中，拖动"原图"窗口中的十字标记，可以调整修剪框的位置。其他各选项的含义如下：

- 宽度/高度：以百分比设置修剪宽度/高度。100%为原始宽度/高度，表示不修剪。输入小于 100%的数值，则按比例修剪画面。
- 填充色：选择此复选框，将以指定的色彩覆盖被修剪的区域。单击右侧的颜色块，可以自定义覆盖被修剪的区域的颜色。

- 静止：选择此复选框，修剪区域将被静止；不能拖动"原图"窗口中的十字标记调整修剪框的位置。

2．翻转

"翻转"滤镜主要用于翻转视频画面，其对话框及应用效果如图 8-23 所示。"翻转"对话框中各选项的含义如下：

- 水平/垂直：选择此单选按钮，可对视频画面进行水平/垂直翻转。
- 两者：选择此单选按钮，可对视频画面同时进行水平和垂直翻转。

图 8-23　"翻转"滤镜对话框及应用效果

3．涟漪

"涟漪"滤镜主要用于在图像上添加波纹，制作出仿佛是通过水面来查看画面的效果。该滤镜对话框及应用效果如图 8-24 所示。

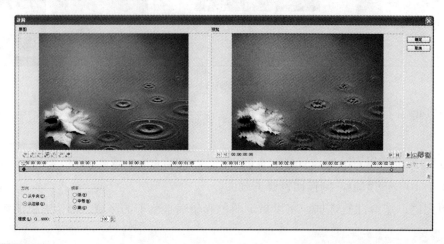

图 8-24 "涟漪"滤镜对话框及应用效果

该滤镜对话框中各选项的含义如下：

■ 方向：选择"从中央"单选按钮，使波纹从图像的中央开始，并按圆形的图样向外荡漾；选择"从边缘"单选按钮，使波纹像波浪在图像上涌动的效果。

■ 频率：设置的值越高，波纹的圈数就越多。

■ 程度：设置的值越高，波浪就越大。

4．波纹

"波纹"滤镜主要用于在图像上产生仿佛透过流动的水珠查看画面的效果。该滤镜对话框及应用效果如图 8-25 所示。

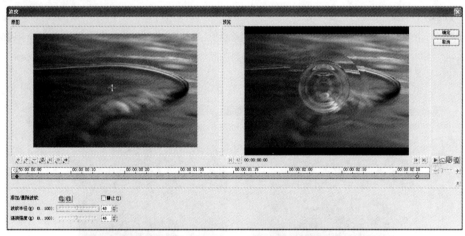

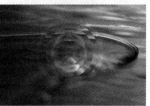

图 8-25 "波纹"滤镜对话框及应用效果

该滤镜对话框中各选项的含义如下：

■ 原图：拖动预览窗口中的十字标记，可以调整波纹在画面中的位置。

■ 添加/删除波纹：单击 按钮，可以在画面上添加新的波纹；在预览窗口中选择一个波纹，单击 按钮，则可以将它删除。

■ 静止：选择该复选框，波纹的位置将被静止，不能拖动"原图"窗口中的十字标记调整位置。

- 波纹半径：调整波纹影响范围的大小，数值越大，影响范围越大。
- 涟漪强度：调整波纹的起伏程度，数值越大，起伏程度越大。

5．水流

"水流"滤镜可以在画面上添加流水的效果，好像是在通过流动的水面查看图像。该滤镜对话框如图 8-26 所示。

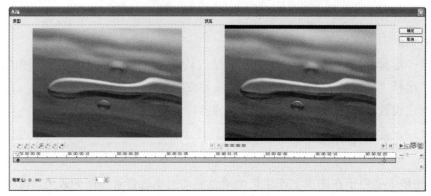

图 8-26 "水流"滤镜对话框

该对话框中各选项的含义如下：

- 程度：该选项用于调整水流对画面的影响程度。数值越大，画面的扭曲变形越明显。

6．漩涡

"漩涡"滤镜主要用于使画面扭曲变形，产生漩涡般的效果。该滤镜对话框如图 8-27 所示。

图 8-27 "漩涡"滤镜对话框

该对话框中各选项的含义如下：

- 方向：选择顺时针漩涡或逆时针漩涡。
- 扭曲：设置要使用的旋转量。值越高，扭曲的程度也越高。

8.3.2 "三维纹理映射"类滤镜

"三维纹理映射"类滤镜共包括鱼眼、往内挤压和往外扩张 3 种滤镜效果。

1. 鱼眼

"鱼眼"滤镜可通过模拟使用鱼眼镜头拍摄的视频扭曲效果，使观众感觉是在通过一个玻璃球观看画面。"鱼眼"滤镜对话框及应用效果如图 8-28 所示。

图 8-28 "鱼眼"滤镜对话框及应用效果

在该对话框中的"光线方向"下拉列表框中可以指定光源照射图像的角度，包括无、从中间和从边界 3 个选项。

2. 往内挤压

"往内挤压"滤镜将图像从拐角处向中间挤压，仿佛图像被挤贴到球面的内部。该滤镜效果与"鱼眼"滤镜效果的原理刚好相反，可以为视频制作出向内凹陷的效果。"往内挤压"滤镜对话框如图 8-29 所示。

图 8-29 "往内挤压"滤镜对话框

该对话框中选项的含义如下：

■ 因子：数值越高，向内挤压的效果越明显。

3．往外扩张

"往外扩张"滤镜主要将图像从中央向拐角扩展，仿佛图像被蒙罩在一个球面上。该滤镜对话框如图 8-30 所示。

图 8-30 "往外扩张"滤镜对话框

该对话框中选项的含义如下：

■ 因子：数值越高，向外扩张的效果越明显。

8.3.3 "调整"类滤镜

利用"调整"类滤镜，可以对视频或图像中的光线、噪点或雪花等内容进行调整。此类滤镜共包括抵消摇动、去除马赛克、降噪、去除雪花、改善光线，以及视频摇动和缩放 6 种滤镜效果，下面将逐一进行介绍。

1．抵消摇动

"抵消摇动"滤镜用于校正或稳定由于摄像机摇动所拍摄的视频。该滤镜对话框如图 8-31 所示。

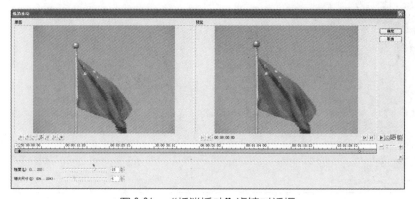

图 8-31 "抵消摇动"滤镜对话框

该对话框中各选项的含义如下：

- 程度：用于控制抵消摇动的程度，数值越大，效果越明显。
- 增大尺寸：向右拖动滑块，可以按百分比增大画面尺寸。最大数值为 20%。

2．去除马赛克

"去除马赛克"滤镜可以通过调整压缩比例，让画面呈现较柔和的状态。如果故意将压缩率调到最高，则会使整个画面呈现出油画的效果。该滤镜对话框如图 8-32 所示。

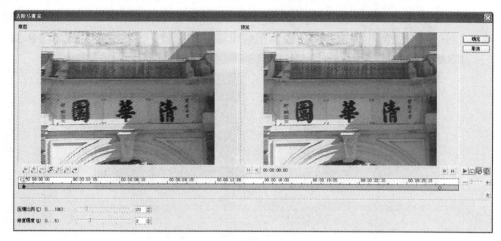

图 8-32 "去除马赛克"滤镜对话框

该对话框中各选项的含义如下：

- 压缩比例：用于调整画面压缩的程度，增大该数值，可以使画面变得柔和。
- 修复程度：用于设置去除马赛克的程度，数值越大，画面越柔和。

3．降噪

"降噪"滤镜通过检查画面中的边缘区域（有明显颜色改变的区域），然后模糊除边缘外的部分来去掉杂色，同时保留原图像的细节。此滤镜对画面的改变比较细微，该对话框如图 8-33 所示。

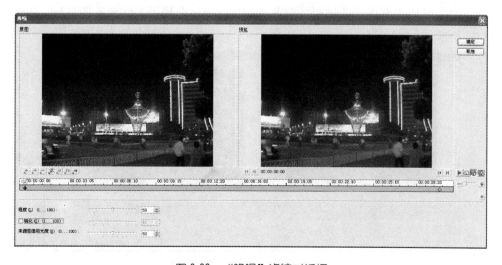

图 8-33 "降噪"滤镜对话框

该对话框中各选项的含义如下：

■ 程度：用于调整减少杂色的程度，数值越大，降噪程度也越强。

■ 锐化：选择此复选框，然后拖动滑块调整选项参数，可以在一定的程度上使画面变得清晰。

■ 来源图像阻光度：用于控制来源图像被去除杂色影响后的出现程度。

4．去除雪花

在光线较暗的环境下拍摄影片，画面上会出现明显的杂点。而使用"去除雪花"滤镜可以改善并减少动态杂点，去除锯齿噪点，使画面呈现出细腻的影像。该滤镜对话框如图 8-34 所示。

图 8-34　"去除雪花"滤镜对话框

该对话框中各选项的含义如下：

■ 程度：用于调整减少雪花的程度。数值越大，去除雪花的效果越明显。

■ 遮罩大小：用于设置对于雪花的识别程度。数值越大，越多的杂点会被识别为雪花，并在画面上消除。

5．改善光线

"改善光线"滤镜主要用于改进视频的曝光程度，最适合校正光线较差的视频。该滤镜对话框如图 8-35 所示。

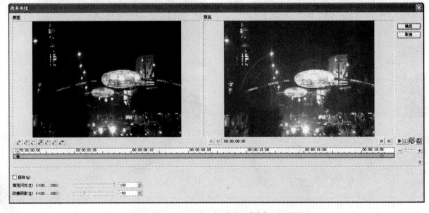

图 8-35　"改善光线"滤镜对话框

该对话框中各选项的含义如下:

- 自动:选择此复选框,程序将自动对画面的明暗平衡进行调整。
- 填充闪光:向左拖动滑块,画面整体变暗;向右拖动滑块,画面整体变亮。
- 改善阴影:向左拖动滑块,将加亮暗部区域;向右拖动滑块,将降低亮光区域的亮度。

6. 视频摇动和缩放

"视频摇动和缩放"滤镜可以模拟在拍摄时镜头的拉伸和摇动效果,以增强画面的动感。该滤镜对话框如图 8-36 所示。

图 8-36 "视频摇动和缩放"滤镜对话框

该对话框中各选项的含义如下:

- 原图:拖动选取框的控制点,可以控制画面的缩放率,从而放大主题;移动选取框可以设置需要绽放的画面位置。
- 网格线:选择此复选框,可以在原图画面中显示网格线,以便于对画面缩放进行精确定位。
- 网格大小:拖动滑块可以调整显示的网格尺寸。
- 靠近网格:选择该复选框,将使选取框对齐网格。
- 无摇动:选择该选项,可以静止放大或缩小区域而不摇动图像。
- 停靠:单击相应的按钮,可以以静止的位置移动图像窗口中的选取框。
- 缩放率:用于调整画面的缩放比率,与拖动选取框的控制点的作用相同。
- 透明度:如果要应用淡入或淡出效果,可以加大此选项中的数值,这样,图像将淡化到背景色。
- 背景色:单击色块,可以定义背景颜色。

8.3.4 "相机镜头"类滤镜

"相机镜头"类滤镜包括色彩偏移、光芒、发散光晕、双色调、万花筒、镜头闪光、镜像、单色、马赛克、老电影、旋转、星形和缩放动作 13 种滤镜效果。

1．色彩偏移

色彩偏移是一种独特的视觉效果。正常情况下，人们所看见的画面效果是红、绿、蓝三色的信息重叠在一起最终合成的画面。而色彩偏移则是某一种颜色发生错位，而没有使它们红、绿、蓝三色重叠在一起而产生的效果。该滤镜对话框如图 8-37 所示。

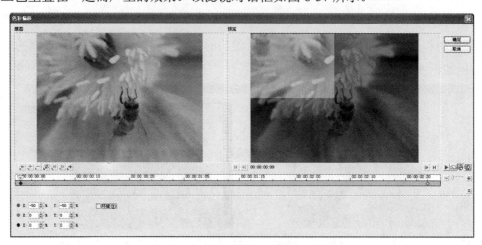

图 8-37　"色彩偏移"滤镜对话框

在该滤镜对话框中，左侧红色、绿色和蓝色的圆点分别对应画面中的红、绿、蓝，在 X、Y 文本框中输入数值，就可以调整对应色彩的偏移量。选择"环绕"复选框，则可以使画面中偏移出的色彩延伸并填充到另外一侧未定义的空白区域中。

2．光芒

"光芒"滤镜可在视频画面上添加旋转移动的光芒效果，该滤镜对话框如图 8-38 所示。在该对话框中，拖动"原图"窗口中的十字标记，可以调整光芒在画面中的初始位置。

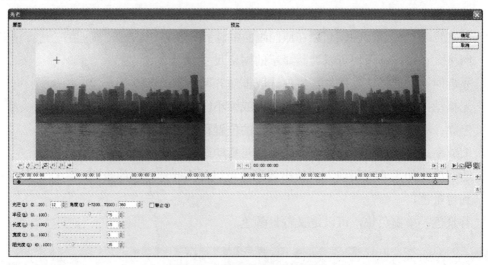

图 8-38　"光芒"滤镜对话框

该对话框中各选项的含义如下：

■ 光芒：用于设置光芒的边数。

- 角度：用于设置光芒在初始位置的旋转角度。
- 半径：用于调整光晕的大小。
- 长度：用于调整光线的长度。
- 宽度：用于调整光线的宽度。
- 阻光度：用于控制光芒的透明度。
- 静止：选择该复选框，光芒将在静止位置旋转和变换，而不在画面上移动。

3. 发散光晕

"发散光晕"滤镜可以模拟出在摄像机镜头上加装了柔光镜的拍摄效果。该滤镜对话框如图 8-39 所示。

图 8-39 "发散光晕"滤镜对话框

该对话框中各选项的含义如下：

- 阈值：用于定义应用光晕效果的区域。数值越小，应用光晕的区域越大。
- 光晕角度：用于设置光晕效果的强度。数值越大，像素越亮。
- 变化：用于设置添加到光晕中的杂点差异度，增大数值，会显示出更多的杂点。

4. 双色调

"双色调"滤镜相当于用不同的颜色来表示画面的灰度级别，其深浅由颜色的浓淡来实现。应用此滤镜，可以得到一些特别的艺术化颜色效果。该滤镜对话框如图 8-40 所示。

图 8-40 "双色调"滤镜对话框

该对话框中各选项的含义如下：

■ 启用双色调色彩范围：选择此复选框，将把双色调效果应用到画面中，否则，将为画面去色，应用黑色效果。

■ 色彩方块：单击色块，可以定义双色调所使用的颜色及密度。

■ 保留原始色彩：向右拖动滑块，在画面中应用双色调的同时，能够更多地保留原始画面中的色彩，形成原始色彩与双色调混合的效果。

■ 红色/橙色滤镜：此选项可以模拟红色/橙色滤光镜加装在镜头前的效果。向右拖动滑块，滤镜效果将更加明显。

5．万花筒

"万花筒"滤镜用于模拟通过万花筒观看图像的拼贴效果。该滤镜对话框如图 8-41 所示。

图 8-41　"万花筒"滤镜对话框

该对话框中各选项的含义如下：

■ 原图：拖动窗口中的十字标记，可以调整图像中的反射位置。

■ 角度：用于设置反射图形的角度。

■ 半径：用于设置反射图形的取样半径。

■ 静止：选择该复选框，反射区域将被静止，不能拖动"原图"窗口中的十字标记调整位置。

6．镜头闪光

"镜头闪光"滤镜可以在图像上添加一个发亮的闪光。该效果非常类似于注视太阳时看到的闪光。该滤镜对话框如图 8-42 所示。

该对话框中各选项的含义如下：

■ 原图：拖动窗口中的十字标记，可以调整镜头闪光的中心位置。

■ 镜头类型：在该下拉列表框中可选择不同的镜头类型，不同的镜头类型将产生不同的闪光合成。

图 8-42 "镜头闪光"滤镜对话框

- 光线色彩：单击色块，可以设置光线的颜色。
- 亮度：用于调整整体效果的亮度。
- 大小：用于调整闪光的大小。
- 额外强度：用于调整周围光线的强度。默认情况下，图像将变得像一个调光器，以突出效果。输入较高的值或向右拖动滑块可以使图像变亮。
- 静止：选择该复选框，画面将保持固定的光源位置，只有光线的强度和色彩会发生变化。

图 8-43 所示为应用"镜头闪光"滤镜的前后效果对比。

图 8-43 应用"镜头闪光"滤镜的前后效果对比

7. 镜像

"镜像"滤镜可以将画面进行分割或重复，在同一画面上显示多个副本。该滤镜对话框如图 8-44 所示。

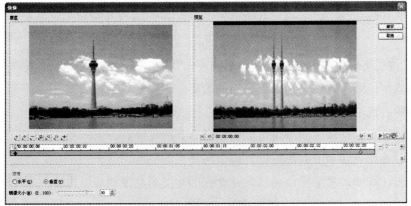

图 8-44 "镜像"滤镜对话框

该对话框中各选项的含义如下：

■ 方向：用于指定在"水平"或"垂直"方向应用镜像效果。

■ 镜像大小：拖动选项滑块，可以设置镜像画面的大小。数值越大，镜像画面越大。

图 8-45 所示为应用"镜像"滤镜前后的效果对比。

图 8-45　应用"镜像"滤镜前后的效果对比

8．单色

"单色"滤镜用于去除画面中原先的彩色信息，并将某一种指定的颜色覆叠到画面上。该滤镜对话框如图 8-46 所示。

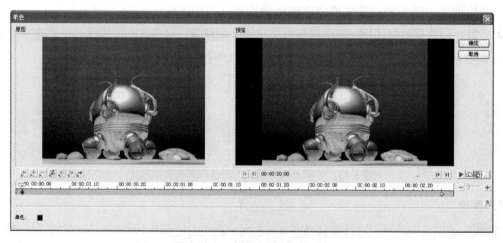

图 8-46　"单色"滤镜对话框

在该对话框中单击"单色"选项中的颜色块，在弹出的对话框中可以指定需要使用的单色色彩。

9．马赛克

"马赛克"滤镜可以将图像分裂为多个平铺块，并将每个平铺块中像素色彩的平均值用做该平铺中所有像素的色彩，制作出马赛克画面的效果。该滤镜对话框如图 8-47 所示。

该对话框中各选项的含义如下：

■ 宽度：拖动该选项中的滑块可以调整马赛克的宽度。

■ 高度：拖动该选项中的滑块可以调整马赛克的高度。

■ 正方形：选择此复选框，可以使马赛克的宽度和高度相等，保持正方形形状。

图 8-48 所示为应用"马赛克"滤镜前后的效果对比。

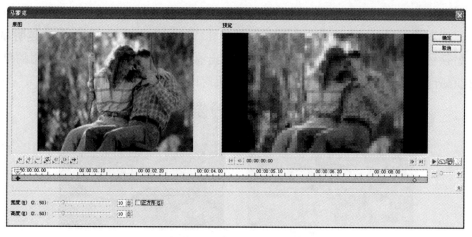

图 8-47　"马赛克"滤镜对话框

图 8-48　应用"马赛克"滤镜前后的效果对比

10. 老电影

"老电影"滤镜可以创建色彩单一、播放时会出现抖动和刮痕、光线变化忽明忽暗的画面效果。该滤镜对话框如图 8-49 所示。

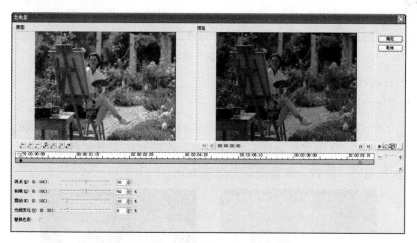

图 8-49　"老电影"滤镜对话框

该对话框中各选项的含义如下：

■　斑点：用于设置在画面上出现的斑点的明显程度，数值越大，斑点越多、越明显。

■　刮痕：用于设置在画面上出现的刮痕数量，数值越大，刮痕越多。

- 震动：用于设置画面的抖动程度，数值越大，抖动越厉害。
- 光线变化：用于设置画面上光线的明暗变化程度，数值越大，明暗变化越明显。
- 替换色彩：单击该选项中的颜色块，在弹出的对话框中可以指定需要使用的单色色彩。

图 8-50 所示为应用"老电影"滤镜前后的效果对比。

图 8-50 应用"老电影"滤镜前后的效果对比

11. 旋转

"旋转"滤镜可以将视频画面按指定的角度进行旋转。该滤镜对话框如图 8-51 所示。

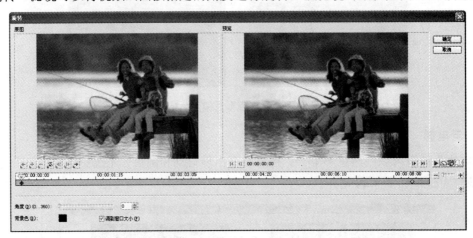

图 8-51 "旋转"滤镜对话框

该对话框中各选项的含义如下：

- 角度：用于设置画面旋转的角度值。
- 背景色：单击该选项中的颜色块，在弹出的对话框中可以指定背景颜色。
- 调到窗口大小：选择该复选框，可以使画面在旋转的同时进行缩放。

图 8-52 所示为应用"旋转"滤镜前后的效果对比。

图 8-52 应用"旋转"滤镜前后的效果对比

12. 星形

"星形"滤镜用于在画面上添加动态的星光效果。该滤镜对话框如图 8-53 所示。

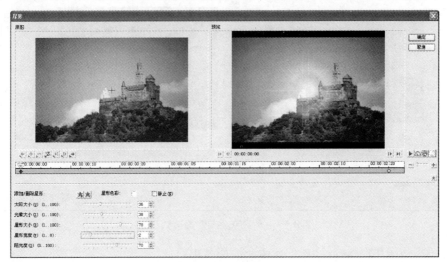

图 8-53 "星形"滤镜对话框

该对话框中各选项的含义如下：

- 添加/删除星形：单击 ☆ 按钮，可以在画面上添加新的星形；在预览窗口中选择一个星形，单击 ☆ 按钮，则可以将其删除。
- 星形色彩：单击该选项中的色块，在弹出的对话框中可以定义星形的中央色彩。
- 太阳大小：调整中央区域的大小。
- 光晕大小：调整外部光晕的大小。
- 星形大小：调整射线的大小。
- 星形宽度：调整射线的相对大小。
- 阻光度：调整整个星形的透明程度。此选项可以用于控制星形的亮度。

图 8-54 所示为应用"星形"滤镜前后的效果对比。

图 8-54 应用"星形"滤镜前后的效果对比

13. 缩放动作

"缩放动作"滤镜可以使图像显示出由于镜头运动而产生的缩放效果。此滤镜对话框如图 8-55 所示。

该对话框中各选项的含义如下：

- 模式：用于设置运动的方式。选择"相机"单选按钮，可以模拟镜头运动的效果；选择"光线"单选按钮，可以模拟自然光源运动的效果。

■ 速度：用于设置动态效果的强烈程度。数值越大，效果越明显。

图 8-55 "缩放动作" 滤镜对话框

图 8-56 所示为应用"缩放动作"滤镜前后的效果对比。

图 8-56 应用"缩放动作"滤镜前后的效果对比

8.3.5 "暗房"类滤镜

"暗房"类滤镜包括自动曝光、自动调配、亮度和对比度、色彩平衡、浮雕、色彩和饱和度、反转、光线，以及肖像画等 9 种滤镜效果，主要用于对素材的光线和颜色进行调整。

1．自动曝光

"自动曝光"滤镜可以自动分析并调整画面的亮度和对比度，改善视频的明暗对比。该滤镜没有可调整的选项参数，应用该滤镜前后的效果对比如图 8-57 所示。

图 8-57 应用"自动曝光"滤镜前后的效果对比

2．自动调配

"自动调配"滤镜的功能与"自动曝光"滤镜功能类似，也可以对视频进行自动校正。除了可以对亮度和对比度进行调整外，还可以同时对视频的色彩进行自动修正。此滤镜也没有可调整的选项参数，应用该滤镜前后的效果对比如图 8-58 所示。

图 8-58 应用"自动调配"滤镜前后的效果对比

3．亮度和对比度

"亮度和对比度"滤镜允许用户通过手工调整自定义视频的亮度和对比度。此滤镜对话框如图 8-59 所示。

图 8-59 "亮度和对比度"滤镜对话框

该对话框中各选项的含义如下：

- 通道：在该下拉列表框中可以选择"主要"、"红色"、"绿色"或"蓝色"选项。选择"主要"选项可以针对整个画面进行调整；选择其他选项则针对单独的色彩通道进行调整。
- 亮度：用于调整画面的明暗程度。向左拖动滑块，画面将变暗；向右拖动滑块，画面将变亮。
- 对比度：用于调整画面的明暗对比。向左拖动滑块，将降低对比度；向右拖动滑块，将增强对比度。
- Gamma：用于调整图像的明暗平衡。

应用"亮度和对比度"滤镜前后的效果对比如图 8-60 所示。

图 8-60 应用"亮度和对比度"滤镜前后的效果对比

4．色彩平衡

"色彩平衡"滤镜可以改变画面中颜色混合的情况。此滤镜对话框如图 8-61 所示。

图 8-61　"色彩平衡"滤镜对话框

在该对话框中向右拖动红、绿、蓝选项对应的滑块，可以分别增强画面中的红色、绿色和蓝色；向左拖动相应选项中的滑块，则可分别降低画面中对应的色彩。图 8-62 所示为应用"色彩平衡"滤镜前后的效果对比。

图 8-62　应用"色彩平衡"滤镜前后的效果对比

5．浮雕

"浮雕"滤镜可以将画面的颜色转换为覆盖色，并用原填充色勾勒边缘，使画面呈现突出或下陷的浮雕效果。该滤镜对话框如图 8-63 所示对比。

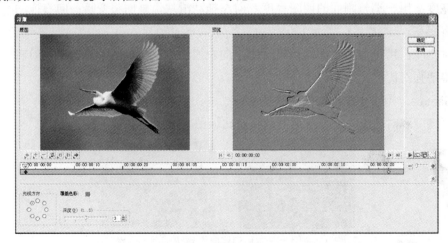

图 8-63　"浮雕"滤镜对话框

该对话框中各选项的含义如下：

- 光线方向：用于设置画面上阴影的方向，以及画面的突起或下凹部分。如果光线来源位于画面上方，则较暗的区域呈现为突起效果；如果光线来源位于画面下方，则较暗区域呈现下凹效果。
- 覆盖色彩：单击该选项中的色块，在弹出的对话框中可以为画面选择一种新的色彩。
- 深度：用于设置浮雕效果的强烈程度，数值越大，浮雕效果越明显。

图 8-64 所示为应用"浮雕"滤镜前后的效果对比。

图 8-64　应用"浮雕"滤镜前后的效果对比

6．反转

"反转"滤镜主要用于将图像反转，进行颜色互补处理，相当于正片与负片的反转效果。将图像反转时，通道中每个像素的亮度值会被转换为相应颜色刻度上相反的值。该滤镜没有可调整的参数，应用此滤镜的前后效果对比如图 8-65 所示。

图 8-65　应用"反转"滤镜前后的效果对比

7．光线

"光线"滤镜主要用于在画面上添加光照效果。该滤镜对话框如图 8-66 所示。

图 8-66　"光线"滤镜对话框

该对话框中各选项的含义如下：

- 添加/删除光线：单击🖳按钮，可以在画面中添加新的光源；在预览窗口中选择一个光源，单击🖳按钮，则可以将其删除。
- 光线色彩：单击该选项中的色块，在弹出的对话框中可以设置光线的中央色彩。
- 外部色彩：单击该选项中的色块，在弹出的对话框中可以设置光源周围的色彩。
- 距离：用于设置光源与照射对象之间的距离，数值越小，距离越短，光线越强。
- 曝光：通过设置曝光时间调整光线的亮度，数值越大，光线越亮。
- 高度：通过改变光源角度，调整照明的范围。
- 倾斜：用于设置光源的照射方向。
- 发散：用于设置光线的发散范围。

图 8-67 所示为应用"光线"滤镜前后的效果对比。

图 8-67　应用"光线"滤镜前后的效果对比

8．肖像画

"肖像画"滤镜可以为画面添加柔和的白色或矩形的颜色边缘效果，从而使主体更加突出。该滤镜对话框如图 8-68 所示。

图 8-68　"肖像画"滤镜对话框

该对话框中各选项的含义如下：

- 镂空罩色彩：单击该选项中的色块，在弹出的对话框中可以设置主体边缘被镂空后的填充颜色。
- 形状：在该下拉列表框中可以选择边缘的形状。
- 柔和度：用于设置边缘的柔化程度，数值越大，柔化效果越明显。

图 8-69 所示为应用"肖像画"滤镜前后的效果对比。

图 8-69 应用"肖像画"滤镜前后的效果对比

8.3.6 "焦距"类滤镜

"焦距"类滤镜主要包括平均、模糊和锐化 3 种滤镜效果。

1. 平均

"平均"滤镜是一个模糊滤镜，它可以查找画面或选定范围中的平均色，并将其填充到当前画面中。该滤镜对话框如图 8-70 所示。

图 8-70 "平均"滤镜对话框

该对话框中的"方格大小"选项，可设置查找平均色的范围，数值越大，画面的模糊程度越明显。图 8-71 所示为应用"平均"滤镜前后的效果对比。

图 8-71 应用"平均"滤镜前后的效果对比

2．模糊

"模糊"滤镜可以通过对画面边缘相邻的像素进行平均化，从而使画面产生平滑的过渡效果，使画面看上去很柔和。此滤镜的模糊效果比"平均"滤镜模糊效果要弱。该滤镜对话框如图 8-72 所示。

图 8-72 "模糊"滤镜对话框

该对话框中的"程度"选项，可设置画面的模糊程度，数值越大，模糊效果越明显。图 8-73 所示为应用"模糊"滤镜前后的效果对比。

图 8-73 应用"模糊"滤镜前后的效果对比

3．锐化

"锐化"滤镜可以使画面细节变得更为清晰。该滤镜对话框如图 8-74 所示。

图 8-74 "锐化"滤镜对话框

该对话框中的"程度"选项值越大，画面的锐化效果越明显。图 8-75 所示为应用"锐化"滤镜前后的效果对比。

图 8-75 应用"锐化"滤镜前后的效果对比

8.3.7 "自然绘图"类滤镜

"自然绘图"类滤镜主要包括炭笔、彩色笔、漫画、油画、水彩、自然草绘和旋转草绘 7 种滤镜效果。下面将分别进行介绍。

1．炭笔

"炭笔"滤镜可将画面中主要的边缘用粗线重绘，中间色调用对角线条重绘，从而使画面产生类似用炭笔涂抹的效果。该滤镜对话框如图 8-76 所示。

图 8-76 "炭笔"滤镜对话框

该对话框中各选项的含义如下：

■ 平衡：用于调节绘制区域与原始画面之间的明暗平衡。

■ 笔画长度：用于调节炭笔的涂抹程度，从而调节绘制的画面的细致程度。

■ 程度：用于调节炭笔绘制对画面的影响程度。

图 8-77 所示为应用"炭笔"滤镜前后的效果对比。

图 8-77 应用"炭笔"滤镜前后的效果对比

2. 彩色笔

"彩色笔"滤镜可以使画面产生模拟彩色铅笔绘画的效果。该滤镜对话框如图 8-78 所示。

图 8-78 "彩色笔"滤镜对话框

通过该对话框中的"程度"选项，可以设置绘画笔在画面绘制的明显程度，数值越大，效果越明显。图 8-79 所示为应用"彩色笔"滤镜前后的效果对比。

图 8-79 应用"彩色笔"滤镜前后的效果对比

3. 漫画

"漫画"滤镜可以使画面呈现出漫画风格的效果。该滤镜对话框如图 8-80 所示。

图 8-80 "漫画"滤镜对话框

该对话框中各选项参数的含义如下：

- 样式：用于设置重绘画面的样式。选择"平滑"选项可以使画面中的色彩平滑过渡；选择"平坦"选项，则可以使画面产生明显的色块分布。
- 粗糙度：用于调整画面的粗糙程度。数值越大，粗糙效果越明显。
- 笔画设置：选择该复选框，可以进一步设置和应用边缘绘制的笔画属性。
- 宽度：用于设置笔画绘制的宽度。
- 数量：用于设置绘制的笔画数量。
- 色彩：用于设置绘制边缘的画笔颜色。

图 8-81 所示为应用"漫画"滤镜前后的效果对比。

图 8-81　应用"漫画"滤镜前后的效果对比

4．油画

"油画"滤镜主要通过丰富的图像色彩，模拟油画的外观效果。该滤镜对话框如图 8-82 所示。

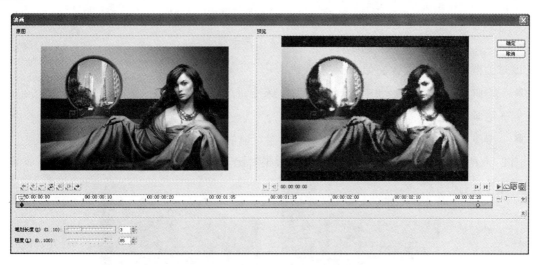

图 8-82　"油画"滤镜对话框

该对话框中各选项的含义如下：

- 笔画长度：用于设置画笔笔画的细节，数值越大，笔画越大。
- 程度：用于设置效果的阻光度，数值越大，产生的效果越明显。

图 8-83 所示为应用"油画"滤镜前后的效果对比。

图 8-83　应用"油画"滤镜前后的效果对比

5．水彩

"水彩"滤镜能够通过丰富的画面色彩，使画面呈现出水彩画的效果。该滤镜对话框如图 8-84 所示。

图 8-84　"水彩"滤镜对话框

该对话框中各选项的含义如下：

- 笔画大小：在此选项中选择"小"单选按钮，则笔画较短；选择"大"单选按钮，则笔画较长。
- 湿度：将该选项值设置得越高，则画面看上去越湿润。

图 8-85 所示为应用"水彩"滤镜前后的效果对比。

图 8-85　应用"水彩"滤镜前后的效果对比

6．自动草绘

"自动草绘"滤镜可以模拟手工绘画过程。该滤镜对话框如图 8-86 所示。

图 8-86　"自动草绘"滤镜对话框

该对话框中各选项的含义如下：

- **精确度**：用于指定绘画的精确程度，数值越大，绘制程度越精确。
- **宽度**：用于指定画笔笔触的大小，数值越小，笔触绘制越准确。
- **阴暗度**：用于指定画笔笔触的明暗程度，数值越大，明暗程度越精细。
- **色彩**：单击色块，可以设置画笔绘画的颜色。

图 8-87 所示为应用"自动草绘"滤镜前后的效果对比。

图 8-87　应用"自动草绘"滤镜前后的效果对比

7. 旋转草绘

"旋转草绘"滤镜的功能与"自动草绘"滤镜的功能相同，都是使画面呈现出手工绘画的效果，所不同的是"旋转草绘"滤镜的绘制结果为黑白。该滤镜应用前后的对比效果如图 8-88 所示。

图 8-88　应用"旋转草绘"滤镜前后的效果对比

提示： 　"自动草绘"滤镜和"旋转草绘"滤镜与其他滤镜不同，添加新的关键帧不起任何作用，而且只要修改一个关键帧的参数，另一个关键帧参数也会随之一起修改。此外，由于"自动草绘"滤镜和"旋转草绘"滤镜的计算速度较慢，会影响影片的编辑速度，因此，用户可以在设置完滤镜的选项参数后，在选项面板中暂时关闭滤镜的显示，在完成全部影片的编辑后再开启滤镜效果。

8.3.8 "特殊"类滤镜

在"特殊"类滤镜中包括气泡、云彩、幻影动作、闪电、雨点、频闪动作和微风 7 种滤镜效果，通过特殊类滤镜可以为素材添加一些自然现象效果。

1．气泡

"气泡"滤镜可以在视频中添加动态的气泡，使整个视频画面呈现活泼的效果。该滤镜对话框如图 8-89 所示。

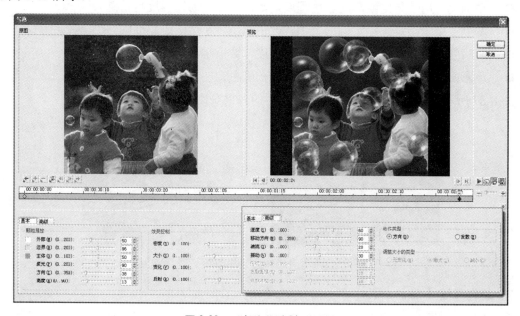

图 8-89 "气泡"滤镜对话框

该对话框中各选项的含义如下：

（1）"颗粒属性"选项组

■ 色块：右侧的 3 个色块可用于设置气泡的高光、主体和暗部的颜色。

■ 外部：用于设置外部光线的强度。

■ 边界：用于设置边缘或者边框的颜色。

■ 主体：用于设置气泡内部或主体的颜色。

■ 聚光：用于设置气泡的聚光强度。

■ 方向：用于设置光线照射的角度。

- 高度：用于调整光源相对于 Z 轴的高度。

（2）"效果控制"选项组

- 密度：用于设置气泡的数量。
- 大小：用于设置气泡的尺寸大小。
- 变化：用于调整气泡大小的变化。
- 反射：用于调整强光在气泡表面的反射方式。

（3）"动作类型"选项组

- 方向：选择该单选按钮，则气泡可随机地运动。
- 发散：选择该单选按钮，则气泡从中央区域向外发散运动。
- 调整大小的类型：用于指定发散时，气泡大小的变化。

（4）其他选项参数

- 速度：用于设置气泡的加速度。
- 移动方向：用于指定气泡的移动角度。
- 湍流：用于设置气泡从移动方向上偏离的变化程度。
- 振动：用于设置气泡摇摆运动的强度。
- 区间：用于设置每个气泡动画的运动周期。
- 发散宽度：用于设置气泡发散的区域宽度。
- 发散高度：用于设置气泡发散的区域高度。

图 8-90 所示为应用"气泡"滤镜前后的效果对比。

图 8-90　应用"气泡"滤镜前后的效果对比

2．云彩

"云彩"滤镜可以为影片素材添加虚无飘缈的感觉。默认的云彩颜色为白色，用户可以根据需要更改云彩的颜色。该滤镜对话框如图 8-91 所示。

该对话框中各选项的含义如下：

（1）"效果控制"选项组

- 密度：用于指定云彩的数量。
- 大小：用于设置单个云彩的大小。
- 变化：用于调整云彩大小的变化。
- 反转：选择该复选框，可在云彩的透明和非透明区域反转。

（2）"颗粒属性"选项组

- 阻光度：用于设置云彩的透明度。

- **■** *X* 比例：用于调整水平方向上云彩的平滑程度，数值越低，云彩显得越破碎。
- **■** *Y* 比例：用于调整垂直方向上云彩的平滑程度，数值越低，云彩显得越破碎。
- **■** 频率：用于调整云彩或颗粒的数目。

图 8-91 "云彩"滤镜对话框

　　"高级"选项卡中各选项的含义可参见"气泡"滤镜对话框中的详细介绍。图 8-92 所示为应用"云彩"滤镜前后的效果对比。

图 8-92 应用"云彩"滤镜前后的效果对比

3．幻影动作

　　"幻影动作"滤镜可以模拟在慢速、长时间曝光状态下拍摄画面所形成的幻影效果，多用于一些神话色彩较浓的影片中。该滤镜对话框如图 8-93 所示。

　　该对话框中各选项的含义如下：

- **■** 混合模式：用于设置幻影移动后的图像与原图的叠加方式。
- **■** 步骤边框：用于调整由于幻影而产生的边框的重复数量，数值越大，重复数量越多。
- **■** 步骤偏移量：用于调整幻影边框的偏移程度，数值越大，偏移程度越明显。
- **■** 时间流逝：用于设置幻影边框随时间变化而变化的情况。
- **■** 缩放：用于设置画面的缩放变化效果。此选项值设置为 100 时，为原始尺寸的标准值；设置为小于 100 的值时，画面将收缩显示；设置为大于 100 的值时，画面将广大显示。
- **■** 透明度：用于设置幻影画面与原始画面的透明叠加程度，数值越大，透出的幻影画面越多。

- 柔和：用于设置幻影的模糊柔和效果。
- 变化：用于设置幻影的随机变化程度，数值越大，幻影变得越不规则。

图 8-93 "幻影动作"滤镜对话框

图 8-94 所示为应用"幻影动作"滤镜前后的效果对比。

图 8-94 应用"幻影动作"滤镜前后的效果对比

4．闪电

"闪电"滤镜可以在影片中随机或不随机地添加真实的闪电效果。该滤镜对话框如图 8-95 所示。

该对话框中各选项的含义如下：

（1）"基本"选项卡

- 原图：拖动"原图"窗口中的十字标记，可以调整闪电的中心位置和方向。
- 频率：用于设置闪电旋转扭曲的次数，数值越大，产生的闪电出现的分叉越多。
- 区间：用于设置闪电的出现频率，单位为"帧"。
- 间隔：用于设置闪电的出现间隔时长，单位为"秒"。

（2）"高级"选项卡

- 闪电色彩：单击色块，在弹出的对话框中可以指定闪电的颜色，默认颜色为白色。
- 因子：拖动选项中的滑块，可以随机改变闪电的方向。
- 阻光度：用于设置闪电混合到画面中的方式。数值越小，闪电则越透明；数值越大，闪电越不透明。

■   长度：用于设置闪电分支的大小。

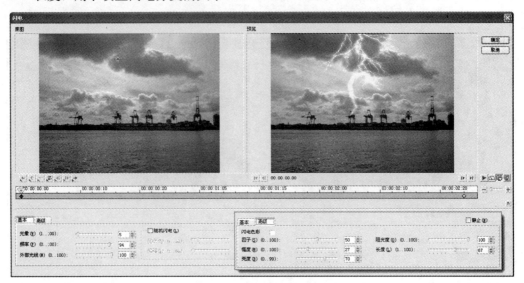

图 8-95   "闪电"滤镜对话框

图 8-96 所示为应用"闪电"滤镜前后的效果对比。

图 8-96   应用"闪电"滤镜前后的效果对比

5. 雨点

"雨点"滤镜可以为视频素材添加下雨的效果。该滤镜对话框如图 8-97 所示。

图 8-97   "雨点"滤镜对话框

该对话框中各选项的具体含义可参见"气泡"滤镜对话框中选项的说明。图 8-98 所示为应用"雨点"滤镜前后的效果对比。

图 8-98 应用"雨点"滤镜前后的效果对比

6. 频闪动作

"频闪动作"滤镜可以模拟在频闪光线下视频画面出现的幻影效果，该滤镜对话框如图 8-99 所示。

图 8-99 "频闪动作"滤镜对话框

该对话框中各选项的具体含义如下：

- 步骤边框：用于设置由于幻影而产生的边框的重复数量，数值越大，重复数量越多。
- 步骤偏移量：用于设置幻影边框的偏移程度，数值越大，偏移程度越明显。
- 缩放：用于设置画面的缩放变化效果。该值小于 100 时，则画面收缩显示；该值大于 100 时，则画面将放大显示。
- 透明度：用于调整幻影画面与原始画面的透明叠加程度。数值越大，则画面透出的幻影画面越多。
- 重测时间：用于设置频闪的重测时间间隔，从而使指定区间的画面重复。

图 8-100 所示为应用"频闪动作"滤镜前后的效果对比。

图 8-100　应用"频闪动作"滤镜前后的效果对比

7．微风

"微风"滤镜可以使画面产生被风吹动的效果。该滤镜对话框如图 8-101 所示。

图 8-101　"微风"滤镜对话框

该对话框中各选项的含义如下：

■　方向：用于设置风吹的方向。

■　模式：用于指定风的类型，包括强烈和狂风两种类型。

■　程度：用于设置风吹的强度，数值越高，产生的风吹效果越强烈。

图 8-102 所示为应用"微风"滤镜前后的效果对比。

图 8-102　应用"微风"滤镜前后的效果对比

8.3.9　"NewBlue 样品效果"类滤镜

"NewBlue 样品效果"是美国著名的影像特效科技公司研发出的视频特效插件，通过这些特效插件，用户可以随心所欲地营造特效。会声会影 X3 是市场中少数带有 NewBlue Film Effects 特效功能的非线性编辑软件。在会声会影 X3 中包括活动摄影机、喷枪、修剪边界、细节增强和水彩 5 种滤镜效果。下面将分别进行介绍。

1．活动摄影机

"活动摄影机"滤镜可以模拟各种摄影机抖动，从摇动的手持摄影机到手提钻式抖动，再到火车旅行时的轻轻颤动，均能模拟。该滤镜对话框如图 8-103 所示。

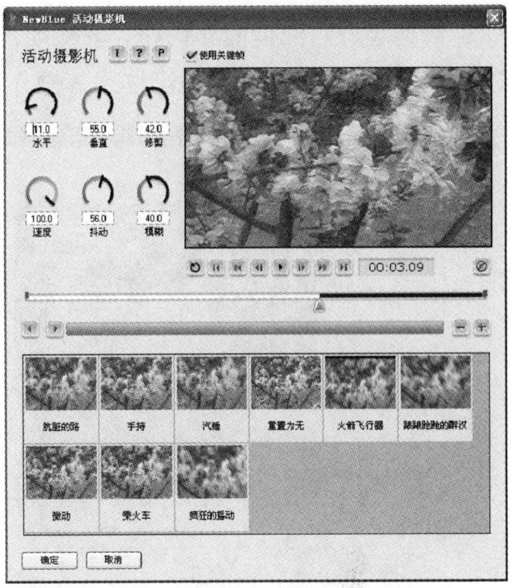

图 8-103　"New Blue 活动摄影机"滤镜对话框

该对话框中各选项的含义如下：

- 水平：用于设置动作在水平（侧对测）轴上的作用范围。

- 修剪：可根据"水平"、"垂直"和"旋转"设置，调节此刻度盘数值，直到足以将所暴露的所有边缘全部隐藏为止。

- 模糊：用于将图像的拖尾"踪影"与图片相融合，突出动作效果。向右拖动可提高第二张图像与生成该图像的摄影机延迟这两者的混合水平，向左拖动则降低该混合水平。

- 使用关键帧：选择该复选框，可在位于预览窗口正下方的控件和时间线中设置关键帧。

高手点津：设置旋转运动和抖动持续时间的其他控件

I：用于打开信息对话框。

?：用于打开帮助文档窗口。

P：用于打开"预设值"下拉菜单，从菜单中可以选择预置命令。此外还可以从磁盘保存或载入用户自定义的预置。

2．喷枪

"喷枪"滤镜可以使色彩流畅的同时保持清晰边缘，用于制造喷枪效果。该滤镜对话框如图 8-104 所示。

该对话框中各选项的含义如下：

- 喷洒：用于设置喷枪喷嘴的宽度。向右拖动可增大喷洒量，使色彩在更大区域内混合；向左拖动可减小喷洒量，各种色彩细节将显示得更为明显。

- **边缘**：用于设置明显不同的色彩之间界限的清晰度。此操作可以模拟喷枪技术向剪切块喷洒色彩，以此创建清晰边缘。

3. 修剪边界

"修剪边界"滤镜能够快速、轻松地消除可能会帧化视频的视频边界，以及因转场、画中画或渲染成无须视频过扫描的流格式等操作而引发的问题。该滤镜对话框如图 8-105 所示。

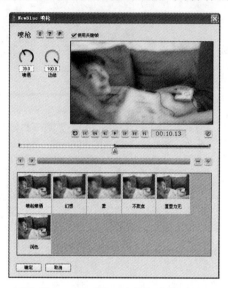

图 8-104　"New Blue 喷枪"滤镜对话框　　　　图 8-105　"New Blue 修剪边界"滤镜对话框

该对话框中各选项的具体含义如下：

- **水平/垂直修剪**：用于设置图片左右/上下两侧的修剪宽度。
- **羽毛**：将该选项与"修剪样式"下拉列表框中的"覆叠"和"透明"修剪方式相结合，能够使修剪的图像与边界背景之间的边缘变得平滑、流畅。
- **修剪样式**：在该下拉列表框中可以选择修剪方式，包括"比例"（伸展图片，使其覆盖整个边界）、"覆叠"（修剪图像并在修剪后的图像下方放置一个伸展后的图像，这样边界内就会填充有相同的图像）、"延伸"（修剪图像并向外延伸边缘像素，直至到达边界）和"透明"（修剪图像并保持边界透明，这样在后面的背景轨道上即可放置分割的图像）。

4. 细节增强

"细节增强"滤镜可以强化视频图像中的线条和边缘，从而突显沉闷或模糊场景中的细节，生成更加清晰的图片。该滤镜对话框如图 8-106 所示。

该对话框中的"强度"选项用于设置要强调细节的强度。向下旋转刻度可微调强度，向上旋转可粗调强度。

5. 水彩

"水彩"滤镜可以重新绘制视频场景，使其达到类似于水彩画的效果。该滤镜对话框如图 8-107 所示。

图 8-106 "New Blue 细节增强"滤镜对话框

图 8-107 "New Blue 水彩"滤镜对话框

该对话框中各选项的含义如下:

- 色彩:用于调节图像的色彩浓度或饱和度。向下旋转可消除色彩,向上旋转可增强色彩。
- 亮度:用于设置图像的整体亮度级别。
- 对比度:用于设置图像的对比度。数值超过 0 时,对比度会增强,即暗处越暗,亮处越亮;数值低于 0 时,对比度会减弱,产生的图像色彩较不鲜明。
- 刷子宽度:用于设置绘图刷子的大小。
- 混合:用于设置原始图像与绘制后的图像混合程度。使用此控件可在图片中融入少许原始细节。

8.3.10 NewBlue 视频精选 II ——"画中画"滤镜

"画中画"滤镜提供了一系列非常详尽的画中画效果,其中包括全面的三维几何、边框、阴影和反射功能。"画中画"滤镜对话框如图 8-108 所示。

对话框中各选项参数的具体含义如下:

(1)"图片"选项组

用于设置嵌入图片的几何效果。

- 居中:设置图片的位置。
- 大小:设置图片的大小,范围从 1 像素到完整图像像素。
- 修剪:按比例放大图片以移除源图像中的任何边框。
- 阻光度:确定图片与背景的混合度。
- 旋转 X:绕水平轴旋转图片。
- 旋转 Y:绕垂直轴旋转图片。

图 8-108 "New Blue 画中画"滤镜对话框

- 旋转 Z：垂直于屏幕表面旋转图片。

（2）"边框"选项组

用于设置图片边框的绘图效果。

- 宽度：设置边框的宽度，其中不包括可扩展至边框之外的"模糊入"和"模糊出"。
- 阻光度：设置边框的可见性。
- 色彩：设置边框的颜色。
- 模糊入：使边框逐渐向内模糊直至融入图片。
- 模糊出：使边框逐渐向外模糊直至覆盖整个背景。

（3）"阴影"选项组

用于设置图片在下方的投影的渲染情况（需要注意的是，阴影包括图片及其边框两者在内）。

- 模糊：设置投影的模糊度。
- 阻光度：设置阴影的可见性。
- 色彩：设置投影的颜色。
- 角度：设置阴影的方向。
- 偏移量：设置阴影的距离。

（4）"反射"选项组

用于设置显示在图片下方的反射图片。反射只包括边框，不涉及投影。

- 阻光度：设置反射的可见性。
- 偏移量：将反射向下移动，这样该反射就不会恰好从图片底部开始。
- 淡化：使反射淡化，这样顶部的图片色彩最强，看上去更为真实。

8.4　视频滤镜应用范例

通过前面对视频滤镜相关知识的讲解，读者一定对视频滤镜的基本使用方法有了具体的了解。在本节中将通过几个具体的应用范例，向读者介绍视频滤镜的应用方法，以便加深读者对会声会影 X3 强大的视频滤镜的认识与应用。

8.4.1　"暗房"类滤镜的应用

在素材的拍摄过程中，经常会遇到一些自然条件与人为条件的限制，从而导致素材的效果不是很理想，例如最常见的曝光不足。此时，在会声会影 X3 的后期剪辑时，可以通过"暗房"类滤镜的应用来有效地改善曝光不足的素材。

范例实战 80　桂林山水

原始素材　·随书光盘\素材\第 8 章\桂林山水.jpg

最终效果 ·随书光盘\效果文件\第 8 章\桂林山水.VSP

视频文件 ·随书光盘\视频文件\第 8 章\"暗房"类滤镜应用.swf

步骤01▶ 启动会声会影 X3，并在时间轴的视频轨中插入"随书光盘\素材\第 8 章\桂林山水.jpg" 图像素材，如图 8-109 所示。

步骤02▶ 在"素材库"面板中单击"滤镜"按钮进入"滤镜"素材库，然后在"画廊"下拉列 表框中选择"暗房"选项，如图 8-110 所示。

图 8-109　在视频轨中插入素材　　　　图 8-110　选择滤镜类别

步骤03▶ 在素材库中选择"自动曝光"滤镜，并将其拖动至视频轨的素材上，如图 8-111 所示。

步骤04▶ 在视频轨中双击素材，进入"属性"面板，取消选择"替换上一个滤镜"复选框，如 图 8-112 所示。

图 8-111　为素材添加"自动曝光"滤镜　　　图 8-112　取消选择"替换上一个滤镜"复选框

步骤05▶ 在素材库中选择"亮度和对比度"滤镜，并将其拖动至视频轨的素材上，然后再双击 视频轨上的素材，打开"属性"面板，选择"亮度和对比度"滤镜，单击"自定义滤 镜"按钮，如图 8-113 所示。

步骤06▶ 在弹出的"亮度和对比度"对话框中选择第一个关键帧，将"亮度"值设置为 35，"对 比度"值设置为 10，如图 8-114 所示。

步骤07▶ 再选择最后一个关键帧，同样将"亮度"值设置为 35，"对比度"值设置为 10。设 置完成后，单击"确定"按钮，完成本实例的制作。

步骤08▶ 在导览面板中单击"播放"按钮，即可在预览窗口中预览实例的制作效果，如图 8-115 所示。

图 8-113　单击"自定义滤镜"按钮

图 8-114　设置第一个关键帧的选项参数值

图 8-115　预览实例制作效果

高手点津：范例总结

　　利用"选项"面板中的"色彩校正"功能也可以调整素材的颜色和曝光度。然而使用滤镜调整素材曝光度的优势在于滤镜的种类多，选项更丰富，且利用关键帧之间的差值还能够制作出亮度变化的动态效果，读者不妨自己动手进行尝试。

8.4.2　"色调和饱和度"滤镜的应用

　　视频滤镜不仅可以修缮美化素材，还可以制作各种各样的特殊效果。例如，本实例就利用"色调和饱和度"滤镜，并配合"发散光晕"滤镜，为一段普通的风光视频素材添加神秘色彩，给人以完全不同的视觉感受。

范例实战 81　鸟的天堂

原始素材	• 随书光盘\素材\第 8 章\飞鸟.mp4
最终效果	• 随书光盘\效果文件\第 8 章\鸟的天堂.VSP
视频文件	• 随书光盘\视频文件\第 8 章\"色调和饱和度"滤镜应用.swf

步骤01 ▶ 启动会声会影 X3，并在时间轴的视频轨中插入"随书光盘\素材\第 8 章\飞鸟.mp4"视频素材，如图 8-116 所示。

步骤02 ▶ 在"滤镜"素材库的"画廊"下拉列表框中选择"暗房"选项，然后将"自动曝光"滤镜拖动至视频轨的素材上，如图 8-117 所示。

图 8-116　在视频轨插入视频素材　　　　图 8-117　为素材添加"自动曝光"滤镜

步骤03 ▶ 按步骤 2 的方法再将"色调和饱和度"滤镜拖动至视频轨的素材上，然后双击视频轨中的素材，打开"属性"面板。

步骤04 ▶ 在"滤镜"列表框中选择"色调和饱和度"滤镜，单击"预设"下拉按钮，在打开的"预设"下拉面板中选择如图 8-118 所示的预设效果。

步骤05 ▶ 在素材库中的"画廊"下拉列表框中选择"相机镜头"选项，并将"发散光晕"滤镜拖动至"视频轨"的素材上，然后打开"属性"面板，在"预设"下拉面板中选择如图 8-119 所示的预设效果。

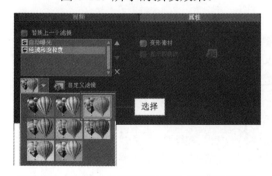

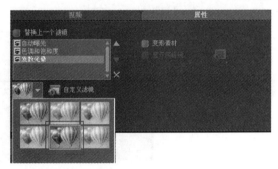

图 8-118　选择"色调和饱和度"滤镜预设效果　　　图 8-119　选择"发散光晕"滤镜预设效果

步骤06 ▶ 在导览面板中单击"播放"按钮，即可在预览窗口中预览实例的制作效果，如图 8-120 所示。

图 8-120　预览实例制作效果

高手点津 ：关于滤镜预设效果

许多视频滤镜都提供了多种预设效果，可以通过预设的滤镜效果快速设置滤镜选项。此外，在视频轨的素材上右击，在弹出的快捷菜单中选择"复制属性"命令，可以将素材中应用的滤镜效果连同选项参数设置一同快速应用到其他素材中。

8.4.3 "雨点"滤镜的应用

利用"雨点"滤镜不仅可以制作下雨的效果，还可以制作出雪花飘舞的效果。本实例将向大家介绍利用"雨点"滤镜制作雪花飞舞的特殊效果。

 范例实战 82 雪花飞舞

 • 随书光盘\素材\第 8 章\冬.jpg

 • 随书光盘\效果文件\第 8 章\雪花飞舞.VSP

 • 随书光盘\视频文件\第 8 章\"雨点"滤镜应用.swf

步骤01▶ 启动会声会影 X3，并在时间轴的视频轨中插入"随书光盘\素材\第 8 章\冬.jpg"图像素材，如图 8-121 所示。

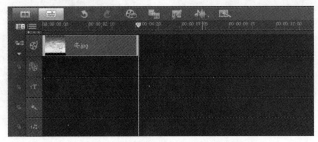

图 8-121 在视频轨中插入图像素材

步骤02▶ 在"滤镜"素材库的"画廊"下拉列表框中选择"暗房"选项，然后将"自动调配"滤镜拖动至"视频轨"的素材上，再在"画廊"下拉列表框中选择"特殊"选项，然后将"雨点"滤镜拖动至素材上。

步骤03▶ 双击视频轨中的素材，打开"属性"面板，选择"雨点"滤镜，然后单击"自定义滤镜"按钮，弹出"雨点"滤镜对话框。选择第一个关键帧，在"效果控制"选项组中设置"密度"值为 45，"长度"值为 3，"宽度"值为 50，"背景模糊"值为 10，"变化"值为 25；在"颗粒属性"选项组中设置"主体"值为 0，"阻光度"值为 50，如图 8-122 所示。

步骤04▶ 选择"高级"选项卡，设置"速度"值为 50，"风向"值为 300，"湍流"值为 10，如图 8-123 所示。

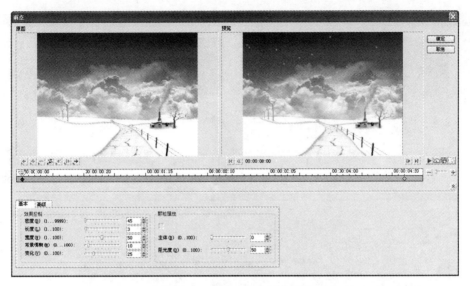

图 8-122　设置第一帧的基本选项值

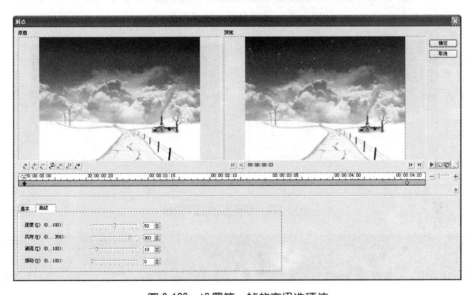

图 8-123　设置第一帧的高级选项值

步骤05 选择最后一个关键帧，在"效果控制"选项组中设置"密度"值为300，"长度"值
为3，"宽度"值为50，"背景模糊"值为30，"变化"值为25；在"颗粒属性"
选项组中设置"主体"值为0，"阻光度"值为75。然后在"高级"选项卡中设置"速
度"值为50，"风向"值为300，"湍流"值为20，如图8-124所示。

步骤06 设置完成后单击"确定"按钮，然后单击导览面板中的"播放"按钮，在预览窗口中
预览实例制作效果，如图8-125所示。

高手点津：关于"雨点"滤镜的选项设置

　　在"雨点"滤镜对话框中，"基本"选项卡主要用于设置雨的形态，而"高级"选项卡
则主要设置雨的运动。只要把握好形态和运动规律，就能模拟出真实的雨雪效果。

图 8-124　设置最后关键帧各选项值

图 8-125　预览实例制作效果

8.4.4　"画中画"滤镜的应用

画中画是指在主画面中插入一个或多个尺寸较小的副画面，从而达到同时显示多个镜头的目的。通过画中画，能够在同一时间内向观众传送出更多、更炫目、更全面的视觉信息，在视频编辑中被广泛应用。本实例就向大家介绍"画中画"滤镜的使用方法。

范例实战83　微风拂柳

原始素材 · 随书光盘\素材\第 8 章\杨柳.mpg

最终效果 · 随书光盘\效果文件\第 8 章\微风拂柳.VSP

步骤01 启动会声会影 X3，并在时间轴的视频轨中插入"随书光盘\素材\第 8 章\杨柳.mpg"视频素材，如图 8-126 所示。

步骤02▶ 在"滤镜"素材库的"画廊"下拉列表框中选择"NewBlue视频精选Ⅱ"选项,并将其中的"画中画"滤镜拖动至"视频轨"的素材上。然后双击视频轨中的素材,打开"属性"选项面板,单击"自定义滤镜"按钮,如图8-127所示。

图8-126 在视频轨中插入视频素材

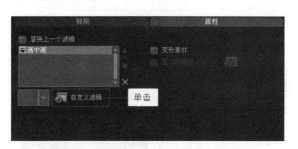

图8-127 单击"自定义滤镜"按钮

步骤03▶ 在弹出的"画中画"滤镜对话框中,将"擦洗器"滑块拖动至第一帧的位置,然后设置 X 值为-100,Y 值为100,"大小"值为20,如图8-128所示。

步骤04▶ 在"边框"选项组中设置"宽度"值为20,"阻光度"值为100,"色彩"为白色,如图8-129所示。

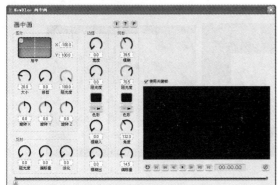

图8-128 设置素材位置参数

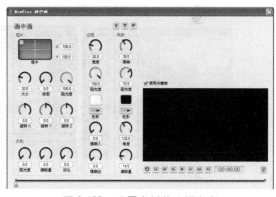

图8-129 设置素材的边框参数

步骤05▶ 将擦洗器拖动至4秒的位置,然后设置 X 和 Y 值均为0,"大小"值为60。在"边框"选项组中设置"宽度"值为20,"阻光度"值为100,"色彩"为灰色,如图8-130所示。

步骤06▶ 将擦洗器拖动至8秒的位置,然后设置 X 和 Y 值均为0,"大小"值为60。在"边框"选项组中设置"宽度"值为20,"阻光度"值为100,"色彩"为白色,如图8-131所示。

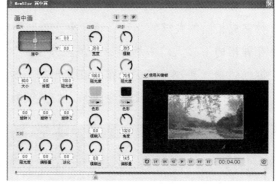

图8-130 设置4秒处的关键帧参数值

步骤07▶ 将擦洗器拖动至最后一帧的位置,然后在预设列表框中选择"重置为无"选项,并设置 Y 值为0,设置完成后单击"确定"按钮,完成本实例的制作,如图8-132所示。

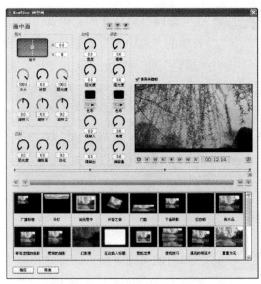

图 8-131　设置 8 秒处的关键帧参数值　　　　　图 8-132　设置最后一帧的参数值

步骤08 单击导览面板中的"播放"按钮，在预览窗口中预览实例制作效果，如图 8-133 所示。

图 8-133　预览实例制作效果

高手点津：关于 NewBlue 类滤镜的使用注意事项

在 NewBlue 类滤镜中不能使用复制和粘贴关键帧的功能，如果用户需要快速设置两个参数完成相同的关键帧，可以将"擦洗器"滑块置于需要复制的关键帧位置，然后单击 P 按钮，在弹出的下拉菜单中选择"将预置另存为"命令，再将"擦洗器"滑块移动至需要粘贴的关键帧位置，再次单击 P 按钮，在弹出的下拉菜单中选择"打开预置"命令，即可将擦洗器所在位置的关键帧快速设置为与预设的关键帧相同的参数。

8.4.5 "FX 涟漪"滤镜的应用

通过"FX 涟漪"滤镜可以制作出动态的涟漪效果，本实例将向大家介绍使用"FX 涟漪"滤镜制作动态的涟漪效果。

范例实战 84　涟漪荡漾

原始素材　•随书光盘\素材\第 8 章\波纹.jpg

最终效果　•随书光盘\效果文件\第 8 章\涟漪荡漾.VSP

步骤01 启动会声会影 X3，并在时间轴的视频轨中插入"随书光盘\素材\第 8 章\波纹.jpg"图像素材，如图 8-134 所示。

步骤02 在"滤镜"素材库的"画廊"下拉列表框中选择"Corel FX"选项，将"FX 涟漪"滤镜拖动至"视频轨"的素材上。然后双击"视频轨"中的素材，打开"属性"选项面板，单击"自定义滤镜"按钮，如图 8-135 所示。

图 8-134　在视频轨中插入图像素材　　　　图 8-135　单击"自定义滤镜"按钮

步骤03 在弹出的"FX 涟漪"滤镜对话框中，选择第一个关键帧，将十字光标调整至波纹的中心，并将 Y 选项的值设置为 60，如图 8-136 所示。

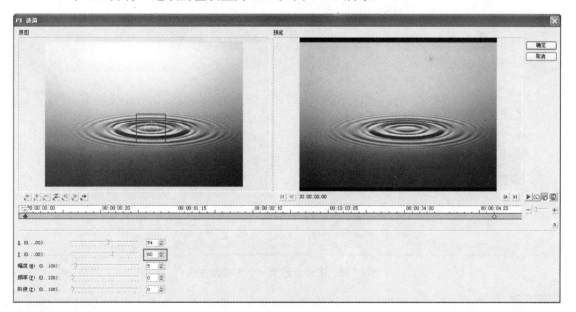

图 8-136　设置第一个关键帧选项

步骤04 选择第二个关键帧，将 Y 选项的值设置为 60，并设置"幅度"选项的值为 20，"频率"和"阶段"选项的值均为 100，单击"确定"按钮，关闭该对话框，如图 8-137 所示。

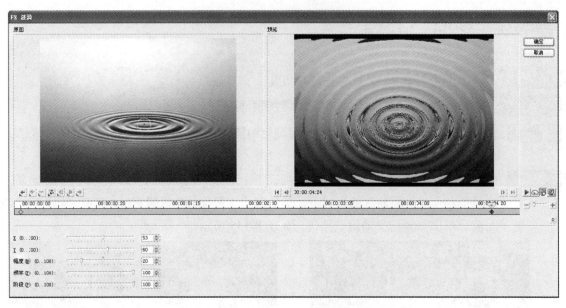

图 8-137　设置第二个关键帧选项

步骤05 在"滤镜"素材库的"画廊"下拉列表框中选择"焦距"选项，将"平均"滤镜拖动至"视频轨"的素材上。然后打开"属性"选项面板，单击"自定义滤镜"按钮，弹出"平均"滤镜对话框，再次选择第一个关键帧，将其"方格大小"值设置为 2，如图 8-138 所示。

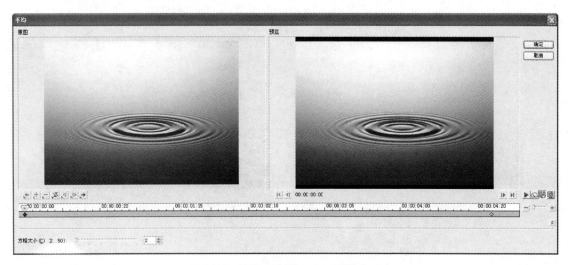

图 8-138　再次设置第一个关键帧选项

步骤06 再次选择第二个关键帧，将擦洗器拖动至 3 秒的位置，单击"添加关键帧"按钮，创建一个关键帧，然后将"方格大小"值设置为 2，如图 8-139 所示。

步骤07 设置完成后，单击"确定"按钮，完成实例制作。单击导览面板中的"播放"按钮，可在预览窗口中预览实例制作效果，如图 8-140 所示。

图 8-139　再次设置第二个关键帧选项

图 8-140　预览实例制作效果

8.4.6　"自动草绘"滤镜的应用

"自动草绘"滤镜是一个可以模拟手绘过程的滤镜。本实例将利用"自动草绘"滤镜制作一段非常有趣的卡通绘制动画效果。

📀 范例实战 85　手绘卡通兔

原始素材 • 随书光盘\素材\第 8 章\卡通兔.jpeg

最终效果 • 随书光盘\效果文件\第 8 章\手绘卡通兔.VSP

视频文件 • 随书光盘\视频文件\第 8 章\"自动草绘"滤镜应用.swf

步骤01 启动会声会影 X3，并在时间轴的视频轨中插入"随书光盘\素材\第 8 章\卡通兔.jpeg"图像素材，如图 8-141 所示。

步骤02 双击视频轨中的素材，打开选项面板，然后设置图像的"照片区间"值为 6 秒，如图 8-142 所示。

步骤03 在"滤镜"素材库的"画廊"下拉列表框中选择"自然绘图"选项，将"水彩"滤镜拖动至"视频轨"的素材上，然后打开选项面板，单击预设滤镜下拉按钮，在打开的下拉面板中选择如图 8-143 所示的滤镜预设效果。

图 8-141　在视频轨中插入图像素材　　　　图 8-142　设置素材区间

步骤04 再在"自然绘图"类滤镜库中将"自动草绘"滤镜拖动至视频轨的素材上，然后打开选项面板，选择"自动草绘"滤镜，单击滤镜列表框右侧的"上移滤镜"按钮，将"自动草绘"滤镜效果移动至第一层，然后单击"自定义滤镜"按钮，如图 8-144 所示。

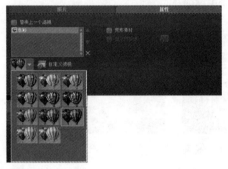

图 8-143　选择"水彩"滤镜的预设效果　　　　图 8-144　调整滤镜效果的叠加顺序

步骤05 在弹出的"自然草绘"滤镜对话框中，设置"精确度"选项值为 85，"宽度"选项值为 25，如图 8-145 所示。

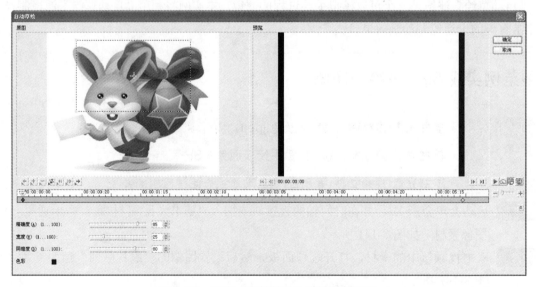

图 8-145　设置"自然草绘"滤镜选项参数

步骤06 单击"确定"按钮，完成实例的制作。在导览面板中单击"播放"按钮，即可在预览窗口中预览实例制作效果，如图 8-146 所示。

图 8-146 预览实例制作效果

Chapter 09　生动丰富的镜头切换
——视频转场效果的应用

前几章已经讲到，后期编辑并不是把一些素材片段简单地组织起来就可以了，而是要融合自己对整个作品的理解，充分发挥编辑者的主动性和创造性，使编辑体现出编者的创作意图。因此，对影视作品进行后期编辑的过程，同时也是对作品进行再创作的过程。在这种再创作过程中，合理地使用视频转场可以加强作品的连贯性和整体性，同时增强作品主题的表现力。因此，认识并掌握各种视频转场的使用方法和规律，是本章学习的重点。

本章知识要点：

◆　视频转场效果概述

◆　添加与设置视频转场

◆　常用的视频转场效果

◆　视频转场精彩应用范例

9.1 视频转场效果概述

视频转场是指为了让一段视频素材以某种特效形式转换到另一段素材而运用的过渡效果，即从上一个镜头的末尾画面到后一个镜头的开始画面之间加上中间画面，使上下两个画面以某种自然的形式过渡。简单地说，视频转场就是镜头的切换。

我们都知道，一部完整的影片实际上是由多个视频片段组成的，而一个视频片段又往往是由许多单个视频镜头组成的，镜头应该说是组成影片的基本单位。当通过拍摄或其他方法获取了各种镜头素材后，就需要将这些基本镜头按照预先的规划连接成完整的影片，这种镜头之间的连接就称为"切换"或"转场"。

视频镜头的切换可以粗略地分为：硬切和软切两种。所谓"硬切"，就是上一个镜头播放完后直接播放下一个镜头，其中不添加任何用于转场的过渡。这种转场方式在各种纪实性影片或一些影片的快节奏片段中使用较为广泛。而"软切"则是相对"硬切"而言的，即在两个镜头之间添加艺术性的衔接，使镜头的转换有一个过渡，它最基本的作用是避免由于两个镜头的内容、场景或节奏差别太大而产生情节跳跃。

在实际的影片剪辑中，"硬切"和"软切"两种切换方法总是结合使用，而平时所说的"转场"通常也主要指"软切"。在会声会影 X3 中，转场的作用已不再仅是镜头的简单连接，而是包含了很多技术性的重要艺术手法。合理地使用这些转场特技，不仅可以为影片增添神奇的艺术效果，而且还能够在很大程度上弥补由于素材的不足而导致的影片空洞、内容乏味等问题。

9.2 添加与设置视频转场

在会声会影 X3 中，用户可以根据需要方便地在任意两段视频素材的衔接处添加视频转场，并且还可以随心所欲地设置转场效果，制作出具有艺术性场景转换效果。

9.2.1 添加转场效果

会声会影 X3 提供了 100 多种视频转场效果，用户可以选择自动或者手动方式添加转场效果。

1. 自动添加转场效果

自动添加转场效果是指在添加新的视频素材之后，系统能够固定或者随机添加一种转场特效。在视频素材中自动添加转场效果，不仅可以提高影片剪辑的效率，还可以大大地节省编辑人员的时间和精力。

范例实战 86　自动添加转场效果

原始素材　·随书光盘\素材\第 9 章\自动添加转场效果\01.jpg～03.jpg

最终效果 • 随书光盘\效果文件\第 9 章\城之山.VSP

视频文件 • 随书光盘\视频文件\第 9 章\自动添加转场效果.swf

步骤01 启动会声会影 X3，选择"设置" | "参数选择"命令，或者按【F6】快捷键，弹出 "参数选择"对话框，如图 9-1 所示。

步骤02 选择"编辑"选项卡，选择"自动添加转场效果"复选框。然后单击"默认转场效果" 下拉按钮，在打开的下拉列表框中可以选择设置默认转场的效果，如图 9-2 所示。设 置完成后，单击"确定"按钮。

图 9-1 "参数选择"对话框

图 9-2 设置自动添加转场效果选项

步骤03 将"随书光盘\素材\第 9 章\自动添加转场效果\01.jpg～03.jpg"素材添加到故事板视图 中，会声会影 X3 会自动在素材之间添加转场效果，如图 9-3 所示。在导览面板中单 击"播放"按钮，即可预览影片中添加的转场效果。

图 9-3 在素材之间自动添加转场效果

2. 手动添加转场效果

使用自动添加转场效果虽然非常方便，但毕竟约束太多，不能很好地控制效果。如果要根据不同的视频素材选择合适的转场效果，则需要手动添加转场效果。

范例实战 87　手动添加转场效果

原始素材	• 随书光盘\素材\第 9 章\手动添加转场效果\汉堡.jpg、鸡肉.jpg、牛排.jpg
最终效果	• 随书光盘\效果文件\第 9 章\美时美刻.VSP
视频文件	• 随书光盘\视频文件\第 9 章\手动添加转场效果.swf

步骤01 启动会声会影 X3，将"随书光盘\素材\第 9 章\手动添加转场效果\汉堡.jpg、鸡肉.jpg、牛排.jpg"素材添加到故事板中，如图 9-4 所示。

步骤02 在素材库面板中单击"转场"按钮，切换至"转场"素材库，在"画廊"下拉列表框中选择一种转场类别，例如，选择"擦拭"选项，如图 9-5 所示。

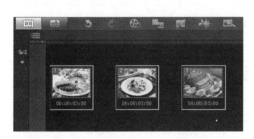

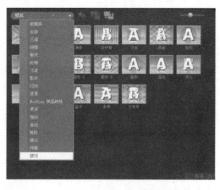

图 9-4　在故事板中添加素材　　　　图 9-5　选择转场类别

步骤03 在转场效果列表框中，选择一种转场效果（例如，选择"棋盘"选项），并将其拖曳至故事板中的两个素材之间，释放鼠标即可在两个素材之间添加转场效果，如图 9-6 所示。

图 9-6　选择转场效果选项

步骤04 按步骤 03 的操作，在其他素材之间添加转场效果。完成后，单击导览面板中的"播放"按钮，即可预览添加的转场效果，如图 9-7 所示。

图 9-7 预览转场效果

9.2.2 将转场效果应用到整个项目

会声会影 X3 提供了上百种转场效果，用户可以根据需要方便地将转场效果应用到视频项目中。将转场效果应用到整个项目，包括"对视频轨应用随机效果"和"对视频应用当前效果"两种方式，下面将分别进行介绍。

1. 应用随机效果

在会声会影 X3 的故事板视图中添加了素材后，利用"对视频轨应用随机效果"功能，程序可以随机挑选转场效果并应用到视频项目的素材之间。

范例实战 88 对视频应用随机转场效果

原始素材 ・随书光盘\素材\第 9 章\应用随机转场效果\01.jpg～06.jpg
最终效果 ・随书光盘\效果文件\第 9 章\个人写真.VSP
视频文件 ・随书光盘\视频文件\第 9 章\应用随机转场效果.swf

步骤01 启动会声会影 X3，将"随书光盘\素材\第 9 章\应用随机转场效果\01.jpg～06.jpg"的素材添加到故事板视图中，如图 9-8 所示。

图 9-8 在故事板中添加素材

步骤02 在素材库面板中单击"转场"按钮▣，切换至"转场"素材库，单击素材库上方的"对视频轨应用随机效果"按钮▣，如图 9-9 所示。

步骤03 程序将随机挑选转场效果，并应用到当前项目的素材之间，如图 9-10 所示。

图 9-9　单击"对视频应用随机效果"按钮

图 9-10　添加的随机转场效果

步骤04 单击导览面板中的"播放"按钮，即可预览素材图像之间添加的随机转场效果，如图 9-11 所示。

图 9-11　预览添加的随机转场效果

2. 应用当前转场效果

除了对视频素材应用随机的转场效果之外，还可以利用"对视频轨应用当前效果"功能，将当前选择的转场效果应用到当前项目的素材之间。

范例实战 89　应用当前转场效果

原始素材　·随书光盘\素材\第 9 章\应用当前转场效果\01.jpg～06.jpg

最终效果　·随书光盘\效果文件\第 9 章\湖光山色.VSP

视频文件　·随书光盘\视频文件\第 9 章\应用当前转场效果.swf

步骤01 启动会声会影 X3，将"随书光盘\素材\第 9 章\应用当前转场效果\01.jpg～06.jpg"素材添加到故事板视图中，如图 9-12 所示。

步骤02 在素材库面板中单击"转场"按钮，切换至"转场"素材库，然后在素材库上方的"画廊"下拉列表框中选择一种转场的类别选项（例如，选择"旋转"选项），并在其中选择一种转场效果选项（例如，选择"旋转"选项），再单击素材库上方的"对视频轨应用当前效果"按钮，如图 9-13 所示。即可将选择的转场效果应用至当前项目的各素材之间，如图 9-14 所示。

图 9-12　在故事板中添加图像素材

图 9-13　单击"对视频轨应用当前效果"按钮

图 9-14　应用选定的转场效果

提示：　　如果当前项目中已经应用了转场效果，单击"对视频轨应用当前效果"按钮后，将会弹出一个信息提示对话框，单击"否"按钮，将保留原来添加的转场效果，并在其他未添加转场效果的素材之间添加选择的转场效果；单击"是"按钮，将用选择的转场效果替换原来的转场效果。

步骤03　单击导览面板中的"播放"按钮，可预览素材之间添加的随机转场效果，如图 9-15 所示。

图 9-15　预览添加的转场效果

9.2.3　设置转场效果属性

在素材中应用了转场效果后，还可以对转场的属性进行一定的设置，例如，调整转场效果的持续时间、转场效果的格式等。下面将逐一进行介绍。

1．调整转场效果的持续时间

在会声会影 X3 中，转场默认的时间长度为 1 秒，但用户可以非常方便地根据需要调整转场效果持续播放的时间。

范例实战 90　调整转场持续时间

原始素材　• 随书光盘\素材\第 9 章\调整转场持续时间\运河快艇.VSP

最终效果　• 随书光盘\效果文件\第 9 章\运河快艇 end.VSP

视频文件　• 随书光盘\视频文件\第 9 章\调整转场持续时间.swf

步骤01　启动会声会影 X3，选择"文件"｜"打开项目"命令，打开"随书光盘\素材\第 9 章\调整转场持续时间\运河快艇.VSP"的项目文件，如图 9-16 所示。

步骤02　在故事板视图中双击要调整的转场效果缩略图，程序将自动切换到"转场"选项面板，在"区间"选项中需要修改的时间值上单击（例如，秒），然后输入新的数值即可，如图 9-17 所示。

图 9-16　打开的项目文件

图 9-17　显示转场效果

高手点津：调整转场持续时间的其他方法

按【F6】快捷键，弹出"参数选择"对话框，选择"编辑"选项卡，在"转场效果"选项组的"默认转场效果的区间"数值框中输入新的数值，按【Enter】键确认，再单击"确定"按钮，可设置转场效果默认的时间长度。

在时间轴视图模式下，将鼠标指针置于转场效果的左右边缘，当鼠标指针呈 ⬌ 或 ⬌ 形状时，按住鼠标的同时向左或向右拖动鼠标，即可快速地调整转场效果持续的时间长度。

2. 调整转场格式

为影片应用了转场效果后，除了调整其持续时间长度，还可以对其格式进行设置，每一种转场效果的格式设置都不相同。下面以"3D"类转场中的"对开门"效果为例介绍转场效果的格式设置。

范例实战 91　调整转场格式

原始素材	• 随书光盘\素材\第 9 章\调整转场格式\香港海景一角.VSP
最终效果	• 随书光盘\效果文件\第 9 章\香港海景一角 end.VSP
视频文件	• 随书光盘\视频文件\第 9 章\调整转场格式.swf

步骤01▶ 启动会声会影 X3，选择"文件"｜"打开项目"命令，打开"随书光盘\素材\第 9 章\调整转场格式\香港海景一角.VSP"项目文件，如图 9-18 所示。

图 9-18　打开项目文件

步骤02▶ 设置转场效果的边框，单击选项面板中的"边框"数值框右侧的微调按钮，将其选项值设置为 3，如图 9-19 所示。

步骤03▶ 设置边框的颜色，单击"色彩"选项右侧的色块，在弹出的颜色列表中选择一种颜色，如橙色，如图 9-20 所示。

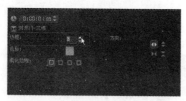

图 9-19　设置转场效果的边框

图 9-20　设置转场边框的颜色

步骤04▶ 设置边框的柔化程度，在"柔化边缘"选项中选择一种边缘柔化效果，例如，单击"中等柔化边缘"按钮，如图 9-21 所示。

步骤05▶ 设置转场方向，在"方向"选项中单击"打开—水平分割"按钮，如图 9-22 所示。

图 9-21　设置边框的柔化程度　　　　　　　图 9-22　设置转场方向

步骤06 单击导览面板中的"播放"按钮，可预览设置转场格式后的效果，如图 9-23 所示。

图 9-23　预览设置转场格式后的效果

9.2.4　替换转场效果

在视频素材之间添加转场效果后，如果觉得添加的转场效果不满意，可以根据需要对转场效果进行替换，直到找到合适的转场效果。

范例实战 92　替换转场效果

原始素材 ·随书光盘\素材\第 9 章\替换转场效果\精美家居.VSP

最终效果 ·随书光盘\效果文件\第 9 章\精美家居 end.VSP

视频文件 ·随书光盘\视频文件\第 9 章\替换转场效果.swf

步骤01 启动会声会影 X3，选择"文件"｜"打开项目"命令，打开"随书光盘\素材\第 9 章\替换转场效果\精美家居.VSP"项目文件，如图 9-24 所示。

步骤02 单击导览面板中的"播放"按钮，预览当前项目的转场效果。然后在素材库中选择需要进行替换的转场效果（例如，"遮罩"类转场中的"遮罩 F"效果），将其直接拖动至故事板视图中原先添加的转场效果上即可，如图 9-25 所示。

高手点津：删除转场效果

在素材之间添加转场效果后，如果希望删除转场效果，可按以下方法进行操作。

方法一：在故事板视图中选择要删除的转场效果，按【Delete】键即可完成删除转场效果操作。

方法二：在故事板视图中要删除的转场效果上右击，在弹出的快捷菜单中选择"删除"命令，也可删除选定的转场效果。

方法三：在故事板视图中单击选择与转场相信的一个素材片段，按【Delete】键删除素材的同时，与选择素材相邻的转场效果也同时被删除。

图 9-24 打开项目文件

图 9-25 替换转场效果

9.2.5 将转场效果添加到收藏夹

在会声会影 X3 中，用户还可以将一些常用的转场效果添加到收藏夹中，以便下次使用时直接从收藏夹中调用。

范例实战 93 将转场效果添加到收藏夹

视频文件 • 随书光盘\视频文件\第 9 章\将转场效果添加到收藏夹.swf

步骤01▶ 启动会声会影 X3，然后在素材库面板中单击"转场"按钮，切换至"转场"素材库，如图 9-26 所示。

步骤02▶ 在素材库上方的"画廊"下拉列表框中选择一个转场类别选项（例如，选择"NewBlue 样品转场"选项），打开该转场类别的转场效果素材库，在其中右击需要添加到收藏夹中的转场效果，在弹出的快捷菜单中选择"添加到收藏夹"命令即可，如图 9-27 所示。

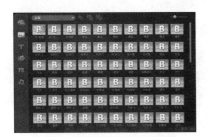

图 9-26 切换至转场素材库

图 9-27 选择要添加到收藏夹中的转场效果

高手点津 ：删除收藏夹中的转场效果

将转场效果添加到收藏夹中之后，如果用户不再经常用到该转场效果，可以将其从收藏夹中删除。具体操作方法是：单击转场素材库上方的"画廊"下拉按钮，在打开的下拉列表框中选择"收藏夹"选项，切换至"收藏夹"素材库，然后选择要删除的转场效果，按【Delete】键即可；也可在"收藏夹"素材库中右击要删除的转场效果，在弹出的快捷菜单中选择"删除"命令即可。

9.3 常用的视频转场效果

在会声会影 X3 中，转场效果的种类繁多，效果丰富，某些转场效果独具特色，可以为影片添加非凡的视觉体验。本节将重点介绍会声会影 X3 中各类常用的视频转场效果。

9.3.1 三维类转场

三维类转场包括手风琴、对门开和百叶窗等 15 种转场效果，如图 9-28 所示。这类转场的特征是将素材 A 转换为一个三维对象，然后融合到素材 B 中。

图 9-28　三维类转场素材库

1. 百叶窗

"百叶窗"转场是三维类转场特效中使用频率最高的一种效果，它模拟了窗户打开的方式，将素材 A 翻出的同时将素材 B 显示出来。图 9-29 所示为应用"百页窗"转场后的效果。

图 9-29　"百页窗"转场的应用效果

此转场效果提供了 4 种不同的过渡方式，分别为"打开—垂直分割"、"打开—水平分割"、"关闭—垂直分割"和"关闭—水平分割"。

2. 飞行木板

三维类转场特效中很多转场效果都与飞行相关。"飞行木板"转场可以在屏幕上将素材 A 生成一个翻转的、类似木板的形状，通过不断地翻转逐渐消失，而切换至素材 B。图 9-30 所示为应用"飞行木板"转场后的效果。

图 9-30 "飞行木板"转场的应用效果

3. 飞行折叠

"飞行折叠"转场与"飞行木板"转场效果大致相同,两者的区别在于,"飞行折叠"转场在飞行过程中将素材 A 折叠成飞机的形状。图 9-31 所示为应用"飞行折叠"转场后的效果。

图 9-31 "飞行折叠"转场的应用效果

4. 挤压

"挤压"转场效果是一种通用的转场效果,它可以应用在任意场合中。该转场是通过素材 B 对素材 A 的挤压,达到两者之间的过渡。图 9-32 所示为应用"挤压"转场后的效果。

图 9-32 "挤压"转场的应用效果

高手点津:三维类转场效果属性参数详解

在素材之间添加了三维类转场效果后,单击素材之间的转场效果,可在"属性"选项面板中对转场属性做进一步的调整,如图 9-33 所示。

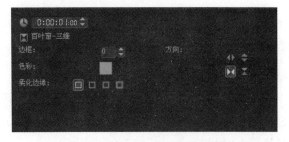

图 9-33 三维类转场的属性选项面板

选项面板中各选项的说明如下：

◆边框：用于设置边框宽度。调整"边框"选项值，可以显示边框。数值越大，边框越宽。当"边框"值为0时，不显示边框。

◆色彩：用于设置转场效果边框或两侧的颜色，单击选项右侧的色块，在打开的下拉面板中可以自定义边框的颜色。

◆柔化边缘：用于设置转场效果和素材的融合程度，包括"无柔化边缘"、"弱柔化边缘"、"中等柔化边缘"和"强柔化边缘"。单击相应的按钮即可得到不同程度的柔化效果。"强柔化边缘"可以使转场效果不明显，从而在素材之间创建平滑的过渡。

◆方向：单击"方向"选项组中的相应按钮，可以指定转场效果的运动方向。需要注意的是，选择的转场不同，调整方向的形式也有所不同。

5. 漩涡

"漩涡"转场可以将素材A以类似于爆炸碎裂的方式飞行，然后再将素材B显示出来。图9-34所示为应用"漩涡"转场后的效果。

图9-34 "漩涡"转场的应用效果

高手点津： "漩涡"转场效果属性参数详解

"漩涡"转场效果具有与其他三维类转场效果所不同的属性参数，其属性选项面板如图9-35所示。单击"自定义"按钮，将弹出如图9-36所示的"漩涡-三维"对话框。

图9-35 三维类转场的属性选项面板　　图9-36 "漩涡－三维"对话框

该对话框中各选项的说明如下：

◆密度：用于调整碎片分裂的数量，数值越大，分裂的碎片数量越多。

◆旋转：用于调整碎片旋转运动的角度，数值越大，碎片旋转运动越明显。

◆变化：用于调整碎片随机运动的变化程度，数值越大，运动轨迹的随机性越强。

◆颜色键覆叠：选择该复选框，然后单击右侧的色块，将弹出如图9-37所示的对话框，

在缩略图上单击,可以吸取需要透空的区域色彩;也可以单击"选取图像色彩"右侧
的色块自定义透空的色彩。单击"遮罩色彩"右侧的色块,
自定义透空区域的填充颜色;调整"色彩相似度"选项,可
以指定透空色彩的范围。单击"确定"按钮,即可使指定的
透空色彩区域透出素材 B 相应区域的颜色。

图 9-37　"图像色彩选取器"对话框

　　◆ 动画: 在该下拉列表框中可选择碎片的运动方式,包
括爆炸、扭曲和上升 3 种不同的类型。

　　◆ 形状: 在该下拉列表框中可设置碎片的形状,包括三角形、矩形、球形和点等不同的
类型。

　　◆ 映射类型: 在该下拉列表框中可设置碎片边缘的反射类型,包括镜像和自定义色彩两
种方式。

9.3.2　相册类转场

　　相册类转场能够以相册的形式显示视频中的素材,并通过一系列翻转效果完成素材之间的
转换过渡。图 9-38 所示为应用"相册"转场后的效果。

图 9-38　"相册"转场的应用效果

　　　　"相册"转场对于显卡的内存要求较高,在使用时容易出现显示器"花屏"的
现象。遇到这种情况,建议使用 64MB 以上显存的显卡。如果显卡内存较低,可
以尝试使用以下方法解决。
　　◆ 在设置和调整"相册"转场时尽量不要运行其他程序。
　　◆ 在计算机的"显示属性"对话框中,将"颜色质量"设置为 16 位。
　　◆ 在计算机的"显示属性"对话框中,将桌面背景设置为"无"。

　　"相册"转场的参数设置较为复杂,可以选择多种相册布局、修改相册封面、背景、大小和
位置等。在素材之间添加"相册"转场效果后,在打开的属性选项面板中可以进一步修改转场
属性,如图 9-39 所示。单击"自定义"按钮,将弹出如图 9-40 所示的"翻转-相册"对话框。

　　"翻转-相册"对话框中各选项的含义说明如下:

　　■ "布局"选项组。在该选项组中单击相应的按钮,可为相册选取想要的相册外观,如
图 9-41 所示。

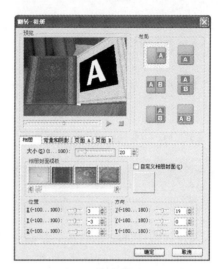

图 9-39 "相册"转场属性面板 　　　　图 9-40 "翻转-相册"对话框

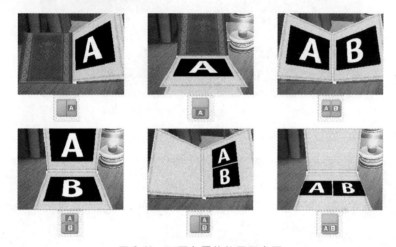

图 9-41 不同布局的效果示意图

- "相册"选项卡。在该选项卡中可以设置相册的大小、位置和方向等参数。如果要改变相册封面，可以在"相册封面模板"选项组中选取一个预设缩略图，或者选择"自定义相册封面"复选框，然后导入需要使用的封面图像。

- "背景和阴影"选项卡。在该选项卡中可以自定义相册背景或者给相册添加阴影效果，如图 9-42 所示。如果要修改相册的背景，在"背景模板"选项组中选取一个预设缩略图，或者选择"自定义模板"复选框，然后导入需要使用的背景图像。如果要添加阴影，选择"阴影"复选框，然后调整"X-偏移量"和"Y-偏移量"中的数值，设置阴影的位置。如果想要使阴影看上去柔和一些，则可以增大"柔化边缘"选项的值。

- "页面 A"选项卡。在该选项卡中可以设置相册第一页的属性，如图 9-43 所示。如果要修改此页面上的图像，可以在"相册页面模板"选项组中选择一个预设略图，或者选择"自定义相册页面"复选框，然后导入需要使用的图像。如果要调整此页面上素材的大小和位置，可分别设置"大小"，以及 X 和 Y 右侧的滑块改变数值。

- "页面 B"选项卡。用同样的方式设置相册第二页的属性。

图 9-42 "背景和阴影"选项卡

图 9-43 "页面 A"选项卡

9.3.3 取代类转场

取代类转场的特征是素材 A 以棋盘、对角线和盘旋等方式逐渐被素材 B 取代，主要包括棋盘、对角线和盘旋等 5 种转场类型，如图 9-44 所示。

图 9-44 取代类转场素材库

应用取代类转场中"棋盘"转场的效果如图 9-45 所示。

图 9-45 取代类转场中"棋盘"转场应用效果

9.3.4 时钟类转场

时钟类转场均为旋转性质的效果，该类转场都是通过围绕屏幕上某一点进行旋转来达到切换场景的目的。此类转场共包括 7 种转场效果，如图 9-46 所示。

图 9-46 时钟类转场素材库

1."四分之一"转场

此转场效果是以素材 A 中任意一个角为起点，进行顺时针或者逆时针擦除，以显示素材 B。图 9-47 所示为"四分之一"转场的应用效果。

图 9-47　"四分之一"转场的应用效果

2."单向"转场

此转场特效是一种较为简单的转场效果，与"四分之一"转场效果相同，该转场也采用整屏旋转的方式，但其起点在素材 A 4 条边的中点位置。应用"单向"转场的效果如图 9-48 所示。

图 9-48　"单向"转场的应用效果

3."清除"转场

"清除"转场是以屏幕的中心为起点，逐步旋转至整个屏幕，从而将素材 A 隐藏，显示出素材 B。该转场效果包括顺时针和逆时针两种清除方向。图 9-49 所示为"清除"转场的应用效果。

图 9-49　"清除"转场应用效果

4."扭曲"转场

此转场是一种特殊的时钟转场效果，它的动态效果模仿了风车的旋转。该转场效果也提供了顺时针和逆时针两种扭曲方向。图 9-50 所示为"扭曲"转场的应用效果。

图 9-50　"扭曲"转场应用效果

9.3.5 过滤类转场

过滤类转场的种类较多，共提供了 20 种效果，包括打碎、飞行和漏斗等转场效果，如图 9-51 所示。

图 9-51 过滤类转场素材库

过滤类转场是影片制作中一类较为重要的转场类型，其特征是素材 A 以自然过渡的方式逐渐被素材 B 取代。由于其具有丰富的内容，因此受到很多用户的青睐。

1. 喷出

"喷出"转场是以爆炸的形式将素材 A 分裂为多个碎片，这些碎片随着时间而逐渐退出屏幕而显示出素材 B。图 9-52 所示为应用"喷出"转场的效果。

图 9-52 "喷出"转场的应用效果

2. 淡化到黑色

"淡化到黑色"转场效果通常用于视频和字幕之间，当素材 A 播放完后，通过该转场效果显示出素材 B。它是将素材 A 逐渐淡化为黑色，然后再逐渐将素材 B 从黑色中显示出来。图 9-53 所示为应用"淡化到黑色"转场后的效果。

图 9-53 "淡化黑色"转场的应用效果

3. 溶解

"溶解"转场也是一种特殊的过滤转场效果，它将在素材 A 上形成若干小颗粒，通过颗粒的逐渐缩小，显示出素材 B。图 9-54 所示为应用"溶解"转场后的效果。

图 9-54　"溶解"转场的应用效果

4．遮罩

"遮罩"转场是模拟黑板擦的擦拭过程，按照特定的遮罩样式将素材 A 擦去，而逐渐显示素材 B。该转场可以将不同的图案或对象（如形状、树叶和球等）作为过滤透空的模板应用到转场效果中，如图 9-55 所示。

图 9-55　"遮罩"转场的应用效果

在此转场的属性选项面板中的"遮罩预览"选项组中可以查看所使用的遮罩效果，如图 9-56 所示。单击"打开遮罩"按钮，将弹出如图 9-57 所示的"打开"对话框，在其中可以选择用于过滤透空的图案或对象。

图 9-56　"遮罩"转场的选项面板

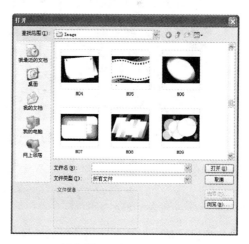

图 9-57　"打开"对话框

提示：　在默认安装路径：C:\Program Files\Corel\Corel VideoStudio X3\Samples\Image 文件夹中为用户提供了多种类型的遮罩，用户可以使用任意 BMP 格式的图像作为遮罩，也可以在 Photoshop 等图像编辑软件中自定义制作遮罩。

需要注意的是，在"遮罩"转场中，遮罩黑色的区域表示透出素材 B 的区域，遮罩白色的区域表示保留素材 A 的区域。选择一个新的遮罩图像后，单击"打开"按钮，即可将其应用到"遮罩"转场中，如图 9-58 所示。

图 9-58　自定义遮罩的应用效果

5．马赛克

"马赛克"转场效果是在素材 A 的基础上，以小方格的形式将素材 B 逐渐显示出来。图 9-59 所示为应用"马赛克"转场后的效果。

图 9-59　"马赛克"转场的应用效果

6．镜头

"镜头"转场效果在电视中的应用相对较为频繁，该转场效果可以将素材 A 收缩直到消失不见，而素材 B 则随着素材 A 的消失逐渐显示出来。根据方向的不同，该转场效果既可以由内向外扩展形成，又可以由外向内收缩形成。图 9-60 所示为应用"镜头"转场后的效果。

图 9-60　"镜头"转场的应用效果

9.3.6　胶片类转场

胶片类转场是一类具有动感效果的转场，其特征是素材 A 以对开门、横条等方式逐渐被素材 B 取代，但是素材 A 是以翻页或者卷动的方式运动。该类转场包括横条、对开门和交叉等 13 种转场效果，如图 9-61 所示。

1．单向

"单向"转场是将素材 A 以卷动的动画方式擦除，

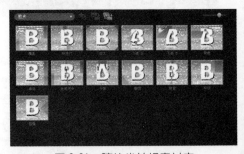

图 9-61　胶片类转场素材库

并直接显示出素材 B。该转场效果能够给人以直观的卷起效果，在转场效果选项面板中还可以设置不同的方向。图 9-62 所示为应用"单向"转场后的效果。

图 9-62 "单向"转场的应用效果

2．分成两半

"分成两半"转场效果与"单向"转场的效果较为相似，其区别在于"分成两半"转场效果将在当前场景中同时显示 4 个卷起动画。该转场效果提供了 4 种水平运动和 4 种垂直运动共计 8 种不同的转场方式。图 9-63 所示为应用"分成两半"转场后的效果。

图 9-63 "分成两半"转场的应用效果

3．分割

"分割"转场效果是以当前屏幕的中心为起点产生一种分裂的转场效果，并向四周收缩素材A，以显示素材 B。该转场效果也提供了 8 种不同的转场方向。图 9-64 所示为应用"分割"转场后的效果。

图 9-64 "分割"转场的应用效果

4．扭曲

"扭曲"转场效果与"分割"转场的效果基本相同，其区别在于"分割"转场效果在形成分裂时有先后顺序，而"扭曲"转场效果是同时向外收缩，以显示素材 B。该转场效果的方向可以分为顺时针和逆时针两种。图 9-65 所示为应用"扭曲"转场后的效果。

图 9-65 "扭曲"转场的应用效果

9.3.7 闪光类转场

闪光类转场是一种重要的转场类型，它可以添加到融解的场景灯光中，创建梦幻般的画面效果，如图 9-66 所示。

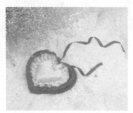

图 9-66 闪光类转场素材库及转场的应用效果

高手点津： "闪光"转场的自定义设置

在"闪光"转场选项面板中可以对闪光的色彩及边框等进行设置，单击"自定义"按钮，在弹出的"闪光—闪光"对话框（如图 9-67 所示）中可以自定义闪光转场的选项参数。

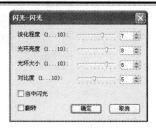

◆ 淡化程度：设置遮罩柔化边缘的厚度。

◆ 光环亮度：设置灯光的强度。

◆ 光环大小：设置灯光覆盖区域的大小。

图 9-67 "闪光"对话框

◆ 对比度：设置两个素材之间的色彩对比。

◆ 当中闪光：选择该复选框，将为融解遮罩添加一个灯光。

◆ 翻转：选择该复选框，将翻转遮罩的效果。

9.3.8 遮罩类转场

遮罩类转场可以将不同的图案或对象（例如，形状、树叶和球等）作为遮罩应用到转场效果中。用户可以选择预设遮罩或导入 BMP 文件，并将它用做转场的遮罩。此类转场共包括 6 种不同的预设类型，如图 9-68 所示。

图 9-68 遮罩类转场素材库

遮罩类转场与"过滤"类转场中"遮罩"转场的区别在于：在"遮罩"类的转场中，遮罩会沿着一定的路径运动；而"过滤"类转场中的"遮罩"转场仅仅是透过遮罩简单地取代另一素材。

1. 遮罩 A

"遮罩 A"转场是一种光线遮罩转场，它将在素材 A 中形成一些随机的光线，并通过光线的移动逐渐显示出素材 B。图 9-69 所示为应用"遮罩 A"转场后的效果。

图 9-69　"遮罩 A"转场的应用效果

2. 遮罩 B

"遮罩 B"转场是将素材 A 中的一些固定像素加亮，然后在素材 B 中也选择一些像素并将其加亮，通过瞬间的闪光切换到素材 B。图 9-70 所示为应用"遮罩 B"转场后的效果。

图 9-70　"遮罩 B"转场的应用效果

3. 遮罩 C

"遮罩 C"转场是以多个"星形"形状作为遮罩图案，使其由大到小排列并进行翻转，然后切换到素材 B 中。图 9-71 所示为应用"遮罩 C"转场后的效果。

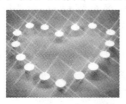

图 9-71　"遮罩 C"转场的应用效果

4. 遮罩 D

"遮罩 D"转场同样是以"星形"形状作为遮罩图案，与"遮罩 C"转场不同的是，该转场效果是将素材 B 形成了单个星形形状，然后通过旋转逐渐变大，覆盖素材 A。图 9-72 所示为应用"遮罩 D"转场后的效果。

图 9-72　"遮罩 D"转场的应用效果

5. 遮罩 E

"遮罩 E"转场是以射线的方式，在素材 A 中进行逆时针旋转，并以白光的形式自然过渡到素材 B。图 9-73 所示为应用"遮罩 E"转场后的效果。

图 9-73　"遮罩 E"转场的应用效果

6. 遮罩 F

"遮罩 F"转场是从素材 A 的中心，以星形形状的方式逐渐向外扩散，然后显示出素材 B。图 9-74 所示为"遮罩 F"转场后的效果。

图 9-74　"遮罩 F"转场的应用效果

9.3.9　果皮类转场

果皮类转场能够通过一种卷曲的动画效果从素材 A 中切换至素材 B。此类转场包括对开门、交叉和翻页等 6 种转场效果，如图 9-75 所示。此类转场与胶片类转场类似，所不同的是：胶片类转场的翻卷部分使用素材的映射图案，而果皮类转场则使用色彩填充翻卷部分。

图 9-75　果皮类转场素材库

1. 对开门

"对开门"转场是以撕裂的方式，将素材 A 分为两部分，并使它们逐渐收缩直至消失以显示素材 B。该转场提供了垂直和水平两种方式的对开门效果，同时，每种方式又能够以不同的方向进行素材之间的切换。另外，该转场效果显示的是素材图像的背面，在其选项面板中，可以设置其背面的显示颜色。图 9-76 所示为应用"对开门"转场后的效果。

2. 交叉

"交叉"转场效果是以素材 A 的中心为分裂点，分裂出 4 个不同方向的卷页画面，逐渐显示出素材 B。该转场提供了两种类型的交叉效果：一种是从中心向四周卷曲；另一种是从屏幕的外部向中心卷曲。图 9-77 所示为应用"交叉"转场后的效果。

图 9-76　"对开门"转场的应用效果

图 9-77　"交叉"转场的应用效果

3．翻页

"翻页"转场可以将素材 A 从屏幕的一角卷起，逐步收缩直到素材 B 显示出来。此转场效果也提供了 4 种翻页方向。图 9-78 所示为应用"翻页"转场后的效果。

图 9-78　"翻页"转场的应用效果

4．拉链

"拉链"转场效果的整个转场动画模仿了正在被拉开的拉链，在其效果选项面板中可以设置不同的过渡方向。图 9-79 所示为应用"拉链"转场后的效果。

图 9-79　"拉链"转场的应用效果

9.3.10　推动类转场

推动类转场效果与取代类转场效果类似，是素材 A 以所选择的方式被素材 B 取代。推动类转场比取代类转场具有更为强烈的运动性。

此类转场包括横条、网孔、跑动和停止、单向，以及条带5种转场效果，如图9-80所示。

图9-80 推动类转场素材库

在推动类转场中，较为独特的是"网孔"转场及"运动和停止"转场。图9-81所示为应用这两种转场后的效果。

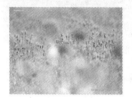

应用"网孔"转场后的效果

应用"跑动和停止"转场后的效果

图9-81 "网孔"转场和"跑动和停止"转场的应用效果

9.3.11 卷动类转场

卷动类转场是将素材A以滚动的方式被素材B取代。此类转场包括横条、渐进和单向等7种转场效果，如图9-82所示。

图9-82 卷动类转场素材库

图9-83所示为应用卷动类转场后的效果。

图9-83 卷动类转场的应用效果

9.3.12 旋转类转场

旋转类转场是素材 A 以旋转、运动和缩放的方式被素材 B 取代，包括铰链、响板和旋转等 4 种转场效果。图 9-84 所示为旋转类转场素材库及应用"旋转"转场后的效果。

图 9-84　旋转类转场素材库及"旋转"转场的应用效果

9.3.13 滑动类转场

滑块类转场类似于"取代"转场，素材 A 以滑行运动的方式被素材 B 取代，包括对门开、横条、交叉、对角线、网孔、单向和条带 7 种转场效果，如图 9-85 所示。

图 9-85　滑动类转场素材库

1. 横条

"横条"转场是将素材 A 一分为二，以横条的方式依次进行收缩，直至完全显示出素材 B。该转场效果的应用较为普遍，主要用于一些娱乐性较强的影视作品中。图 9-86 所示为应用"横条"转场后的效果。

图 9-86　"横条"转场的应用效果

2. 交叉

"交叉"转场的过渡效果是在素材 A 中形成一个"十字"形状，然后向四周滑动收缩，使素材 B 逐渐显示出来。图 9-87 所示为应用"交叉"转场后的效果。

图 9-87　"交叉"转场的应用效果

3. 条带

"条带"转场也是将第一个场景对分为多个区域，并通过多个横条向四周的收缩来达到切换场景的目的。图 9-88 所示为应用"条带"转场后的效果。

图 9-88　"条带"转场的应用效果

9.3.14　伸展类转场

伸展类转场是素材 A 运动的同时发生缩放变化，并逐渐被素材 B 取代，包括对开门、方盒和交叉缩放等 5 种转场效果，如图 9-89 所示。这些转场效果在前面的转场效果中已经出现过，所不同的是，在伸展类转场中的转场效果都以伸展的动作展开。

图 9-89　伸展类转场素材库

图 9-90 所示为应用"交叉缩放"转场后的效果。

图 9-90　"交叉缩放"转场的应用效果

9.3.15 擦拭类转场

擦拭类转场类似于"取代"转场，是素材 A 以所选择的方式被素材 B 所取代，所不同的是在素材 B 出现的区域素材 A 以擦拭的方式被清除。该类转场包括横条、百叶窗和棋盘等 19 种转场效果，如图 9-91 所示。

图 9-91　擦拭类转场素材库

1．对角线

"对角线"转场是一种整体转移的效果，将素材 B 从屏幕的一角逐渐移动到屏幕中央位置，并覆盖素材 A。图 9-92 所示为应用"对角线"转场后的效果。

图 9-92　"对角线"转场的应用效果

默认情况下，该转场效果是从左下角切换素材 B，用户可以在转场效果选项面板中设置其他不同的方向。

2．菱形

"菱形"转场是在擦拭素材 A 时，产生一个由小变大的菱形形状。该形状的外部是素材 A，内部是素材 B，随着形状的逐渐扩大切换至素材 B。图 9-93 所示为应用"菱形"转场后的效果。

图 9-93　"菱形"转场的应用效果

3．流动

"流动"转场通常用于一些具有浪漫色调的场景，它能够在擦拭过程中产生一个类似于瀑布流动的效果。图 9-94 所示为应用"流动"转场后的效果。

图 9-94　"流动"转场的应用效果

9.4 视频转场精彩应用范例

会声会影 X3 提供了五彩缤纷、绚丽夺目的转场效果，包括"相册"、"过滤"和"时钟"等多种类型。但在制作视频影片时，过多地使用转场效果反而会破坏影片的美观。

9.4.1 擦拭与时钟转场的应用

一部完整的影片是由多个素材或情节组成的，利用转场既可以使素材之间的过渡变得自然平滑，还可以用来制作一些特殊的效果。在本例中将通过制作四季交替的效果，向大家介绍在会声会影 X3 中添加转场效果的方法。

范例实战 94　四季交替

原始素材　• 随书光盘\素材\第 9 章\实例应用\春.jpg、夏.jpg、秋.jpg、冬.jpg
最终效果　• 随书光盘\效果文件\第 9 章\四季交替.VSP
视频文件　• 随书光盘\视频文件\第 9 章\擦拭与时钟转场应用.swf

步骤01　启动会声会影 X3，并在时间轴的视频轨中插入"随书光盘\素材\第 9 章\实例应用\春.jpg、夏.jpg、秋.jpg、冬.jpg"4 幅图像素材，如图 9-95 所示。

步骤02　在时间轴左上角单击"故事板视图"按钮 ，切换至故事板视图，以便更加直观地显示素材与转场之间的顺序关系，如图 9-96 所示。

图 9-95　在视频轨中插入图像素材

图 9-96　切换至"故事板视图"

步骤03　在"素材库"面板中单击"转场"按钮，进入"转场"素材库。然后在"画廊"下拉列表框中选择"擦拭"选项，并将"条带"转场效果拖动至"春.jpg"与"夏.jpg"素材之间，如图 9-97 所示。

步骤04　在擦拭类素材库中，再选择"流动"转场效果，并将其拖动至"夏.jpg"与"秋.jpg"素材之间，如图 9-98 所示。

步骤05　在"画廊"下拉列表框中选择"时钟"选项，并将"转动"转场效果拖动至"秋.jpg"与"冬.jpg"素材之间，如图 9-99 所示。

步骤06　在故事板视图中双击"转动"转场，打开转场属性选项面板，单击"逆时针"按钮改变旋转方向，如图 9-100 所示。

图 9-97　添加"条带"转场效果　　　　　　图 9-98　添加"流动"转场效果

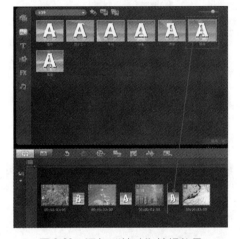

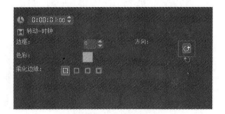

图 9-99　添加"转动"转场效果　　　　　　图 9-100　调整"转动"转场旋转方向

步骤07 ▶ 至此，本实例制作完成。在导览面板中单击"播放"按钮，可在预览窗口中预览实例制作效果，如图 9-101 所示。

图 9-101　预览实例制作效果

9.4.2　自动批量添加转场效果

在制作电子相册时需要添加大量的转场效果，如果在项目中逐个添加转场并且设置转场的区间，必然会花费很多的时间。为此，会声会影 X3 提供了批量添加转场的功能，只要经过简单的设置，就可以在素材之间自动添加转场。本节将以制作连续翻动的日历为例，介绍自动批量添加转场的具体操作。

范例实战 95　连续翻动的日历

原始素材 ・随书光盘\素材\第 9 章\实例应用\月历 01.jpg～月历 12.jpg

最终效果 ・随书光盘\效果文件\第 9 章\连续翻动的日历.VSP

视频文件 ・随书光盘\视频文件\第 9 章\自动批量添加转场效果.swf

步骤01▶ 启动会声会影 X3，选择"设置"│"参数选择"命令，或者按【F6】键，弹出"参数选择"对话框。选择"编辑"选项卡，将"默认照片/色彩区间"值设置为 5 秒，如图 9-102 所示。

步骤02▶ 在"转场效果"选项组中将"默认转场效果的区间"值设置为 2 秒，再选择"自动添加转场效果"复选框；然后在"默认转场效果"下拉

图 9-102　"参数选择"对话框

列表框中选择"胶片－翻页"选项，设置完成后单击"确定"按钮，如图 9-103 所示。

步骤03▶ 在项目时间轴的视频轨中右击，在弹出的快捷菜单中选择"插入照片"命令，将"随书光盘\素材\第 9 章\实例应用\月历 01.jpg～月历 12.jpg"的图像素材添加到视频轨中。此时各素材之间将自动添加了"胶片－翻转"转场，如图 9-104 所示。

图 9-103　设置自动添加的转场效果

图 9-104　在视频轨中添加图像素材

步骤04▶ 在项目时间轴中双击第 1 个图像素材，在打开的选项面板的"照片"选项卡中设置"照片区间"值为 3 秒，如图 9-105 所示。然后在双击最后一个图像素材，同样设置"照片区间"值为 3 秒。

步骤05▶ 在项目时间轴中双击第 1 个图像素材与第 2 个图像素材之间的转场效果，在打开的转场属性选项面板中的"方向"选项组中单击"由右下到左上"按钮，调整翻页的方向，如图 9-106 所示。

步骤06▶ 按步骤 05 的操作，将其他素材间的转场方向同样调整为"由右下到左上"的方向。至此，本实例的制作全部完成。在导览面板中单击"播放"按钮，即可在预览窗口中预览实例制作效果，如图 9-107 所示。

图 9-105　修改图像素材的播放区间　　　　图 9-106　调整转场效果的方向属性

图 9-107　预览实例制作效果

9.4.3　翻转转场效果的应用

　　利用"翻转"转场可以制作出翻页的效果，很适合制作婚礼、生日庆典等回忆式的家庭影片。本例将使用"翻转"转场效果制作动态的电子相册效果。

范例实战 96　生活留影

原始素材 • 随书光盘\素材\第 9 章\实例应用\照片 01.jpg～照片 03.jpg

最终效果 • 随书光盘\效果文件\第 9 章\生活留影.VSP

视频文件 • 随书光盘\视频文件\第 9 章\翻转转场的应用.swf

步骤01 启动会声会影 X3，切换至故事板视图，然后在故事板视图中插入"随书光盘\素材\第 9 章\实例应用\照片 01.jpg～照片 03.jpg"图像素材，如图 9-108 所示。

步骤02 双击第 2 个素材，打开素材选项面板，在其中将"照片区间"值设置为 7 秒；然后双击第 3 个素材，在打开的素材选项面板中将"照片区间"选项的值设置为 4 秒，如图 9-109 所示。

图 9-108　在故事板视图中添加图像素材　　　图 9-109　设置"照片区间"选项值

步骤03▶ 按【F6】键，弹出"参数选择"对话框，选择"编辑"选项卡，将"默认转场效果的区间"值设置为 3 秒，单击"确定"按钮，完成设置，如图 9-110 所示。

步骤04▶ 在"素材库"面板中单击"转场"按钮，切换至"转场"素材库，在"画廊"下拉列表框中选择"相册"选项，然后在"相册"转场素材库中选择"翻转"转场。单击"对视频轨应用当前效果"按钮，如图 9-111 所示，即可在视频轨所有素材之间添加转场效果。

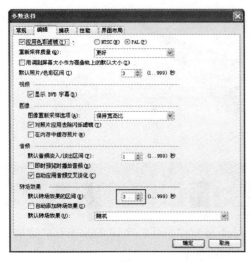

图 9-110 设置转场默认持续时间

图 9-111 为素材添加转场效果

步骤05▶ 在故事板视图中双击第 1 个转场，在打开的选项面板中单击"自定义"按钮，弹出"翻转—相册"对话框。选择"背景和阴影"选项卡，在"背景模板"列表框中选择最后一个背景，然后选择"阴影"复选框，并将"柔化边缘"值设置为 10，如图 9-112 所示。

步骤06▶ 在故事板视图中双击第 2 个转场，在打开的选项面板中单击"自定义"按钮，弹出"翻转—相册"对话框。选择"相册"选项卡，选择"自定义相册封面"复选框，然后选择"随书光盘\素材\第 9 章\实例应用\页面.bmp"素材，如图 9-113 所示。

图 9-112 设置第一个转场效果的背景和阴影

步骤07▶ 选择"背景和阴影"选项卡，在"背景模板"列表框中选择最后一个背景，然后选择"阴影"复选框，并将"柔化边缘"值设置为 10，如图 9-114 所示。

步骤08▶ 单击"确定"按钮，完成设置。至此，本实例制作完成。在导览面板中单击"播放"按钮，即可在预览窗口中预览实例制作效果，如图 9-115 所示。

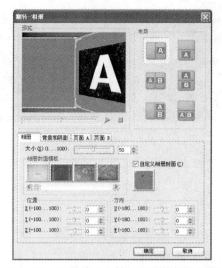

图 9-113　设置第 2 个转场效果的相册封面　　　图 9-114　设置第 2 个转场效果的背景和阴影

图 9-115　预览实例制作效果

9.4.4　推动与涂抹转场的应用

"跑动和停止"转场与"涂抹"转场均可制作具有运动模糊的动态效果。本实例将通过这两个转场效果的应用，制作一段猫捉老鼠的视频短片。

📀 范例实战 97　猫捉老鼠

原始素材	• 随书光盘\素材\第 9 章\实例应用\猫.jpg、老鼠.jpg
最终效果	• 随书光盘\效果文件\第 9 章\猫捉老鼠.VSP
视频文件	• 随书光盘\视频文件\第 9 章\推动与涂抹转场应用.swf

步骤01▶ 启动会声会影 X3，并在时间轴的视频轨中插入"随书光盘\素材\第 9 章\实例应用\猫.jpg、老鼠.jpg"图像素材，如图 9-116 所示。然后双击视频轨中的素材打开选项面板，将两个图像文件的"照片区间"值均设置为 2 秒。

步骤02▶ 在素材库面板中单击"图形"按钮 ，切换至"图形"素材库，将白色素材分别拖动至两个图像素材的前面。然后将第一个白色图形素材的"照片区间"值设置为 1 秒，将第二个白色图形素材的"照片区间"值设置为 2 秒，如图 9-117 所示。

图 9-116 在视频轨中添加图像素材

图 9-117 在图像素材间插入白色图形素材

步骤03▶ 按【F6】键，弹出"参数选择"对话框，选择"编辑"选项卡，在"转场效果"选项组中将"默认转场效果的区间"值设置为 1 秒，单击"确定"按钮，如图 9-118 所示。

步骤04▶ 切换至"转场"素材库，在"画廊"下拉列表框中选择"推动"选项，打开"推动"类转场素材库，选择"跑动和停止"转场效果，然后单击面板上方的"对视频轨应用当前效果"按钮，如图 9-119 所示。

图 9-118 设置转场默认的播放区间

图 9-119 选择转场效果并添加至项目素材中

步骤05▶ 在"画廊"下拉列表框中选择"NewBlue 样品转场"选项，打开"NewBlue 样品转场"类转场素材库，从中选择"涂抹"转场效果，并拖动至视频轨中的素材 2 与素材 3 之间替换原来的转场效果，如图 9-120 所示。

步骤06▶ 在视频轨中双击"涂抹"转场效果，打开属性选项面板，单击"自定义"按钮，弹出"NewBlue 涂抹"对话框，在其中将"模糊"值设置为 30，"方向"值设置为-100，如图 9-121 所示。

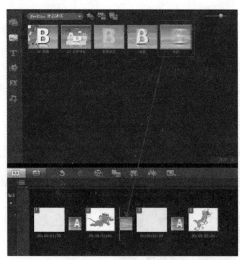

图 9-120 替换转场效果

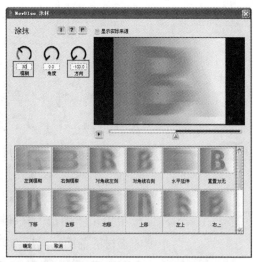

图 9-121 设置"NewBlue 涂抹"转场属性选项

步骤07 设置完成后，单击"确定"按钮，完成实例的制作。在导览面板中单击"播放"按钮，即可预览实例制作效果，如图 9-122 所示。

图 9-122 预览实例制作效果

9.4.5 单向转场效果的应用

在影片中常常能看到一幅卷轴被徐徐打开，这样的效果在会声会影 X3 中通过"卷动"转场类别中的"单向"转场效果便能够轻松地实现。本实例就讲解利用"单向"转场的应用来制作打开的卷轴效果的方法。

范例实战 98 书画展示

原始素材 · 随书光盘\素材\第 9 章\实例应用\国画.jpg

最终效果 · 随书光盘\效果文件\第 9 章\书画展示.VSP

视频文件 · 随书光盘\视频文件\第 9 章\单向转场效果应用.swf

步骤01 启动会声会影 X3，然后按【F6】键，弹出"参数选择"对话框。选择"编辑"选项卡，将"默认照片/色彩区间"值设置为 8 秒，如图 9-123 所示。

步骤02 在时间轴的视频轨中插入"随书光盘\素材\第 9 章\实例应用\国画.jpg"图像素材，如图 9-124 所示。

图 9-123 设置"参数选择"相关选项　　　图 9-124 在视频轨中添加素材

步骤03 在素材库面板中单击"图形"按钮 ，切换至"图形"素材库，将白色素材拖动至故事板视图中，如图 9-125 所示。

步骤04 在素材库面板中单击"转场"按钮 ，切换至"转场"素材库，在"画廊"下拉列表框中选择"卷动"选项，然后将"单向"转场效果拖动至"国画"素材与"白色"图形素材之间，如图 9-126 所示。

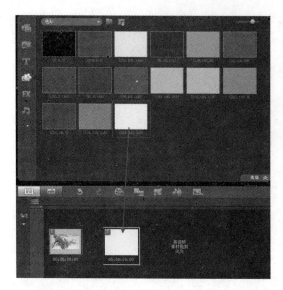

图 9-125　在故事板视图中添加白色图形素材

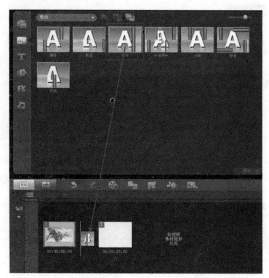

图 9-126　在素材间添加"单向"转场效果

步骤05▶ 在故事板视图中双击"单向"转场效果，在打开的选项面板中将转场的"区间"值设置为 8 秒，"色彩"设置为白色，如图 9-127 所示。

步骤06▶ 选择"文件" | "保存"命令，将当前编辑的项目文件保存起来，如图 9-128 所示。

图 9-127　设置转场播放时长

图 9-128　保存项目

步骤07▶ 选择"文件" | "新建项目"命令，创建一个新项目，如图 9-129 所示。

步骤08▶ 在时间轴视图的视频轨中右击，在弹出的快捷菜单中选择"插入视频"命令，将刚才保存的项目文件添加到视频轨中，如图 9-130 所示。

图 9-129　创建一个新项目

图 9-130　在视频轨中添加项目文件

步骤09 在视频轨中双击项目文件，在打开的选项面板中选择"反转视频"复选框，如图 9-131 所示。

图 9-131 选中"反转视频"复选框

步骤10 至此，本实例制作完成，在导览面板中单击"播放"按钮，即可在预览窗口中预览实例制作效果，如图 9-132 所示。

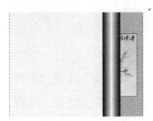  

图 9-132 预览实例制作效果

Chapter 10 打造经典镜头
——覆叠效果的制作

与其他同类软件相比,会声会影 X3 最大的优势在于其强大的视频覆叠功能,利用该功能,可以将视频或者图像素材叠加到主视频上,从而实现"画中画"效果。另外,用户还可以在覆叠轨上设置视频或者图像素材的运动类型、在主视频上的位置,以及缩放比例和透明度等。除此之外,视频覆叠功能不仅可以实现简单的视频叠加,还支持 Alpha 通道,放置在覆叠轨中的素材将会自动应用 Alpha 通道,以获得透明效果。因此,可以利用该功能制作出一些专业视频编辑软件中的抠像效果。

本章知识要点:

◆ 覆叠效果简介

◆ 添加和编辑覆叠素材

◆ 覆叠效果的基本应用

◆ 覆叠效果的高级应用

◆ 覆叠效果的精彩应用范例

10.1 覆叠效果简介

简单地说，"覆叠"就是画面的叠加，在屏幕上同时展示多个画面效果。使用会声会影 X3 的覆叠功能，可以在覆叠轨上插入图像或视频，使素材产生叠加效果。同时，还可以调整视频窗口的尺寸或者使它按照指定的路径移动。在影片制作中，最为常见的覆叠应用包括以下几种类型。

1. 多画面

多画面就是画中画效果，是指一个母画面（窗口）中包括一个或多个子画面，子画面可以有各种各样的变形、缩放和运动，如图 10-1 所示。多画面可以在同一窗口中表现完全不同的时空、动作和不同的内容。

图 10-1　多画面应用效果示例

一般来说，两个画面的制作较为简单，复杂的多画面效果需要依赖专业的编辑或者效果合成器实现。然而，在最新版本的会声会影 X3 中，也可以轻松实现多画面的叠加效果。

2. 画面叠加

画面叠加是指将两个以上镜头叠加在一个画面上，形成一个新的镜头画面，常用来表现回忆、联想、梦境、幻觉，以及时光流逝的感觉等。画面叠加分为单层画面叠加、双层画面叠加和多层画面叠加，常用来表现混乱和繁杂的效果，如图 10-2 所示。

图 10-2　画面叠加应用效果示例

3. 抠像

抠像是一种非常有用的特效，它使用特殊色彩（通常是蓝色或绿色）作为背景来衬托前景人或物。如蓝屏抠像，前景画面的蓝背景被新画面替换而不影响前景画面的主体，如图 10-3 所示。典型的应用实例是气象预报员站在卫星云图前，就是利用抠像实现的。

图 10-3　抠像应用效果示例

4. 遮罩

遮罩的作用是遮住画面的某一部分，它分为动态遮罩和静态遮罩。其原理为：把具有 Alpha 通道的（也就是背景为空的）图形或视频，叠加在某个画面上，利用 Alpha 通道抠像实现遮罩的效果。遮罩的主要作用是重点突出和修饰被显示的部分，或者遮住某部分以便添加其他对象，如图 10-4 所示。

图 10-4　遮罩叠加应用效果示例

10.2　添加和编辑覆叠素材

在覆叠轨中，对视频和图像素材进行编辑的方法与在视频轨中的编辑方法相同，也是将素材添加到相应轨道上，然后进行排列和剪辑工作。本节将对如何添加覆叠素材，并对其进行编辑操作进行详细讲解与介绍。

10.2.1　添加覆叠效果

在会声会影 X3 中，可以添加的覆叠素材分为视频和图像两种类型。用户可以利用素材库，或者插入文件的方式将素材添加到覆叠轨中。

1. 利用素材库添加

若要在素材库添加覆叠素材，可以在素材库中选择要添加的视频或者图像素材，直接将其拖动到覆叠中即可。

范例实战 99　利用素材库添加覆叠效果

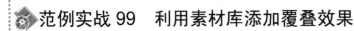

原始素材 • 随书光盘\素材\第 10 章\10.2.1\山间.VSP、视频 02.mpg

最终效果 • 随书光盘\效果文件\第 10 章\10.2.1\山间日出.VSP

视频文件 • 随书光盘\视频文件\第 10 章\利用素材库添加覆叠效果.swf

步骤01▶ 启动会声会影 X3，选择"文件"|"打开项目"命令，打开"随书光盘\素材\第 10 章\10.2.1\山间.VSP"文件，如图 10-5 所示。

步骤02 在"视频"素材库的空白位置右击，在弹出的快捷菜单选择"插入视频"命令，将"随书光盘\素材\第 10 章\10.2.1\视频 02.mpg"文件导入至视频素材库中，然后在时间轴面板中单击"时间轴视图"按钮，切换至时间轴模式。

步骤03 在视频素材库选择刚刚导入至素材库的视频文件，并将其拖动至时间轴的覆叠轨即可，如图 10-6 所示。

图 10-5 打开项目文件　　　　　图 10-6 从素材库中添加素材至覆叠轨

 在素材库中右击要添加的素材，选择"播入到" | "覆叠轨"命令，也可将所选素材添加到覆叠轨。

2. 以插入文件的方式插入覆叠素材

通过插入文件的方式插入覆叠素材，是指将视频或者图像素材直接插入到覆叠轨中，而不通过素材库。

 范例实战 100　以插入文件的方式插入覆叠素材

🔘 **原始素材**・随书光盘\素材\第 10 章\10.2.1\山间.VSP、视频 02.mpg
🔘 **最终效果**・随书光盘\效果文件\第 10 章\10.2.1\山间日出.VSP
🔘 **视频文件**・随书光盘\视频文件\第 10 章\以插入文件的方式插入覆叠素材.swf

步骤01 启动会声会影 X3，选择"文件"|"打开项目"命令，打开"随书光盘\素材\第 10 章\10.2.1\山间.VSP"项目文件。

步骤02 打开 Windows 资源管理器，然后资源管理器中选择随书光盘\素材\第 10 章\10.2.1\视频 02.mpg 视频文件，确认资源管理器位于会声会影 X3 界面窗口的前面，直接将选择的视频文件拖动至会声会影 X3 的覆叠轨上即可，如图 10-7 所示。

图 10-7　从 Windows 资源管理器中将素材拖动至覆叠轨上

> 提示：　　用户也可以在覆叠轨中右击，在弹出的快捷菜单中选择"插入视频"或"插入照片"命令，在弹出的对话框中选择相应类型的素材添加到覆叠轨中即可。

高手点津：删除覆叠效果

如果要删除覆叠轨中的视频或者图像素材，可以在覆叠轨中选择要删除的素材，按【Delete】键。另外，在覆叠轨中右击要删除的素材，在弹出的快捷菜单中选择"删除"命令，也可删除覆叠素材。

10.2.2　调整覆叠素材的位置

在覆叠轨中添加视频素材后，可以调整覆叠素材的位置。所谓调整覆叠素材的位置主要是指设置覆叠轨中的视频或图像素材相对于屏幕窗口的位置，可以从 9 个预设的位置中选择，也可以手动进行调整。

1. 自动调整

在覆叠轨中选择插入的素材，然后在预览窗口中右击，在弹出的快捷菜单中选择相应的命令，即可自动调整覆叠素材的位置。

范例实战 101　自动调整覆叠素材的位置

原始素材 · 随书光盘\素材\第 10 章\10.2.2\梦幻花卉.jpg、美女.jpg

最终效果 • 随书光盘\效果文件\第 10 章\10.2.2\花间美女.VSP

视频文件 • 随书光盘\视频文件\第 10 章\自动调整覆叠素材的位置.swf

步骤01 启动会声会影 X3，然后分别在视频轨和覆叠轨中添加"随书光盘\第 10 章\10.2.2\梦幻花卉.jpg、美女.jpg"素材文件，如图 10-8 所示。

步骤02 在覆叠轨中选择素材图像，此时在预览窗口中的覆叠素材四周显示出控制点，如图 10-9 所示。

图 10-8　添加所需的素材文件

步骤03 在预览窗口右击，在弹出的快捷菜单中选择"停靠在底部"|"居左"命令，此时覆叠素材将自动移动至屏幕的底部左侧位置，如图 10-10 所示.

图 10-9　选择覆叠素材

图 10-10　选择"居左"命令及调整后的位置效果

高手点津：利用"属性"选项面板自动调整覆叠素材位置的方法

除了使用快捷菜单自动调整覆叠素材的位置外，还可使用"属性"选项面板来进行自动调整。方法是：在覆叠轨中双击覆叠素材，打开"属性"选项面板，单击"对齐选项"按钮，在打开的下拉列表框中选择相应的选项即可，如图 10-11 所示。

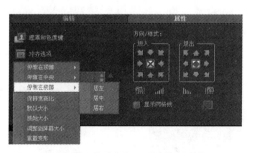

图 10-11　"对齐选项"下拉列表框

2. 手动调整

除自动调整覆叠素材的位置外，用户还可以手动调整覆叠素材的位置。具体方法是：在覆叠轨中选择覆叠素材，然后将鼠标指针置于预览窗口中该素材上，当鼠标指针变成"四向箭头"形状时，按住鼠标不放并拖动素材至需要移动到的位置，释放鼠标即可，如图 10-12 所示。

图 10-12　手动调整覆叠素材的位置

10.2.3　调整覆叠素材的大小

有时，添加到覆叠轨中的素材大小不一定符合需要，此时，用户可以根据需要调整覆叠素材的大小。

范例实战 102　调整覆叠素材的大小

原始素材 ·随书光盘\素材\第 10 章\10.2.3\家居.jpg、装饰.jpg

最终效果 ·随书光盘\效果文件\第 10 章\10.2.3\温馨家居.VSP

视频文件 ·随书光盘\视频文件\第 10 章\调整覆叠素材的大小.swf

步骤01▶ 启动会声会影 X3，然后分别在视频轨和覆叠轨中添加"随书光盘\第 10 章\10.2.3\家居.jpg、装饰.jpg"素材文件，如图 10-13 所示。

步骤02▶ 在覆叠轨中选择素材图像，此时在预览窗口中的覆叠素材四周显示出控制点。将鼠标指针移至图像右下角的调节点上，当鼠标呈双向箭头显示时，按住鼠标并向右下角拖动，当拖动至合适的大小时释放鼠标，即可调整覆叠素材的大小，如图 10-14 所示。

图 10-13　添加需要的素材

图 10-14　向右下角拖动调节点

提示： 　用户还可以不成比例地调整覆叠素材的大小，方法很简单，在覆叠轨中选择需要调整大小的素材，在预览窗口中将鼠标移至素材正上方、正下方、右侧或左侧的调节点上，按住鼠标并拖动至合适的大小后释放鼠标，即可不成比例地调整素材的大小。

10.2.4　调整覆叠素材的形状

在会声会影 X3 中，用户还可以调整覆叠素材的形状，例如，可任意地倾斜、扭曲及变形覆叠素材，以适合倾斜或扭曲的覆叠画面，使视频应用变得更加自由。

 范例实战 103　调整覆叠素材的形状

原始素材 • 随书光盘\素材\第 10 章\10.2.4\大屏幕.jpg、滑雪.jpg

最终效果 • 随书光盘\效果文件\第 10 章\10.2.4\户外电子显示屏.VSP

视频文件 • 随书光盘\视频文件\第 10 章\调整覆叠素材的形状.swf

步骤01 ▶ 启动会声会影 X3，然后分别在视频轨和覆叠轨中添加"随书光盘\第 10 章\10.2.4\大屏幕.jpg、滑雪.jpg"素材文件，如图 10-15 所示。

步骤02 ▶ 在覆叠轨中选择素材图像，此时在预览窗口中的覆叠素材四周显示出控制点。将鼠标指针移至图像右上角的绿色调节点上，当鼠标呈 ▷ 形状时，按住鼠标并向右上角拖动至合适位置后释放鼠标，即可调整素材右上角的节点，如图 10-16 所示。

图 10-15　分别添加素材

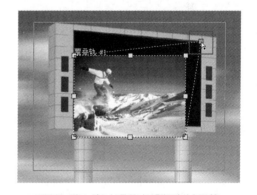

图 10-16　拖动调节点调整素材形状

步骤03 ▶ 将鼠标指针移至图像右下角的绿色调节点上，按住鼠标并拖动绿色调节点至合适位置后释放鼠标，如图 10-17 所示。

步骤04 ▶ 按上述相同的方法调整左侧的另外两个调节点的位置，即可得到如图 10-18 所示的效果。

图 10-17　调整右下角的调节点位置

图 10-18　调整后的素材形状效果

10.3　覆叠效果的基本应用

视频叠加是影片中常用的一种编辑手法，会声会影提供了很多种叠加方式，如色度键透空叠加、遮罩透空叠加、边框叠加和动画叠加等。下面介绍覆叠效果在影片编辑中的典型应用方法。

10.3.1　对象覆叠

所谓对象，是指边缘透空的一些装饰物件，它可以使影片变得有趣而富于变化。在会声会影 X3 中可以轻易地添加一些预设对象。

◈ 范例实战 104　对象覆叠

🔘 原始素材	·随书光盘\素材\第 10 章\10.3.1\母子.jpg
🔘 最终效果	·随书光盘\效果文件\第 10 章\10.3.1\母子情深.VSP
🔘 视频文件	·随书光盘\视频文件\第 10 章\对象覆叠.swf

步骤01▶　启动会声会影 X3，然后在视频轨中添加"随书光盘\素材\第 10 章\10.3.1\母子.jpg"素材文件，如图 10-19 所示。

步骤02▶　在素材库面板中单击"图形"按钮，切换至"图形"素材库，从"画廊"下拉列表框中选择"对象"选项，打开"对象"图形素材库，如图 10-20 所示。

图 10-19　在视频轨中添加素材

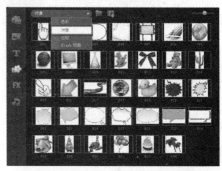

图 10-20　切换至"对象"图形素材库

步骤03 在素材库中选择一个要使用的对象，此时，在预览窗口可查看它的效果，如图 10-21 所示。

步骤04 将选择的对象拖动至项目时间轴的覆叠轨上，并使之与视频轨上素材的播放时长相对应，如图 10-22 所示。

图 10-21　查看对象图形素材　　　　　图 10-22　在覆叠轨中添加素材

步骤05 在预览窗口中将图形素材移动到画面合适的位置，然后拖动控制点调整它的大小，如图 10-23 所示。

图 10-23　调整覆叠素材的位置及大小

步骤06 调整完成后，单击导览面板中的"播放"按钮，即可预览对象覆叠后的效果，如图 10-24 所示。

图 10-24　预览对象覆叠后的效果

> **提示:** 在覆叠素材的选项面板中通过"方向/样式"选项组的各个按钮，可以为添加的覆叠对象指定运动属性，使对象在视频中移动。

10.3.2 画面叠加

这里所说的画面叠加效果，是指视频轨上的素材与覆叠轨上的素材以半透明的形式重叠在一起，显示出若隐若现的画面叠加效果。

范例实战 105 画面覆叠

原始素材 · 随书光盘\素材\第 10 章\10.3.2\海滩 01.jpg、海滩 02.jpg

最终效果 · 随书光盘\效果文件\第 10 章\10.3.2\梦幻海滩.VSP

视频文件 · 随书光盘\视频文件\第 10 章\画面覆叠.swf

步骤01 启动会声会影 X3，然后分别在视频轨和覆叠轨中添加"随书光盘\素材\第 10 章\10.3.2\海滩 01.jpg、海滩 02.jpg"素材文件，如图 10-25 所示。

步骤02 在预览窗口的覆叠素材上右击，在弹出的快捷菜单中选择"调整到屏幕大小"命令，使覆叠素材自动适合屏幕，如图 10-26 所示。

图 10-25 在视频轨和覆叠轨中添加素材

图 10-26 调整覆叠素材大小

步骤03 在项目时间轴的覆叠轨上双击覆叠素材，打开覆叠素材属性选项面板，单击"遮罩和色度键"按钮，打开覆叠选项面板，然后将"透明度"值设置为 50，如图 10-27 所示。

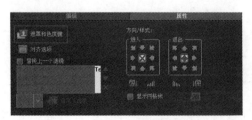

图 10-27 打开覆叠选项面板

步骤04 ▶ 设置完成后，即可看到影片中应用的画面覆叠效果，如图 10-28 所示。

图 10-28 画面覆叠的效果

10.3.3 Flash 透空覆叠

在会声会影 X3 中，可以把以透明方式存储的 Flash 对象或素材添加到视频轨或者覆叠轨上，制作出卡通式的覆叠效果，使影片变得更加生动。

📽 范例实战 106 Flash 透空覆叠

💿 原始素材 · 随书光盘\素材\第 10 章\10.3.3\秋林.jpg
💿 最终效果 · 随书光盘\效果文件\第 10 章\10.3.3\秋林.VSP
💿 视频文件 · 随书光盘\视频文件\第 10 章\Flash 透空覆叠.swf

步骤01 ▶ 启动会声会影 X3，在视频轨中添加"随书光盘\素材\第 10 章\10.3.3\秋林.jpg"素材文件，如图 10-29 所示。

步骤02 ▶ 在素材库面板中单击"图形"按钮，切换至"图形"素材库面板，然后在面板上方的"画廊"下拉列表框中选择"Flash 动画"选项，打开"Flash 动画"类别素材库，如图 10-30 所示。

图 10-29 在视频轨中添加素材

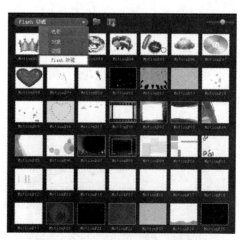

图 10-30 "Flash 动画"类别素材库

步骤03▶ 将素材库中需要使用的 Flash 动画拖到覆叠轨上（这里选择的是 motionD15 落叶的动画），并调整其与视频轨上素材对应的合适位置，然后拖到两端的黄色标记调整覆叠素材的长度，如图 10-31 所示。

图 10-31　在覆叠轨中添加 Flash 动画素材

步骤04▶ 调整完成后，单击导览面板中的"播放"按钮，即可预览 Flash 透空覆叠的动画效果，如图 10-32 所示。

图 10-32　预览 Flash 透空覆叠效果

10.3.4　为覆叠素材添加简单边框

在影片编辑制作时，常会使用不同的画面来描绘同一个场景，例如，在制作体育比赛的视频时，经常会使用一个全景画面和特写画面来同时表现体育比赛的场面。为此，为了使叠加的素材更加突出，通常会为叠加的画面添加边框。

🎬范例实战 107　为覆叠素材添加简单边框

💿 原始素材 • 随书光盘\素材\第 10 章\10.3.4\帆船 01.jpg、帆船 02.jpg

💿 最终效果 • 随书光盘\效果文件\第 10 章\10.3.4\帆船比赛.VSP

💿 视频文件 • 随书光盘\视频文件\第 10 章\为覆叠素材添加简单边框.swf

步骤01▶ 启动会声会影 X3，分别在视频轨和覆叠轨中添加"随书光盘\素材\第 10 章\10.3.4\帆船 01.jpg、帆船 02.jpg"素材文件。如图 10-33 所示。

步骤02▶ 在预览窗口将覆叠素材移动至画面的左下角并调整其至合适大小，然后在覆叠轨上双击覆叠素材，打开覆叠素材属性选项面板，如图 10-34 所示。

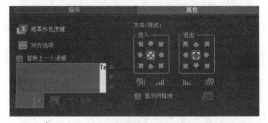

图 10-33　在视频轨和覆叠轨中添加素材　　　　图 10-34　打开覆叠素材属性选项面板

步骤03 单击"遮罩和色度键"按钮 ，打开高级覆叠属性设置面板，然后将"边框"值设置为1，同时单击右侧的色块，在弹出的颜色面板中选定边框的颜色，如图10-35所示。

步骤04 在导览面板中单击"播放"按钮，即可预览为覆叠素材添加边框后的效果，如图10-36所示。

图10-35 设置边框的宽度及颜色

图10-36 为覆叠素材添加边框后的效果

10.3.5 为覆叠素材添加装饰边框

在制作画中画效果时，除了为覆叠素材添加简单的边框之外，还可以为覆叠素材添加带有装饰的边框，使素材更加清晰地与背景分离。下面，介绍为覆叠素材添加装饰边框的具体操作方法。

范例实战 108 为覆叠素材添加装饰边框

原始素材 • 随书光盘\素材\第 10 章\10.3.5\儿童.jpg

最终效果 • 随书光盘\效果文件\第 10 章\10.3.5\童真年代.VSP

视频文件 • 随书光盘\视频文件\第 10 章\为覆叠素材添加装饰边框.swf

步骤01 启动会声会影 X3，在视频轨中添加"随书光盘\素材\第 10 章\10.3.5\儿童.jpg"素材文件，如图 10-37 所示。

步骤02 在素材库面板中单击"图形"按钮，切换至"图形"素材库面板，然后在素材库上方的"画廊"下拉列表框中选择"边框"选项，打开"边框"类别素材库，如图 10-38 所示。

图10-37 在视频轨中添加素材

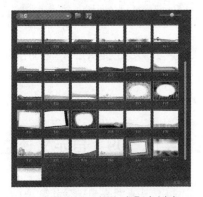

图10-38 "边框"类别素材库

步骤03 在"边框"类别素材库中选择需要使用的装饰边框（这里选择 F06 边框效果），并将其拖动至覆叠轨上，再将它与视频轨上的素材对齐，如图 10-39 所示。

图 10-39　将装饰边框添加到覆叠轨中

步骤04 用同样的方式，也可以把其他喜欢的边框类型添加到覆叠轨上，如图 10-40 所示。

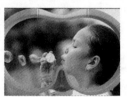

图 10-40　为覆叠素材添加装饰边框的效果

10.4　覆叠效果的高级应用

在 10.3 节中介绍了在影片中添加和使用覆叠素材的一些基本方法，本节将介绍更加高级的覆叠应用，它们将使影片效果更加生动、出色。

10.4.1　自定义透空对象

虽然会声会影 X3 提供了一些可用的预设对象，但是，这些对象并不能完全满足编辑影片的需要，因此，掌握自定义对象的方法是一种较为高级且实用的视频编辑技巧。下面将介绍具体的制作方法。

范例实战 109　自定义透空对象

 原始素材　·随书光盘\素材\第 10 章\10.4.1\餐桌.jpg、花瓶.jpg、花瓶.png

最终效果 ·随书光盘\效果文件\第 10 章\10.4.1\装饰餐桌.VSP

视频文件 ·随书光盘\视频文件\第 10 章\自定义透空对象.swf

步骤01 启动 Photoshop 图像编辑软件，然后在 Photoshop 中打开"随书光盘\素材\第 10 章\10.4.1\花瓶.jpg"图像文件，如图 10-41 所示。

图 10-41　在 Photoshop 中打开要使用的图像文件

步骤02 在"图层"面板的"背景"图层上双击，在弹出的"新建图层"对话框中单击"确定"按钮，将背景图层转换为普通图层——"图层 0"，如图 10-42 所示。

图 10-42　将背景图层转换为普通图层

步骤03 在 Photoshop 中创建选择如图 10-43 所示的选区，然后选择"选择"｜"反选"命令，或者按【Ctrl+Shift+I】组合键反选选区，如图 10-44 所示。

步骤04 按【Delete】键删除选区中图像，然后按【Ctrl+D】组合键取消选区，如图 10-45 所示。

图 10-43　创建选区　　　　　　　　　　图 10-44　反选选区

步骤05 选择"文件"｜"另存为"命令，在弹出的"存储为"对话框中将修整的图像保存为 PNG 格式的文件，如图 10-46 所示。

图 10-45　删除选区中的图像

图 10-46　保存为 PNG 格式的文件

提示：

Photoshop 提供了多种创建选区的方式，具体的操作方法请参考有关 Photoshop 相关的书籍。

步骤06 启动会声会影 X3，在素材库面板中单击"图形"按钮，切换到"图形"素材库，然后在素材库上方的"画廊"下拉列表框中选择"对象"选项，打开"对象"类型素材库。再单击素材库上方的"添加"按钮，在弹出的对话框中选择刚才保存的对象文件，将其添加到对象类素材库中，如图 10-47 所示。

步骤07 在项目时间轴的视频轨中右击，在弹出的快捷菜单中选择"插入照片"命令，将"随书光盘\素材\第 10 章\10.4.1\餐桌.jpg"素材文件添加到"视频轨"中，如图 10-48 所示。

图 10-47　将自定义的对象导入至"对象"类素材库

图 10-48　在视频轨中添加文件

步骤08 从"对象"类素材库中将刚才导入的自定义对象添加到覆叠轨上，并调整其大小和位置，即可以完成自定义对象的添加，效果如图 10-49 所示。

图 10-49　添加自定义透空对象后的效果

10.4.2 覆叠素材运动

将素材添加到覆叠轨上以后，可以指定素材运动方式，将动画效果应用到覆叠素材上。

范例实战 110 覆叠素材运动

原始素材 • 随书光盘\素材\第 10 章\10.4.2\风景.jpg

最终效果 • 随书光盘\效果文件\第 10 章\10.4.2\飘飞的气球.VSP

视频文件 • 随书光盘\视频文件\第 10 章\覆叠素材运动.swf

步骤01 启动会声会影 X3，然后在项目时间轴的视频轨中添加"随书光盘\素材\第 10 章\10.4.2\风景.jpg"素材文件，如图 10-50 所示。

步骤02 在素材库面板中单击"图形"按钮，切换到"图形"素材库，然后在素材库上方的"画廊"下拉列表框中选择"对象"选项，打开"对象"类型素材库，在其中选择 D32 气球对象，并将其拖动至覆叠轨，如图 10-51 所示。

图 10-50　在视频轨中添加素材　　　图 10-51　将对象素材库中的对象添加至覆叠轨中

步骤03 在覆叠轨中双击覆叠素材，打开素材属性选项面板。然后在"方向/样式"选项组中将覆叠素材的进入方向设置为"从左下方进入" ，将退出方向设置为"从右上角退出" ，并根据需要设置淡入和淡出效果，如图 10-52 所示。

步骤04 在预览窗口中拖动覆叠素材，将其调整至画面的左下角位置，并拖动黄色控制点调整至合适的大小。然后在导览面板中拖动修整控制点，将开始修整标记和结束修整标记调整至如图 10-53 所示的位置，以设置覆叠素材在离开屏幕前停留在指定区域的时间长度。

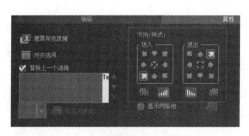

图 10-52　设置覆叠素材的运动方式　　　图 10-53　设置覆叠素材停留在指定区域的时间

步骤05▶ 在导览面板中单击"播放"按钮,即可预览覆叠素材的运动效果,如图 10-54 所示。

图 10-54 预览覆叠素材的运动效果

10.4.3 覆叠素材旋转

除了水平和倾斜方向的移动之外,在会声会影 X3 中还可以设置覆叠素材的旋转。

📽 范例实战 111 覆叠素材旋转

🔘 **原始素材** · 随书光盘\素材\第 10 章\10.4.3\圣诞场景.avi

🔘 **最终效果** · 随书光盘\效果文件\第 10 章\10.4.3\快乐圣诞.VSP

🔘 **视频文件** · 随书光盘\视频文件\第 10 章\覆叠素材旋转.swf

步骤01▶ 启动会声会影 X3,然后在项目时间轴的视频轨中添加"随书光盘\素材\第 10 章\10.4.3\圣诞场景.avi"素材文件,如图 10-55 所示。

步骤02▶ 在素材库面板中单击"图形"按钮,切换到"图形"素材库,然后在素材库上方的"画廊"下拉列表框中选择"对象"选项,打开"对象"类型素材库,在其中选择"D30圣诞树"对象,并将其拖动至覆叠轨,如图 10-56 所示。

图 10-55 在视频轨中添加素材　　　　图 10-56 将对象库中的对象添加至覆叠轨

步骤03▶ 在覆叠轨中双击覆叠素材,打开素材属性选项面板。然后在"方向/样式"选项组中将覆叠素材的进入方向设置为"从左上方进入" 🔲,将退出方向设置为"从右边退出" ▶,同时,分别单击"暂停区间前旋转"和"暂停区间后旋转"按钮为覆叠素材设置进入和退出应用旋转效果,如图 10-57 所示。

步骤04▶ 在导览面板中拖动修整控制点,将开始修整标记和结束修整标记调整至如图 10-58 所示的位置,设置覆叠素材在离开屏幕前停留在指定区域的时间。

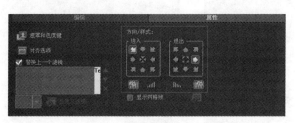

图 10-57 设置覆叠素材的旋转方式 　　　图 10-58 设置覆叠素材停留在指定区域的时间

步骤05 在导览面板中单击"播放"按钮，即可预览覆叠素材的旋转效果，如 10-59 所示。

  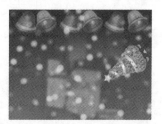

图 10-59 预览覆叠素材的旋转效果

10.4.4 在覆叠素材上应用滤镜和转场

在会声会影 X3 中，可以直接在覆叠素材上应用视频滤镜并在覆叠素材之间添加转场。下面将介绍具体的操作方法。

范例实战 112 在覆叠素材上应用滤镜和转场

原始素材 · 随书光盘\素材\第 10 章\10.4.4\海底世界.VSP

最终效果 · 随书光盘\效果文件\第 10 章\10.4.4\多彩的海底世界.VSP

视频文件 · 随书光盘\视频文件\第 10 章\在覆叠素材上应用滤镜和转场.swf

步骤01 启动会声会影 X3，然后打开"随书光盘\素材\第 10 章\10.4.4\海底世界.VSP"项目文件，如图 10-60 所示。

步骤02 在覆叠轨的素材上单击，切换至"视频"素材库，并在素材库上方的"画廊"下拉列表框中选择"全部"选项，在素材库中显示全部视频滤镜。然后选择"色调和饱和度"滤镜，并将它拖动至覆叠轨的第 1 个素材上，如图 10-61 所示。

步骤03 按步骤 02 相同的方法，将"光线"滤镜添加至覆叠轨的第 2 个素材上，将"镜头闪光"滤镜添加至覆叠轨的第 3 个素材上。

步骤04 在覆叠轨中选择第 2 个素材，将鼠标指针移动至素材的左侧，按住鼠标并向左拖动使其与第 1 个素材重叠，重叠部分将自动添加转场效果，如图 10-62 所示。

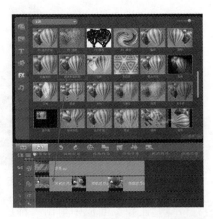

图 10-60　打开项目文件　　　　　图 10-61　在第一个覆叠素材中添加滤镜效果

步骤05 将鼠标指针置于第 2 个素材的右侧，按住鼠标并向右拖动，使其与第 3 个素材连接在一起，如图 10-63 所示。

图 10-62　以拖动方式添加转场效果　　　　　图 10-63　调整素材时长

步骤06 切换至"转场"素材库，并在素材库上方的"画廊"下拉列表框中选择"闪光"选项，然后从中选择"闪光"转场效果并将其拖动到第 2 和第 3 个素材之间，为素材添加转场效果，如图 10-64 所示。

图 10-64　从素材库添加转场效果

步骤07 在导览面板中单击"播放"按钮，即可预览在覆叠素材中添加滤镜和转场后的效果，如图 10-65 所示。

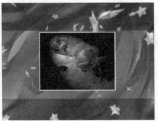

图 10-65　预览效果

高手点津 ：两种不同的转场添加方式

　　会声会影 X3 提供了两种不同方式为覆叠素材添加转场：一是以拖动的方式添加，程序将随机选择转场效果，这种方式操作快捷方便；二是从转场素材库中添加，采用这种方式，用户可以选择自己所指定的转场效果。

10.4.5　色度键透空覆叠

　　色度键功能也就是通常所说的蓝屏、绿屏抠像功能，可以使用蓝屏、绿屏或者其他任何颜色来进行视频抠像，这样就可以虚拟出电视演播室效果，也可以制作出风格独特的 MTV 影片，建立专业的电视作品。

范例实战 113　色度键透空覆叠

原始素材 ・随书光盘\素材\第 10 章\10.4.5\背景.jpg、人物.jpg

最终效果 ・随书光盘\效果文件\第 10 章\10.4.4\艺术相片.VSP

视频文件 ・随书光盘\视频文件\第 10 章\色度键透空覆叠.swf

步骤01 启动会声会影 X3，在视频轨和覆叠轨中分别添加"随书光盘\素材\第 10 章\10.4.5\背景.jpg、人物.jpg"素材文件，如图 10-66 所示。

步骤02 在覆叠轨中选择素材，然后在预览窗口调整素材至合适的大小及位置，如图 10-67 所示。

图 10-66　在视频轨和覆叠轨中添加素材

图 10-67　调整覆叠素材的大小及位置

步骤03 在覆叠轨中双击素材，打开素材属性选项面板，单击"遮罩和色度键"按钮，打开相应的选项面板，如图 10-68 所示。

步骤04 选择"应用覆叠选项"复选框，在"类型"下拉列表框中选择"色度键"选项。然后在"相似度"选项组中单击"滴管"按钮 ，在预览窗口的背景色上单击，选择要被渲染为透明的颜色，并在其右侧的数值框中设置合适的数值，如图 10-69 所示。

步骤05 在导览面板中单击"播放"按钮，即可预览利用色度键透空覆叠素材的效果，如图 10-70 所示。

图 10-68　遮罩和色度键选项面板　　　　　　图 10-69　设置色度键透空背景的选项参数

图 10-70　预览利用色度键透空覆叠素材的效果

10.4.6　遮罩透空叠加

遮罩可以使视频轨和覆叠轨上的视频素材局部透空叠加，下面介绍利用遮罩完成透空叠加的方法。

范例实战 114　遮罩透空叠加

原始素材 • 随书光盘\素材\第 10 章\10.4.6\春天背景.avi、主持人.mp4

最终效果 • 随书光盘\效果文件\第 10 章\10.4.6\电视节目.VSP

视频文件 • 随书光盘\视频文件\第 10 章\遮罩透空叠加.swf

步骤01▶ 启动会声会影 X3，在视频轨和覆叠轨中分别添加"随书光盘\素材\第 10 章\10.4.5\春天背景.avi、主持人.mp4"素材，如图 10-71 所示。

步骤02▶ 在覆叠轨中选择素材，然后在预览窗口调整素材至合适的大小及位置，如图 10-72 所示。

图 10-71　在视频轨和覆叠轨中添加素材　　　图 10-72　调整覆叠素材的大小及位置

步骤03 在覆叠轨中双击素材，打开素材属性选项面板，单击"遮罩和色度键"按钮，打开相应的选项面板，然后选择"应用覆叠选项"复选框，并在"类型"下拉列表框中选择"遮罩帧"选项，如图 10-73 所示。

步骤04 在选项面板右侧的遮罩缩略图列表框中选择如图 10-74 所示的遮罩帧类型。

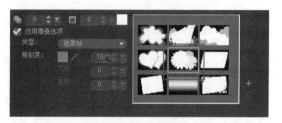

图 10-73 选择"遮罩帧"选项　　　　　　　　图 10-74 选择遮罩帧类型

步骤05 单击导览面板中的"播放"按钮，即可预览遮罩透空叠加效果，如图 10-75 所示。

图 10-75 预览遮罩透空叠加效果

10.4.7 自由手绘叠加

在会声会影 X3 中，用户通过程序自带的"绘图创建器"可以直接在视频画面上手绘图画，使用户能够更好地发挥自己的创意，制作出独具个性的影片。

 范例实战 115 自由手绘叠加

原始素材 • 随书光盘\素材\第 10 章\10.4.7\浪漫爱情.jpg

最终效果 • 随书光盘\效果文件\第 10 章\10.4.7\浪漫爱情.VSP

视频文件 • 随书光盘\视频文件\第 10 章\自由手绘叠加.swf

步骤01 启动会声会影 X3，在视频轨中添加"随书光盘\素材\第 10 章\10.4.7\浪漫爱情.jpg"素材文件，如图 10-76 所示。

步骤02 在项目时间轴的工具栏中单击"绘图创建器"按钮 ，打开"绘图创建器"窗口，如图 10-77 所示。

步骤03 在窗口上方的画笔列表框中选择一种要使用的画笔，然后在窗口左上角拖动画框调整笔尖尺寸，如图 10-78 所示。

图 10-76　在视频轨中添加素材　　　　　　　图 10-77　"绘图创建器"窗口

图 10-78　选择画笔并调整笔尖的尺寸

提示：　　　按下　按钮，可以锁定笔尖比例，使画笔按比例调整。

步骤04　拖动透明度滑块，调整预览窗口中显示的背景图的透明度，然后在色彩框中选择绘图所使用的颜色，如图 10-79 所示。

图 10-79　调整背景图的透明度及画笔颜色

步骤05　单击"开始录制"按钮，即可开始录制绘图过程。用户可以在预览窗口手绘图画，如图 10-80 所示。

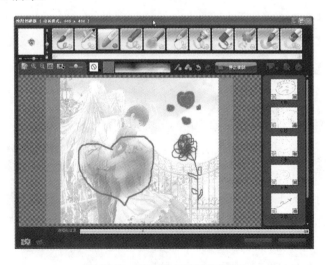

图 10-80　手工绘制自定义图画

步骤06 绘制完成后，单击"停止录制"按钮，再单击"确定"按钮，程序将绘制的画面自动添加至视频素材库中，如图 10-81 所示。

图 10-81　将绘制的画面添加至视频素材库中

步骤07 从素材库中将手绘的画面素材拖动至覆叠轨上，即可将其叠加至视频轨的素材画面中。在导览面板中单击"播放"按钮，即可预览手绘图形的叠加效果，如图 10-82 所示。

图 10-82　预览手绘图形叠加效果

10.4.8　多轨覆叠

会声会影 X3 提供了 1 个视频轨和 6 个覆叠轨，极大地增强了画面叠加与运动的方便性，通过"轨道管理器"可以创建和管理多个覆叠轨，制作出多轨叠加的画面效果。例如，在画面中添加多个旋转对象，让画面变得更加丰富。

范例实战 116　多轨覆叠

原始素材　·随书光盘\素材\第 10 章\10.4.8\美景.jpg、佳人.png
最终效果　·随书光盘\效果文件\第 10 章\10.4.8\美景配佳人.VSP
视频文件　·随书光盘\视频文件\第 10 章\多轨覆叠.swf

步骤01 启动会声会影 X3，在视频轨和覆叠轨中分别添加"随书光盘\素材\第 10 章\10.4.8\美景.jpg、佳人.png"素材，如图 10-83 所示。

步骤02 在项目时间轴的左上方单击"轨道管理器"按钮，弹出"轨道管理器"对话框，如图 10-84 所示。

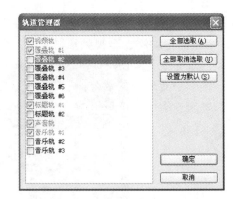

图 10-83　在视频轨和覆叠轨中添加素材　　　　　图 10-84　"轨道管理器"对话框

步骤03 在该对话框中选择"覆叠轨#2"和"覆叠轨#3"复选框，单击"确定"按钮，即可在预设的覆叠轨#1 下方新增两条覆叠轨，如图 10-85 所示。

步骤04 按照前面介绍的方法，分别在覆叠轨#2 和覆叠轨#3 上添加装饰对象，并分别为对象设置旋转及运动属性，如图 10-86 所示。

图 10-85　新增两条覆叠轨　　　　　图 10-86　在新增的覆叠轨上添加装饰对象

步骤05 在导览面板中单击"播放"按钮，即可预览多轨叠加的画面效果，如图 10-87 所示。

图 10-87　预览多轨叠加的画面效果

高手点津：多轨覆叠的注意事项

在制作多轨覆叠的影片时，针对每一条轨道的操作都可以当做单独的覆叠轨来处理。因此，需要考虑的只是画面之间的相对位置、运动方式和融合方式。

10.5 覆叠效果的精彩应用范例

覆叠的概念类似于图像处理软件中的图层，就是将多个视频或图像等素材叠加在一起，通过色度键或图像遮罩来决定每个叠加在一起的素材各自显示的部分。通过前面几节内容的学习，读者已经掌握了覆叠效果在会声会影 X3 的具体应用及操作。本节将通过几个具体精彩的应用范例，使读者具体体会覆叠效果带来的特殊影片制作效果。

10.5.1 遮罩帧的实际应用

遮罩是一种 8 位通道，根据通道上的灰度值来定义素材透明度。遮罩的白色区域为透明部分，可以显示覆叠轨上的素材；遮罩的黑色区域为遮挡部分，显示视频轨上的素材。在本实例中就利用遮罩的特性为照片添加漂亮的边框。

范例实战 117 动态相册——童真年代

原始素材 • 随书光盘\素材\第 10 章\10.5.1\背景.jpg、童年 01.jpg、童年 02.jpg

最终效果 • 随书光盘\效果文件\第 10 章\10.5.1\童真年代.VSP

视频文件 • 随书光盘\视频文件\第 10 章\遮罩帧的实际应用.swf

步骤01 启动会声会影 X3，然后在项目时间轴的在视频轨中添加"随书光盘\素材\第 10 章\10.5.1\背景.jpg"文件，并将素材的"照片区间"选项设置为 8 秒，如图 10-88 所示。

步骤02 在覆叠轨中右击，在弹出的快捷菜单中选择"插入照片"命令，在其中添加"随书光盘\素材\第 10 章\10.5.1\童年 01.jpg"文件，然后双击覆叠轨上的素材，打开选项面板，将"照片区间"设置为 7 秒，并将其调整至与视频轨中的素材结尾处对齐，如图 10-89 所示。

图 10-88 在视频轨中添加素材文件

图 10-89 在覆叠轨中添加覆叠素材

步骤03 单击时间轴视图中左上角的"轨道管理器"按钮，在弹出的"轨道管理器"对话框中选择"覆叠轨#2"复选框，如图 10-90 所示，然后单击"确定"按钮，新增一条覆叠轨。

步骤04 单击"覆叠轨 2"按钮，然后在其中添加"随书光盘\素材\第 10 章\10.5.1\童年 02.jpg"

文件,并将"照片区间"设置为 4 秒,同时将其调整至与视频轨中的素材结尾处对齐,如图 10-91 所示。

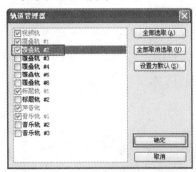

图 10-90 "轨道管理器"对话框

图 10-91 在新增的覆叠轨中添加覆叠素材

步骤05 选择覆叠轨 1 中素材,在预览窗口中将素材移动至如图 10-92 所示的位置。

步骤06 双击覆叠轨 1 中的素材打开选项面板,然后在"属性"选项卡的"进入"选项组中单击"从上方进入"按钮,设置其从上方进入画面运动方式,如图 10-93 所示。

图 10-92 调整覆叠轨 1 中素材的位置

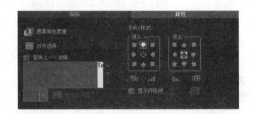

图 10-93 设置覆叠轨 1 中素材的运动方式

步骤07 选择覆叠轨 2 中的素材,在预览窗口中将素材移动至屏幕左下角的位置,然后打开选项面板,在"属性"选项卡中单击"淡入动画效果"按钮,如图 10-94 所示。

步骤08 单击"遮罩和色度键"按钮,在打开的选项面板中选择"应用覆叠选项"复选框,然后在"类型"下拉列表框中选择"遮罩帧"选项,并在右侧的列表框中选择如图 10-95 所示的遮罩图像。

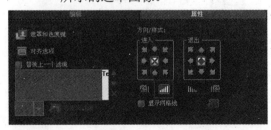

图 10-94 设置覆叠轨 2 中素材的属性选项

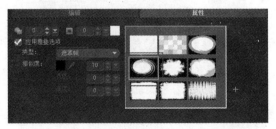

图 10-95 选择"遮罩帧"的遮罩图像

步骤09 至此,本实例全部制作完成,单击导览面板中的"播放"按钮,即可预览实例制作效果,如图 10-96 所示。

图 10-96　预览实例制作效果

提示： 单击遮罩图像样式列表框右下方的 **+** 按钮，可以添加自定义的遮罩图像，会声会影 X3 支持的图像格式都可以作为遮罩图像，会声会影 X3 会自动将其转换为 8 位的灰度图。

10.5.2　对象及 Flash 动画透空覆叠综合应用

图形素材库中的"边框"、"对象"和"Flash 动画"素材都具有透明属性，因此这些素材主要应用到覆叠轨上，可以为影片添加趣味元素。本例将利用"对象"和"Flash 动画"制作一段关于梦境的影片效果。

范例实战 118　甜美的梦想

原始素材 ・随书光盘\素材\第 10 章\10.5.2\宝宝.jpg

最终效果 ・随书光盘\效果文件\第 10 章\10.5.2\甜美的梦想.VSP

视频文件 ・随书光盘\视频文件\第 10 章\对象及 Flash 动画透空覆叠综合应用.swf

步骤01 启动会声会影 X3，然后在项目时间轴的视频轨中添加"随书光盘\素材\第 10 章\10.5.2\宝宝.jpg"文件，如图 10-97 所示。

步骤02 单击时间轴视图中左上角的"轨道管理器"按钮 ▤，在弹出的"轨道管理器"对话框中选择"覆叠轨#2"和"覆叠轨#3"复选框，如图 10-98 所示，然后单击"确定"按钮，新增两条覆叠轨。

图 10-97　在视频轨中添加素材文件

图 10-98　"轨道管理器"对话框

步骤03▶ 在素材库面板中单击"图形"按钮，切换至"图形"素材库，在"画廊"下拉列表框中选择"对象"选项，然后在"对象"类别素材库中选择 D25 对象素材，将其拖动到覆叠轨 1 中，如图 10-99 所示。

步骤04▶ 在"画廊"下拉列表框中选择"Flash 动画"选项，然后在"Flash 动画"类型素材库中选择 MotionD04 动画素材，将其添加至覆叠轨 2 中，如图 10-100 所示。

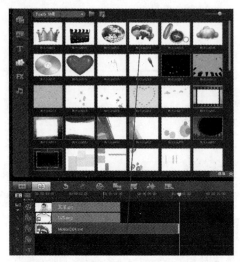

图 10-99　在覆叠轨 1 中添加对象素材　　　　图 10-100　在覆叠轨 2 中添加动画素材

步骤05▶ 按上面相同的方法，将"Flash 动画"类型素材库中的 MotionF13 动画素材添加到覆叠轨 3 中，如图 10-101 所示。

步骤06▶ 将视频轨和覆叠轨 1 中的素材区间长度调整至与覆叠轨 3 素材的区间长度相同，同时将覆叠轨 2 中素材调整为合适的区间长度，如图 10-102 所示。

图 10-101　在覆叠轨 3 中添加动画素材　　　　图 10-102　调整素材的区间长度

步骤07▶ 选择覆叠轨 1 中素材，在预览窗口中调整素材的尺寸和位置，如图 10-103 所示。然后打开选项面板，在"属性"选项卡中分别单击"淡入动画效果"和"淡出动画效果"按钮，如图 10-104 所示。

图 10-103　调整覆叠轨 1 素材的尺寸和位置

图 10-104　设置覆叠轨 1 素材的淡入与淡出动画效果

步骤08▶ 选择覆叠轨 2 中的素材，在预览窗口中调整素材的尺寸和位置，如图 10-105 所示。然后在"属性"选项面板中分别单击"淡入动画效果"和"淡出动画效果"按钮，如图 10-106 所示。

图 10-105　调整覆叠轨 2 素材的尺寸和位置

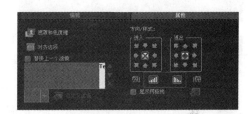

图 10-106　设置覆叠轨 2 素材的淡入与淡出效果

步骤09▶ 选择覆叠轨 3 中的素材，在预览窗口中右击，在弹出的快捷菜单中选择"调整到屏幕大小"命令，将素材大小调整为与画面大小一致。

步骤10▶ 至此，本实例全部制作完成，单击导览面板中的"播放"按钮，即可预览实例制作效果，如图 10-107 所示。

图 10-107　预览实例制作效果

10.5.3　覆叠素材暂停区间及运动设置应用

本例将利用覆叠轨，并通过设置覆叠素材的暂停区间及运动方式使素材运动同步，制作出素材以递进的方式逐个显示的画中画效果。

范例实战 119　花卉欣赏

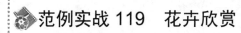

原始素材　·随书光盘\素材\第 10 章\10.5.3\背景.jpg、花卉 01.jpg～花卉 03.jpg

最终效果 · 随书光盘\效果文件\第 10 章\10.5.3\花卉欣赏.VSP

视频文件 · 随书光盘\视频文件\第 10 章\覆叠素材暂停区间及运动设置应用.swf

步骤01 启动会声会影 X3，然后在项目时间轴的视频轨和覆叠轨 1 中分别添加"随书光盘\素材\第 10 章\10.5.3\背景.jpg、花卉 01.jpg"文件，如图 10-108 所示。

步骤02 双击覆叠轨中的素材打开选项面板，在"属性"选项面板的"进入"选项组中单击"从左边进入"按钮 ，如图 10-109 所示。

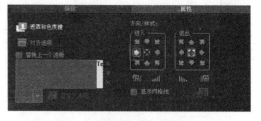

图 10-108　在视频轨和覆叠轨 1 中添加素材文件　　图 10-109　设置覆叠素材 1 的运动方向

步骤03 在预览窗口中右击，在弹出的快捷菜单中选择"原始大小"命令，然后调整素材的位置和暂停区间的长度，效果如图 10-110 所示。

步骤04 单击时间轴视图中左上角的"轨道管理器"按钮 ，在弹出的"轨道管理器"对话框中选择"覆叠轨#2"和"覆叠轨#3"复选框，如图 10-111 所示，然后单击"确定"按钮，新增两条覆叠轨。

图 10-110　调整覆叠素材 1 的大小、位置及暂停区间　　图 10-111　新增覆叠轨

步骤05 选择覆叠轨 1 上的素材后右击，在弹出快捷菜单中选择"复制"命令，将素材粘贴到覆叠轨 2 中。按照此方法，再复制覆叠轨 1 上的素材，然后粘贴到覆叠轨 3 中，如图 10-112 所示。

步骤06 在覆叠轨 2 中右击素材，在弹出的快捷菜单中选择"替换素材"｜"照片"命令，选择"随书光盘\素材\第 10 章\10.5.3\花卉 02.jpg"文件，如图 10-113 所示。

图 10-112　复制粘贴素材　　图 10-113　替换覆叠素材

提示： 在使用多个覆叠轨时要注意顺序问题，当素材的位置重合时，覆叠轨 1 中的素材会被覆叠轨 2 的素材覆盖，以此类推。因此要将最上方显示的素材放置到最后一个覆叠轨上。

步骤07 在预览窗口中右击，在弹出的快捷菜单中选择"原始大小"命令，然后调整素材的位置和暂停区间的长度，如图 10-114 所示。

步骤08 按步骤 6 和步骤 7 的方法将覆叠轨 3 中的素材替换为随书光盘\素材\第 10 章\10.5.3\花卉 03.jpg 文件，然后在预览窗口调整素材的位置和暂停区间的长度，如图 10-115 所示。

 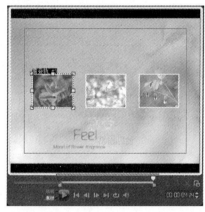

图 10-114 调整覆叠素材 2 的位置和暂停区间长度　图 10-115 替换覆叠轨 3 的素材并调整其位置和暂停区间长度

提示： 在预览窗口中调整素材的位置时，按键盘上的方向键可以精确控制素材的位置。

步骤09 在导览面板中单击"播放"按钮，即可预览实例制作效果，如图 10-116 所示。

  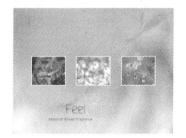

图 10-116 预览实例制作效果

 **高手点津：实例制作关键点**

调整素材的暂停区间长度时，为了保持素材的运动同步，可以先选择覆叠轨 2 上的素材，然后在预览视图中将"擦洗器"拖动到第 1 张图片运动完成后停止的位置，这时再调整暂停区间的位置，使两张图片完全重合。

10.5.4 在覆叠轨中添加滤镜的综合应用

覆叠轨同视频轨一样可以应用滤镜，在本实例中将通过应用"修剪"滤镜，并与覆叠轨的运动功能配合，制作一段将视频切割为多个画面，然后以不同的方向进入屏幕的片头效果。

 范例实战 120　爱的祝福

原始素材 · 随书光盘\素材\第 10 章\10.5.4\礼盒.jpg

最终效果 · 随书光盘\效果文件\第 10 章\10.5.4\爱的祝福.VSP

视频文件 · 随书光盘\视频文件\第 10 章\在覆叠轨中添加滤镜的综合应用.swf

步骤01 启动会声会影 X3，然后在覆叠轨 1 中添加"随书光盘\素材\第 10 章\10.5.4\礼盒.jpg"素材文件，如图 10-117 所示。

步骤02 选择覆叠轨上的素材，在预览窗口中右击，在弹出的快捷菜单中选择"调整到屏幕大小"命令，如图 10-118 所示。

图 10-117　在**覆叠**轨中添加素材文件

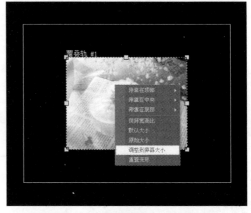

图 10-118　调整**覆叠**素材的大小

步骤03 切换至"滤镜"素材库，在"画廊"下拉列表框中选择"二维映射"选项，然后从中将"修剪"滤镜拖动到覆叠轨的素材上，如图 10-119 所示。

步骤04 双击覆叠轨中的素材打开选项面板，在"属性"选项面板的"进入"选项组中单击"从上方进入"🔽和"淡入动画效果"📶按钮，然后单击"自定义滤镜"按钮，如图 10-120 所示。

步骤05 在弹出的"修剪"滤镜对话框中，将"宽度"设置为 35，"高度"设置为 100，再选择"静止"复选框，然后将十字光标移动到如图 10-121 所示的位置。

步骤06 右击第一个关键帧，在弹出的快捷菜单中选择"复制"命令，再右击最后一个关键帧，在弹出的快捷菜单中选择"粘贴"命令，复制关键帧选项设置，单击"确定"按钮，完成设置。

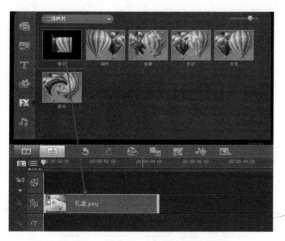

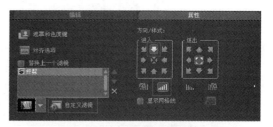

图 10-119 为覆叠素材添加滤镜效果　　　　图 10-120 设置覆叠素材的属性选项

图 10-121 自定义设置"修剪"滤镜选项

步骤07▶ 在项目时间轴中新增两条覆叠轨——"覆叠轨#2"和"覆叠轨#3",然后右击覆叠轨 1 中的素材,在弹出的快捷菜单中选择"复制"命令,将光标置于覆叠轨 2 中粘贴素材,如图 10-122 所示。

图 10-122 将覆叠轨 1 中的素材复制到覆叠轨 2 中

步骤08▶ 双击覆叠轨 2 中的素材打开选项面板,在"属性"选项面板的"进入"选项组中单击"从下方进入"按钮。然后单击"自定义滤镜"按钮,在弹出的"修剪"滤镜对话框中将十字光标的位置调整到如图 10-123 所示的位置。设置完成后,单击"确定"按钮。

步骤09▶ 将覆叠 1 上的素材复制到覆叠轨 3 中,双击覆叠轨 3 中的素材打开选项面板,然后单击"自定义滤镜"按钮,在弹出的"修剪"对话框中将十字光标的位置调整到如图 10-124 所示的位置,单击"确定"按钮,完成本实例的制作。

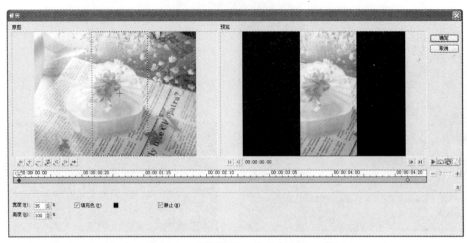

图 10-123　设置覆叠轨 2 中的素材相关选项

图 10-124　设置覆叠轨 3 中的素材相关选项

步骤10 在导览面板中单击"播放"按钮，即可预览实例制作效果，如图 10-125 所示。

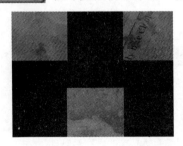

图 10-125　预览实例制作效果

10.5.5　应用绘图创建器制作动态遮罩

在前面的实例中已经学习过使用"绘图创建器"制作动态的绘图效果，相信读者已经发现，要想利用"绘图创建器"制作书法或国画的动态效果是非常困难的，如果将"绘图创建器"与覆叠轨的遮罩功能相结合，就可以非常轻松地实现制作书法或图画的动态效果的目的。

范例实战 121　动态书法

原始素材 · 随书光盘\素材\第 10 章\10.5.5\背景.jpg、书法示例.jpg、书法遮罩.jpg

最终效果 · 随书光盘\效果文件\第 10 章\10.5.5\动态书法.VSP

视频文件 · 随书光盘\视频文件\第 10 章\应用绘图创建器制作动态遮罩.swf

步骤01▶ 启动会声会影 X3，然后在项目时间轴工具栏中单击"绘图创建器"按钮，打开"绘图创建器"窗口，然后单击"背景图像选项"按钮，弹出"背景图像选项"对话框，如图 10-126 所示。

步骤02▶ 在该对话框中选择"自定义图像"单选按钮，再单击按钮，在弹出的对话框中选择"随书光盘\素材\第 10 章\10.5.5\书法示例.jpg"图像，然后单击"确定"按钮，关闭"背景图像选项"对话框，如图 10-127 所示。

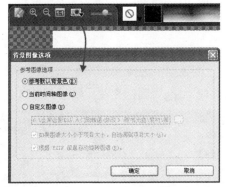

图 10-126　打开"背景图像选项"对话框

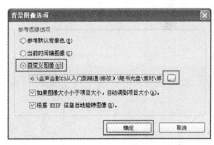

图 10-127　选择自定义参考图像

步骤03▶ 单击"开始录制"按钮，在画布上根据笔画的顺序书写文字，绘制完成后单击"停止录制"按钮，如图 10-128 所示。然后单击"更改选择的画廊区间"按钮，设置素材的区间为 9 秒，如图 10-129 所示。设置完成后，单击"确定"按钮，将素材添加到素材库中。

图 10-128　手动绘制书写文字

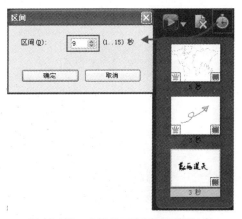

图 10-129　设置绘画素材的区间长度

根据背景图像书写文字时可以将笔刷的尺寸设置得大一些，笔刷一定要完全覆盖文字，可以超出文字的范围。

步骤04 在项目时间轴的视频轨中添加"随书光盘\素材\第 10 章\10.5.5\背景.jpg"素材文件，同时设置图像素材的"照片区间"为 10 秒，如图 10-130 所示。

步骤05 在时间轴中将擦洗器置于 1 秒位置处，然后从"视频"素材库中将在"绘图创建器"中制作的动态素材拖动至覆叠轨中，如图 10-131 所示。

图 10-130　在视频轨中添加素材文件　　图 10-131　将制作的动态素材添加至覆叠轨

步骤06 双击覆叠轨上的素材打开选项面板，在"属性"选项卡中单击"遮罩和色度键"按钮，如图 10-132 所示。

步骤07 选择"应用覆叠选项"复选框，在"类型"下拉列表框中选择"遮罩帧"选项，单击➕按钮，选择"随书光盘\素材\第 10 章\10.5.5\书法遮罩.jpg"图像文件，如图 10-133 所示。

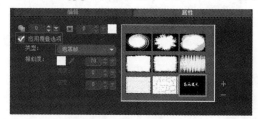

图 10-132　单击"遮罩和色度键"按钮　　图 10-133　选择遮罩图像文件

步骤08 在预览窗口单击"项目"按钮，将"擦洗器"滑块调整到最后一帧的位置，如图 10-134 所示。选择"编辑"|"抓拍快照"命令，将当前帧的图像保存为静态图像文件。

步骤09 切换至"照片"素材库，将快照素材拖动至视频轨中背景素材的后面，并将其"照片区间"设置为 2 秒，如图 10-135 所示。

图 10-134　定位至最后一帧画面　　图 10-135　将快照图像素材添加至视频轨

步骤10 ▶ 至此，本实例制作完成，在导览面板中单击"播放"按钮，即可预览实例制作效果，如图 10-136 所示。

图 10-136　预览实例制作效果

Chapter 11 画龙点睛
——影片标题与字幕的制作

对于影片剪辑而言，视频开始处的标题、中间的字幕，以及结束时的制作信息等内容都是视频作品的重要组成部分，依次起着提示主题、解释内容和介绍视频制作人员及其他相关信息的作用。除此之外，在适当的时候添加贴合画面内容的文字信息，还能够起到突出主题、美化版面的作用。

本章将简要介绍在会声会影 X3 中添加和设置影片标题与字幕的具体操作方法。

本章知识要点：

◆ 创建标题字幕

◆ 设置标题字幕属性

◆ 创建动画标题字幕

◆ 标题字幕制作应用范例

11.1 创建标题字幕

在制作影片剪辑的过程中，会声会影 X3 允许用户在视频的任何一个播放时间及画面的任意位置添加标题。当然，只有在合适的位置添加恰当的标题字幕才能达到吸引观众的目的。本节主要介绍在会声会影 X3 中创建标题字幕的方法。

11.1.1 创建单个标题字幕

在会声会影 X3 中，标题分为单个标题和多个标题两种类型。其中，单个标题多用于片头和片尾的制作，接下来将对单个标题字幕的创建方法进行简单介绍。

📀 范例实战 122 创建单个标题字幕

原始素材 • 随书光盘\素材\第 11 章\11.1.1\背景.jpg

最终效果 • 随书光盘\效果文件\第 11 章\科技之光.VSP

视频文件 • 随书光盘\视频文件\第 11 章\创建单个标题字幕.swf

步骤01▶ 启动会声会影 X3 编辑器，然后在视频轨中添加"随书光盘\素材\第 11 章\11.1.1\背景.jpg"素材文件，如图 11-1 所示。

步骤02▶ 在素材库面板中单击"标题"按钮 **T**，切换至"标题"素材库，此时在预览窗口中将显示"双击这里可以添加标题"字样，如图 11-2 所示。

图 11-1 在视频轨中添加视频素材

图 11-2 显示标题字样

步骤03▶ 在预览窗口中双击显示的字样，打开选项面板，在"编辑"选项面板中选择"单个标题"单选按钮，如图 11-3 所示。然后输入要添加的标题文字，例如，"科技之光"，如图 11-4 所示。

图 11-3 选择"单个标题"单选按钮

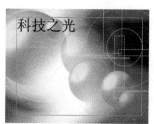

图 11-4 输入标题文字

在输入文字的过程中，按【Backspace】键，可以删除错误输入的文字，按【Enter】键则可以换行输入。将光标置于文字行的行首，按【Enter】键则可以使当前行向下移动。

步骤04 选择输入的文字内容，根据需要在"编辑"选项面板中设置文字的字体、大小和对齐方式等属性，如图 11-5 所示。

步骤05 设置完成后，在标题轨中单击，输入的文字将自动被添加到标题轨中，如图 11-6 所示。

图 11-5 设置标题文字属性　　　　　图 11-6 添加到标题轨中的标题字幕

在预览窗口中有一个用矩形框标出的区域，它表示标题安全区，即程序允许输入标题的范围，在该范围内输入的文字才会在视频播放时正确显示。

11.1.2 创建多个标题字幕

在"单个标题"中，所有的文字为一个整体，其位置也较为固定，因此其灵活性较差，相比之下，会声会影 X3 中的"多个标题"则极为灵活，用户可根据需要在画面的任何位置创建多个标题，从而轻松满足视频标题、字幕和制作信息等内容的需求。

范例实战 123 创建多个标题字幕

原始素材 ・随书光盘\素材\第 11 章\11.1.2\雪乡夕阳.jpg

最终效果 ・随书光盘\效果文件\第 11 章\美丽的雪乡.VSP

视频文件 ・随书光盘\视频文件\第 11 章\创建多个标题字幕.swf

步骤01 启动会声会影 X3 编辑器，然后在视频轨中添加"随书光盘\素材\第 11 章\11.1.2\雪乡夕阳.jpg"素材文件，如图 11-7 所示。

步骤02 在素材库面板中单击"标题"按钮 T，切换至"标题"素材库，此时在预览窗口中将显示"双击这里可以添加标题"字样，双击显示的字样，打开选项面板，在"编辑"选项面板中选择"多个标题"单选按钮，如图 11-8 所示。

步骤03▶ 在预览窗口中需要输入标题文字的位置双击，然后输入标题文字内容，例如，"美丽的雪乡"。然后在选项面板中设置文字的字体、大小、颜色及对齐方式等属性，如图 11-9 所示。

图 11-7 在视频轨中添加素材文件

图 11-8 选择"多个标题"单选按钮

图 11-9 输入并设置文字属性

步骤04▶ 在预览窗口中需要添加标题的新位置双击，然后输入新的标题文字内容并设置文字的字体、大小及对齐方式等属性，如图 11-10 所示。

图 11-10 输入新的标题内容并设置文字属性

步骤05▶ 输入完成后，在标题框上单击，使其四周出现控制点，拖动黄色控制点可以调整标题的大小，将鼠标置于控制点包围的区域中，按住并拖动鼠标可以调整标题的位置。

步骤06▶ 在项目时间轴的标题轨中单击，输入的标题文字将自动添加至标题轨中，如图 11-11 所示。

图 11-11 创建的标题字幕自动添加到标题轨中

11.1.3　使用预设标题字幕

预设标题是会声会影 X3 已经设置好标题文字的大小、字体、颜色和动画效果的标题模板，这使得用户只需对其进行简单的修改，即可制作出样式优美、效果华丽的标题文字。在会声会影 X3 的标题素材库中，提供了丰富的预设标题字幕，用户可以直接将它们添加到项目时间轴的标题轨中，然后修改标题的内容即可。

范例实战 124　使用预设标题字幕

原始素材 • 随书光盘\素材\第 11 章\11.1.3\雪景.jpg

最终效果 • 随书光盘\效果文件\第 11 章\冰雪世界.VSP

视频文件 • 随书光盘\视频文件\第 11 章\使用预设标题字幕.swf

步骤01 启动会声会影 X3 编辑器，然后在视频轨中添加"随书光盘\素材\第 11 章\11.1.3\雪景.jpg"素材文件，如图 11-12 所示。

步骤02 在素材库面板中单击"标题"按钮 T，切换至"标题"素材库，在其中选择需要使用的一种预设的标题字幕，然后将其拖动至项目时间轴的标题轨中，如图 11-13 所示。

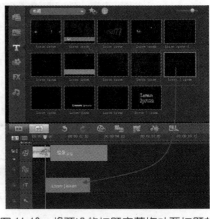

图 11-12　在视频轨中添加素材文件　　图 11-13　将预设的标题字幕拖动至标题轨

步骤03 在标题轨中选择已经添加的标题字幕，然后在预览窗口中双击要修改的标题，使其处于编辑状态，再根据需要直接修改文字的内容，并在选项面板中设置标题文字的字体、样式和对齐方式等属性，效果如图 11-14 所示。

图 11-14　编辑预设的标题字幕

步骤04 在标题编辑区之外的区域单击，然后拖动标题四周的黄色控制点调整标题的大小，将鼠标指针置于标题的编辑区中，按住鼠标并拖动调整标题的位置。

步骤05 用同样的方法双击屏幕上的其他标题进行编辑和调整，效果如图 11-15 所示。

图 11-15　使用预设标题字幕效果

11.2　设置标题字幕属性

　　标题字幕属性包括标题大小、字体和颜色等基本属性设置，以及标题背景、边框和阴影等效果属性设置。通过调整标题字幕的各相关属性，可以在短时间内创建出生动的标题，并使之具有专业的外观和效果。下面将对标题字幕各项属性的设置方法进行简单介绍。

11.2.1　更改标题字体类型

　　对于标题来说，字体类型是其最为主要的属性性之一，即使是文本内容完全相同的标题，字体类型的差异也会给人以完全不同的感觉。

范例实战 125　更改标题字体类型

原始素材 •随书光盘\素材\第 11 章\11.2.1\蝶恋花.VSP

视频文件 •随书光盘\视频文件\第 11 章\蝶恋花 end.VSP

视频文件 •随书光盘\视频文件\第 11 章\更改标题字体类型.swf

步骤01 启动会声会影 X3 编辑器，然后选择"文件"｜"打开项目"命令，打开"随书光盘\素材\第 11 章\11.2.1\蝶恋花.VSP"项目文件，如图 11-16 所示。

步骤02 在标题轨中选择标题文本，然后在预览窗口中选择需要修改字体类型的文字，如图 11-17 所示。

图 11-16　打开项目文件　　　　　　　图 11-17　选择要修改字体类型的文字

步骤03▶ 在选项面板中单击"字体"下拉按钮,在打开的下拉列表框中选择一种合适的字体(例如,选择"汉仪黑咪简体"选项),如图 11-18 所示。选择的文字即可更改为所选择的字体类型,效果如图 11-19 所示。

图 11-18　选择"汉仪黑咪简体"选项

图 11-19　更改字体类型后的效果

11.2.2　设置标题字号与颜色

为标题字幕设置合适的大小,能够使标题更具观赏性。下面介绍在会声会影 X3 中设置标题字幕的字体大小与颜色的方法。

范例实战 126　更改标题字号与颜色

原始素材 ・随书光盘\素材\第 11 章\11.2.2\爱的誓言.VSP

视频文件 ・随书光盘\视频文件\第 11 章\爱的誓言 end.VSP

视频文件 ・随书光盘\视频文件\第 11 章\更改标题字号与颜色.swf

步骤01▶ 启动会声会影 X3 编辑器,然后选择"文件"｜"打开项目"命令,打开"随书光盘\素材\第 11 章\11.2.2\爱的誓言.VSP"项目文件,如图 11-20 所示。

步骤02▶ 在标题轨中选择标题文本,然后在预览窗口中选择需要更改字号的标题文字,再在选项面板中单击"字体大小"下拉按钮,在打开的下拉列表框中选择合适的字号(例如,66),即可更改字体的字号,如图 11-21 所示。

图 11-20　打开项目文件

图 11-21　选择标题文字字号

步骤03▶ 在选项面板中单击"色彩"色块,在打开的色彩列表面板中选择一种合适的颜色(例如,紫色),如图 11-22 所示。即可更改标题字幕的颜色,效果如图 11-23 所示。

图 11-22　选择标题文字颜色

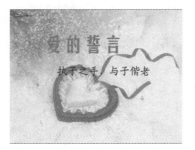

图 11-23　设置字号及颜色后的效果

提示：　　如果色彩列表面板中的颜色无法满足用户的需求，则可以选择该面板中的"Corel 色彩选取器"选项，然后在弹出的"Corel 色彩选取器"对话框中设置文字颜色，如图 11-24 所示；或者选择"Windows 色彩选取器"选项，在弹出的"颜色"对话框中为文字选择新的颜色，如图 11-25 所示。

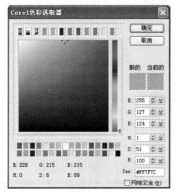

图 11-24　"Corel 色彩选取器"对话框

图 11-25　"颜色"对话框

11.2.3　调整行间距

对于多行标题文字，通过调整行间距，可以使行与行之间显得更加清晰。

范例实战 127　调整行间距

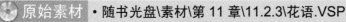

原始素材　• 随书光盘\素材\第 11 章\11.2.3\花语.VSP

视频文件　• 随书光盘\视频文件\第 11 章\花语 end.VSP

视频文件　• 随书光盘\视频文件\第 11 章\调整行间距.swf

步骤01▶　启动会声会影 X3 编辑器，然后选择"文件"｜"打开项目"命令，打开"随书光盘\素材\第 11 章\11.2.3\花语.VSP"项目文件，如图 11-26 所示。

步骤02▶　在标题轨中选择标题文本，然后在预览窗口中选择需要设置行间距的标题文字，再在选项面板中单击"行间距"下拉按钮，在打开的下拉列表框中选择合适的行间距值（例如，160），如图 11-27 所示。

图 11-26　打开项目文件

图 11-27　选择合适的行间距值

步骤03　完成操作后，即可完成对标题文字行间距的调整，效果如图 11-28 所示。

图 11-28　调整行间距后的效果

提示：　　在"行间距"下拉列表框中直接输入相关的数值，然后按【Enter】键，也可以设置调整标题文字的行间距。行间距的取值范围为 60～999 的整数。

11.2.4　设置文本样式与排列方式

在会声会影 X3 中，也能像文字编辑软件一样对标题文字的样式、排列方式及文字方向进行设置。

范例实战 128　设置文本样式与排列方式

 原始素材　·随书光盘\素材\第 11 章\11.2.4\致橡树.VSP

视频文件　·随书光盘\视频文件\第 11 章\致橡树 end.VSP

视频文件　·随书光盘\视频文件\第 11 章\设置文本样式与排列方式.swf

步骤01　启动会声会影 X3 编辑器，然后选择"文件"｜"打开项目"命令，打开"随书光盘\素材\第 11 章\11.2.4\致橡树.VSP"项目文件，如图 11-29 所示。

步骤02　在标题轨中选择标题文本，然后在预览窗口中选择需要设置文本样式与排列方式的标题文字，再在选项面板中单击相应的文本样式按钮（例如，"粗体"、"下画线"等），如图 11-30 所示。

图 11-29　打开项目文件　　　　　　　　　　　图 11-30　设置文本样式

步骤03 在选项面板中单击文字排列对齐方式按钮（例如，"右对齐"），再单击"垂直文字"按钮，将标题文字更改为竖排文字，如图 11-31 所示。

步骤04 完成操作后，标题文字的效果如图 11-32 所示。

图 11-31　设置文本排列方式　　　　　　　　图 11-32　设置文字样式与排列方式后的效果

11.2.5　设置标题的倾斜角度

在会声会影 X3 中，恰当地设置标题文字的倾斜角度，可以使文本更具艺术美感。

范例实战 129　设置标题的倾斜角度

原始素材 ・随书光盘\素材\第 11 章\11.2.5\珠江水乡.VSP

视频文件 ・随书光盘\视频文件\第 11 章\珠江水乡 end.VSP

视频文件 ・随书光盘\视频文件\第 11 章\设置标题的倾斜角度.swf

步骤01 启动会声会影 X3 编辑器，然后"文件"｜"打开项目"命令，打开"随书光盘\素材\第 11 章\11.2.5\珠江水乡.VSP"项目文件，如图 11-33 所示。

步骤02 在标题轨中选择标题文本，然后在预览窗口中选择需要设置倾斜角度的标题文字，如图 11-34 所示。

图 11-33　打开项目文件　　　　　　　　　　图 11-34　选择标题文字

步骤03 在选项面板中的"按角度旋转"数值框中输入适当的数值（例如，输入 15），如图 11-35 所示。

步骤04 完成操作后，标题文字即可按设置的角度值进行旋转倾斜，效果如图 11-36 所示。

图 11-35 设置倾斜角度选项值

图 11-36 设置标题倾斜角度后的效果

提示：

当标题文字处于编辑状态时，将鼠标指针置于四角的紫色控制点上，当鼠标指针变为 ⊗ 形状时，按住鼠标并拖动，可手动旋转标题文字。

11.2.6 为标题添加背景

在整个影片剪辑的播放过程中，纷繁复杂的视频画面常常是观众的焦点所在。为此，还需要为标题添加背景，以便能够使标题更加突出。

 范例实战 130 为标题添加背景

原始素材 · 随书光盘\素材\第 11 章\11.2.6\夜巴黎.VSP

视频文件 · 随书光盘\视频文件\第 11 章\夜巴黎 end.VSP

视频文件 · 随书光盘\视频文件\第 11 章\为标题添加背景.swf

步骤01 启动会声会影 X3 编辑器，然后选择"文件"｜"打开项目"命令，打开"随书光盘\素材\第 11 章\11.2.6\夜巴黎.VSP"项目文件，如图 11-37 所示。

步骤02 在标题轨中选择标题文本，然后在预览窗口中选择需要添加背景的标题文字，使它处于编辑状态，如图 11-38 所示。

图 11-37 打开的项目文件

图 11-38 选择标题文字使其处于编辑状态

步骤03 在选项面板中选择"文字背景"复选框,在标题上应用预设的单色背景效果,如图11-39所示。

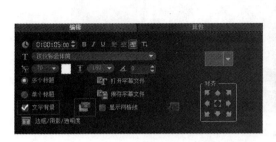

图 11-39 应用预设的单色背景效果

步骤04 单击"自定义文字背景的属性"按钮，弹出"文字背景"对话框，选择"与文本相符"单选按钮，然后从下方的下拉列表框中选择要使用的背景形状，如图 11-40所示。

图 11-40 选择要使用的标题背景形状

步骤05 在"放大"右侧的数值框中输入数值，指定背景形状相对于文字的放大比率，如图 11-41 所示。

图 11-41 设置背景形状的相对于文字放大比率

步骤06 在"色彩设置"选项组中选择"渐变"单选按钮，然后单击右侧的颜色块，在打开的下拉列表框中选择需要使用的渐变色，如图 11-42 所示。

图 11-42　设置标题背景的渐变色

步骤07 在"透明度"右侧的数值框中输入数值，调整标题背景的透明度，如图 11-43 所示。

图 11-43　调整标题背景的透明度

步骤08 设置完成后，单击"确定"按钮，即可将带有背景形状的文字应用到影片中。

11.2.7　设置标题边框与透明度

除了使用标题背景来突出标题文字外，会声会影 X3 还允许用户为标题文字添加边框，这一方式不仅能够突出标题文字，还能够提升标题文字的表现效果，从而起到美化标题的作用。

范例实战 131　设置标题边框与透明度

原始素材 ·随书光盘\素材\第 11 章\11.2.7\生命乐章.VSP

视频文件 ·随书光盘\视频文件\第 11 章\生命乐章 end.VSP

视频文件 ·随书光盘\视频文件\第 11 章\设置标题边框与透明度.swf

步骤01 启动会声会影 X3 编辑器，然后选择"文件"｜"打开项目"命令，打开"随书光盘\素材\第 11 章\11.2.7\生命乐章.VSP"项目文件，如图 11-44 所示。

步骤02 在标题轨中选择标题文本，然后在预览窗口中单击需要添加背景的标题文字，使它处于编辑状态，如图 11-45 所示。

图 11-44　打开的项目文件

图 11-45　选择标题文字使其处于编辑状态

步骤03▶ 在选项面板中单击"边框/阴影/透明度"按钮 ![T]边框/阴影/透明度，弹出"边框/阴影/透明度"对话框，然后选择"外部边界"复选框，并在"边框宽度"数值框中输入数值设置边框的宽度（例如，输入8），为标题添加边框，如图11-46所示。

图 11-46　为标题添加边框

步骤04▶ 单击"线条色彩"右侧的颜色方框，在弹出的颜色列表面板中选择一种新的边框颜色应用到标题中，如图11-47所示。

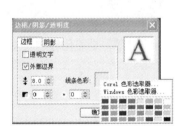

图 11-47　应用新的边框颜色

步骤05▶ 选择"透明文字"复选框，则可以使标题文字变成只显示边框的镂空文字效果，如图11-48所示。

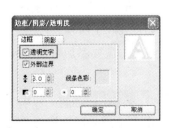

图 11-48　设置标题文字的镂空效果

步骤06 在"柔化边缘"数值框中输入数值,可以调整边框的柔化程度,使标题出现光芒效果,如图 11-49 所示。

图 11-49　设置边框的边缘柔化效果

步骤07 在"文字透明度"数值框中输入数值,可以设置标题不同程度的透明效果,如图 11-50 所示。

图 11-50　调整标题背景的透明度

步骤08 设置完成后,单击"确定"按钮,即可将带有边框及透明度的标题文字应用到影片中。

11.2.8　为标题字幕添加阴影

为标题添加阴影效果,能够使平面化的标题文字富有立体感,是美化标题文字时常用的方法。

📽 范例实战 132　为标题字幕添加阴影

原始素材 · 随书光盘\素材\第 11 章\11.2.8\音乐在线.VSP

视频文件 · 随书光盘\视频文件\第 11 章\音乐在线 end.VSP

视频文件 · 随书光盘\视频文件\第 11 章\为标题添加阴影.swf

步骤01 启动会声会影 X3 编辑器,选择"文件"|"打开项目"命令,打开"随书光盘\素材\第 11 章\11.2.8\音乐在线.VSP"项目文件,如图 11-51 所示。

步骤02 在标题轨中选择标题文本,然后在预览窗口中单击需要添加背景的标题文字,使它处于编辑状态,如图 11-52 所示。

步骤03 在选项面板中单击"边框/阴影/透明度"按钮 🔲 边框/阴影/透明度,弹出"边框/阴影/透明度"对话框,选择"阴影"选项卡,然后单击"下垂阴影"按钮,并分别在 X 和 Y 数值框中输入数值,设置阴影的位置,如图 11-53 所示。

图 11-51　打开项目文件　　　　　　　　　图 11-52　选择标题文字使其处于编辑状态

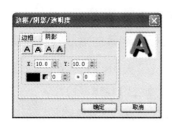

图 11-53　为标题应用下垂阴影效果

步骤04 单击"光晕阴影"按钮，可以在标题字幕中应用光晕阴影效果。单击对话框中的色块，在打开的颜色列表面板中选择新的颜色，可以设置光晕阴影的颜色，如图 11-54 所示。

图 11-54　应用光晕阴影效果

步骤05 单击"突起阴影"按钮，则可以在标题字幕中应用突起阴影效果，如图 11-55 所示。如果调整突起阴影的色彩，还可以改变 X/Y 偏移量为文字加入深度，使标题文字看上去具有立体效果。

图 11-55　应用突起阴影效果

步骤06 设置完成后，单击"确定"按钮，即可将阴影效果应用到标题文字中。

11.2.9 设置标题字幕的播放时间

在标题轨中添加标题字幕后，可以调整区间，以控制标题文本的播放时间。

范例实战 133 设置标题字幕的播放时间

原始素材 ·随书光盘\素材\第 11 章\11.2.9\中国红.VSP

视频文件 ·随书光盘\视频文件\第 11 章\中国红 end.VSP

视频文件 ·随书光盘\视频文件\第 11 章\设置标题字幕的播放时间.swf

步骤01 启动会声会影 X3 编辑器，选择"文件"｜"打开项目"命令，打开"随书光盘\素材\第 11 章\11.2.9\中国红.VSP"项目文件，如图 11-56 所示。

步骤02 在标题轨中选择标题文本，然后在预览窗口中单击需要添加背景的标题文字，使它处于编辑状态，如图 11-57 所示。

图 11-56　打开项目文件

图 11-57　选择标题文字使其处于编辑状态

步骤03 在选项面板的"区间"数值框中输入需要更改的区间值即可，如图 11-58 所示。

图 11-58　设置标题字幕的区间值

高手点津：手动调整标题字幕的时长

　　除了利用选项面板中的"区间"选项调整标题字幕的播放时长外，还可以手动调整标题字幕的播放时长。方法是：在标题轨中选中标题字幕，然后将鼠标指针移动至标题字幕素材右侧的黄色标记上，按住鼠标并左右拖动至合适位置，释放鼠标即可调整标题字幕的时间长度，如图 11-59 所示。

图 11-59 手动调整标题字幕的时长

11.2.10 应用预设特效

前面的范例主要是以手工设置的方法调整标题的属性，使用会声会影 X3 的预设特效模板，可以快速制作文字特效。本节将介绍使用预设特效调整标题在影片中的对应位置，以及精确控制标题长度的方法。

范例实战 134 应用标题预设的特效

原始素材	• 随书光盘\素材\第 11 章\11.2.10\魔兽世界.VSP
视频文件	• 随书光盘\视频文件\第 11 章\魔兽世界 end.VSP
视频文件	• 随书光盘\视频文件\第 11 章\应用标题预设效果.swf

步骤01 启动会声会影 X3 编辑器，选择"文件"｜"打开项目"命令，打开"随书光盘\素材\第 11 章\11.2.10\魔兽世界.VSP"项目文件，如图 11-60 所示。

步骤02 在标题轨中选择标题文本，然后在预览窗口中单击需要添加背景的标题文字，使它处于编辑状态，如图 11-61 所示。

图 11-60 打开项目文件

图 11-61 选择标题文字使其处于编辑状态

步骤03 在选项面板中单击"选取标题样式预设值"选项右侧的下拉按钮，在打开的"标题样式预设"下拉列表框中选择一种标题样式预设选项，如图 11-62 所示。

步骤04 在选项面板中单击"字体"下拉按钮，在打开的"字体"下拉列表框中为标题字幕选择新的字体，如图 11-63 所示。

图 11-62　选择标题样式预设选项　　　　　　图 1-63　重新设置标题文字的字体

提示：　　由于标题样式预设选项使用的都是英文字体，应用标题样式预设特效后，原先设定的标题文字字体会被应用英文字体。因此，应用标题样式预设效果后，还需要在选项面板中重新设置字体。

步骤05　使用相同的操作方法，可以将其他标题样式预设效果应用到标题字幕中，如图 11-64 所示。

图 11-64　应用其他标题样式预设特效的文字效果

11.3　创建动画标题字幕

在影片中创建了标题字幕后，还可以为标题字幕添加动画效果。本节内容将重点介绍添加和编辑动画标题的方法。

11.3.1　应用预设动画标题字幕

预设动画标题是会声会影 X3 中内置的一些动画模板，使用这些预设的动画模板可以快速创建动画标题。

范例实战 135　应用预设动画标题字幕

原始素材　·随书光盘\素材\第 11 章\11.3.1\让梦想起飞.VSP

...

最终效果 ·随书光盘\效果文件\第 11 章\让梦想起飞 end.VSP

视频文件 ·随书光盘\视频文件\第 11 章\应用预设动画标题字幕.swf

步骤01▶ 启动会声会影 X3 编辑器，然后选择"文件"|"打开项目"命令，打开"随书光盘\素材\第 11 章\11.3.1\让梦想起飞.VSP"项目文件，然后在标题轨中选择标题文本，再在预览窗口中单击需要添加背景的标题文字，使它处于编辑状态，如图 11-65 所示。

步骤02▶ 在选项面板中选择"属性"选项卡，然后选择"应用"复选框，再在"类型"下拉列表框中选择一种动画类型（例如，"飞行"），如图 11-66 所示。

图 11-65 选择标题文字使其处于编辑状态　　图 11-66 选择动画类型

步骤03▶ 在选项面板的"预设动画标题"列表框中选择如图 11-67 所示的预设动画标题模板。

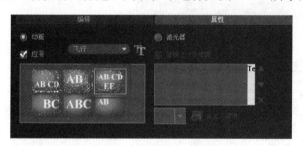

图 11-67 选择预设动画标题模板

步骤04▶ 设置完成后，在导览面板中单击"播放"按钮，即可在预览窗口预览标题字幕的动画效果，如图 11-68 所示。

图 11-68 预览标题字幕的动画效果

对于多个标题，可以为每个标题字幕指定不同的动画类型。

11.3.2　创建向上滚动的标题字幕

在影片的结尾通常会显示向上滚动的演职员表,使用会声会影 X3 也可以通过添加向上滚动的功能,创建向上滚动的标题字幕。

📀 范例实战 136　创建向上滚动的标题字幕

原始素材 • 随书光盘\素材\第 11 章\11.3.2\片尾字幕.VSP

最终效果 • 随书光盘\效果文件\第 11 章\片尾字幕 end.VSP

视频文件 • 随书光盘\视频文件\第 11 章\创建向上滚动的标题字幕.swf

步骤01▶ 启动会声会影 X3 编辑器,然后选择"文件"|"打开项目"命令,打开"随书光盘\素材\第 11 章\11.3.2\片尾字幕.VSP"项目文件,然后在素材库面板中单击"标题"按钮,切换至"标题"素材库面板,如图 11-69 所示。

步骤02▶ 在预览窗口中双击进入标题编辑状态,然后在选项面板中将字体设置为"黑体","大小"设置为 16,如图 11-70 所示。

图 11-69　打开项目文件

图 11-70　设置标题的字体及字号

步骤03▶ 打开"随书光盘\素材\第 11 章\11.3.2\演职员表.txt"文件,按【Ctrl+A】组合键,选择所有文字,再按【Ctrl+C】组合键,将选择的文本复制到剪贴板,如图 11-71 所示。

步骤04▶ 切换至会声会影 X3,按【Ctrl+V】组合键,将复制的文本内容粘贴至会声会影 X3 预览窗口的光标处,然后在选项面板中调整行间距,并单击"粗体"按钮 **B** 为文字加粗,单击"居中"按钮 使文字居中,如图 11-72 所示。

图 11-71　选择并复制字幕文本

图 11-72　设置字幕文字属性

步骤05 为了使文字更加清晰地显示出来，可以单击选项面板中的"边框/阴影/透明度"按钮
 边框/阴影/透明度，在弹出的对话框中为字幕文字设置阴影属性，如图 11-73 所示。

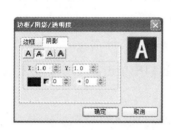

图 11-73　为字幕文字设置阴影属性

步骤06 在选项面板中切换至"属性"选项卡，选择"应用"复选框，然后在"动画类型"下
拉列表框中选择"飞行"选项，如图 11-74 所示。

步骤07 单击"自定义动画属性"按钮，在弹出的对话框中设置字幕文字的运动方式，如
图 11-75 所示。

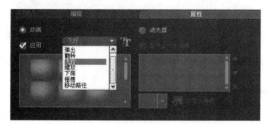

图 11-74　选择要使用的动画类型　　　　图 11-75　设置字幕文字的运动方式

步骤08 设置完成后，单击"确定"按钮，然后在标题轨中单击，完成片尾字幕的添加。在导
览面板中单击"播放"按钮，即可在预览窗口中预览向上滚动的字幕效果，如图 11-76
所示。

图 11-76　预览向上滚动的字幕效果

11.3.3 创建淡入/淡出的标题字幕

在为影片添加说明性文字时，可以根据需要为标题字幕设置淡入淡出效果。

范例实战 137　创建淡入/淡出的标题字幕

原始素材　• 随书光盘\素材\第 11 章\11.3.3\奔跑.VSP
最终效果　• 随书光盘\效果文件\第 11 章\奔跑 end.VSP
视频文件　• 随书光盘\视频文件\第 11 章\创建淡入淡出的标题字幕.swf

步骤01 启动会声会影 X3 编辑器，选择"文件"｜"打开项目"命令，打开"随书光盘\素材\第 11 章\11.3.3\奔跑.VSP"项目文件，如图 11-77 所示。

步骤02 在标题轨中选择标题文本，然后在预览窗口中单击需要添加背景的标题文字，使它处于编辑状态，如图 11-78 所示。

图 11-77　打开项目文件　　　　图 11-78　选择标题文字使其处于编辑状态

步骤03 在选项面板中选择"属性"选项卡，然后选择"应用"复选框，并在"动画类型"下拉列表框中选择"淡化"选项，如图 11-79 所示。

步骤04 单击"自定义动画属性"按钮，在弹出的对话框中设置字幕文字的运动方式，如图 11-80 所示。

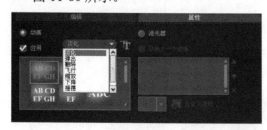

图 11-79　选择"淡化"选项　　　　图 11-80　自定义动画属性

步骤05 设置完成后，单击"确定"按钮，然后在导览面板中单击"播放"按钮，即可在预览窗口预览标题字幕的淡入淡出效果，如图 11-81 所示。

图 11-81　预览标题字幕的淡入淡出效果

11.3.4　创建跑马灯式的标题字幕

跑马灯式的标题字幕也是影视中常见的移动运动文字效果，文字从屏幕的一端向另一端滚动播出。

范例实战 138　创建跑马灯式的标题字幕

原始素材	• 随书光盘\素材\第 11 章\11.3.4\迷人的日落.VSP
最终效果	• 随书光盘\效果文件\第 11 章\迷人的日落 end.VSP
视频文件	• 随书光盘\视频文件\第 11 章\创建跑马灯式的标题字幕.swf

步骤01　启动会声会影 X3 编辑器，选择"文件"｜"打开项目"命令，打开"随书光盘\素材\第 11 章\11.3.4\迷人的日落.VSP"项目文件。然后在标题轨中双击标题素材，使它处于编辑状态，如图 11-82 所示。

步骤02　在选项面板中选择"文字背景"复选框，应用预设的单色背景效果，如图 11-83 所示。

图 11-82　打开项目文件并选择标题素材

图 11-83　选择"文字背景"复选框

步骤03　单击"自定义文字背景的属性"按钮，在弹出的对话框中为背景指定新的颜色。然后在"透明度"数值框中输入数值，指定单色背景的透明度。设置完成后，单击"确定"按钮，如图 11-84 所示。

步骤04　在选项面板中选择"属性"选项卡，选择"应用"复选框，然后在"动画类型"下拉列表框中选择"飞行"动画类型，如图 11-85 所示。

图 11-84　指定标题背景的透明度及颜色

步骤05▶ 单击"自定义动画属性"按钮 ■■，在弹出的对话框中设置字幕文字的运动方式，如图 11-86 所示。

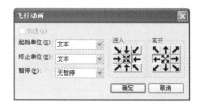

图 11-85　选择标题动画类型　　　　　　图 11-86　设置字幕文字的运动方式

步骤06▶ 设置完成后，单击"确定"按钮，然后在导览面板中单击"播放"按钮，即可在预览窗口预览跑马灯标题字幕效果，如图 11-87 所示。

图 11-87　预览跑马灯标题字幕效果

11.4　标题字幕制作应用范例

　　在一个完整的影片剪辑中，字幕已经被作为与画外音、解说词同样重要的"第二解说"。并且，就画面而言，字幕能够更为直观地传达给观众所要了解的信息，既能够丰富观众的视觉感观，又能够起到深化主题的作用。本节将以范例的形式向大家介绍几个标题字幕的综合应用实例。

11.4.1　霓虹变色字

　　标题样式也可以应用滤镜效果，将标题样式与滤镜的配合使用，可以制作出许多精彩的字幕效果。本范例将通过使用标题样式，并配合应用"发散光晕"与"色调和饱和度"滤镜制作出让文字不断改变颜色的效果。

 范例实战 139　创建霓虹变色字——城市霓虹

原始素材 · 随书光盘\素材\第 11 章\11.4.1\城市夜景.jpg
最终效果 · 随书光盘\效果文件\第 11 章\城市霓虹.VSP
视频文件 · 随书光盘\视频文件\第 11 章\创建霓虹变色字.swf

1. 霓虹标题字幕的制作

步骤01 启动会声会影 X3 编辑器，在视频轨中添加"随书光盘\素材\第 11 章\11.4.1\城市夜景.jpg"素材文件。然后进入"标题"素材库，在预览窗口中双击，进入标题字幕输入状态，再输入标题字幕文字"多彩的城市"，如图 11-88 所示。

步骤02 选择标题文字，在选项面板的"字体"下拉列表框中选择"汉仪综艺体简"选项，然后设置"字体大小"值为 85，"行间距"值为 80，如图 11-89 所示。

图 11-88　输入标题字幕文字

图 11-89　设置标题文字属性

步骤03 在选项面板的"对齐"选项组中单击"居中"按钮，然后单击"边框/阴影/透明度"按钮，如图 11-90 所示。

步骤04 在弹出的"边框/阴影/透明度"对话框中选择"外部边界"复选框，并设置"边框宽度"值为 7.5，如图 11-91 所示。

图 11-90　设置标题文字对齐方式

图 11-91　为标题文字添加边框

步骤05 单击"线条色彩"颜色方块，在弹出的颜色列表面板中选择"Corel 色彩选取器"选项，在弹出的"Corel 色彩选取器"对话框中设置颜色的 RGB 值分别为 120、210、255，设置完成后单击"确定"按钮，如图 11-92 所示。

步骤06 在"边框/阴影/透明度"对话框中选择"阴影"选项卡，然后单击"光晕阴影"按钮，并设置"光晕阴影色彩"的 RGB 值分别为 25、30、160，设置"强度"值为 20，"光晕阴影透明度"值为 50，"光晕阴影柔化边缘"值为 75，如图 11-93 所示。

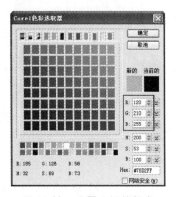

图 11-92　设置边框的颜色

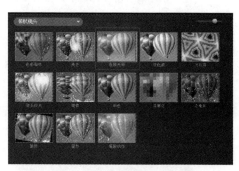

图 11-93　设置光晕阴影属性

步骤07 切换至"滤镜"素材库，在"画廊"下拉列表框中选择"相机镜头"滤镜类别，从中选择"发散光晕"滤镜效果并将其拖动至标题轨中的标题素材上，如图 11-94 所示。

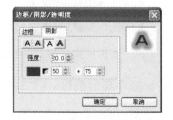

步骤08 双击标题轨中的素材，打开选项面板，切换至"属性"选项卡，选择"滤光器"单选按钮，然后单击"自定义滤镜"按钮，弹出"发散光晕"对话框。选择第一个关键帧，将"光晕角度"值设置为 6，再选择第

图 11-94　为标题字幕添加滤镜效果

二个关键帧，同样将"光晕角度"值设置为 6。设置完成后单击"确定"按钮，如图 11-95 所示。

图 11-95　自定义设置滤镜效果

技巧

如果设置了标题动画，在编辑滤镜属性时，在预览窗口中通常看不到第一帧的效果。此时，可以在"属性"面板中取消选择"应用"复选框，当滤镜选项设置完成后再开启标题动画。

2. 完成霓虹变色字的制作

步骤01 在选项面板的"属性"选项卡中选择"动画"单选按钮，再选择"应用"复选框，然后在"动画类型"下拉列表框中选择"淡化"选项，如图 11-96 所示。

步骤02 单击"自定义动画属性"按钮，弹出"淡化动画"对话框，在"单位"下拉列表框中选择"字符"选项，在"淡化样式"选项组中选择"交叉淡化"单选按钮，然后单击"确定"按钮完成设置，如图 11-97 所示。

图 11-96　为标题字幕应用"淡化"动画　　　图 11-97　自定义淡化样式动画属性

步骤03 切换至"滤镜"素材库，在"画廊"下拉列表框中选择"暗房"选项，然后将"色调和饱和度"滤镜拖动至标题轨的素材上，如图 11-98 所示。

步骤04 在选项面板中选择"属性"选项卡，选择"滤光器"单选按钮，选择"色调和饱和度"滤镜效果，单击"自定义滤镜"按钮，如图 11-99 所示。

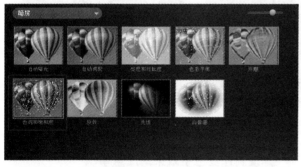 

图 11-98　为标题文本添加"色调和饱和度"滤镜效果　　　图 11-99　单击"自定义滤镜"按钮

步骤05 在弹出的"色调和饱和度"对话框中选择第一个关键帧，将"色调"值设置为-160，再选择第二个关键，将"色调"值设置为 120。设置完成后单击"确定"按钮，如图 11-100 所示。

步骤06 至此，本实例制作完成。在导览面板中单击"播放"按钮，即可以在预览窗口预览实例的制作效果，如图 11-101 所示。

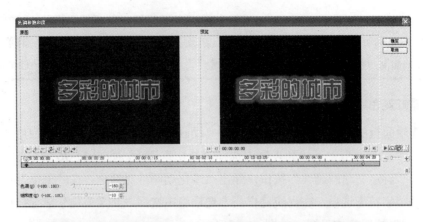

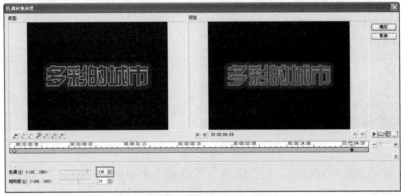

图 11-100　设置"色调和饱和度"滤镜选项参数

图 11-101　预览实例制作效果

▌▌▌ 高手点津　：使用"色调和饱和度"滤镜制作变色字效果的注意事项

　　在使用"色调和饱和度"滤镜制作变色字效果时要注意一点，标题文字的颜色应该使用比较鲜艳的颜色，应避免使用白色、黑色或灰色，否则要么无法得到变色效果，要么变色效果不明显。

11.4.2　立体流光字

　　在会声会影 X3 中不能够生成真正的 3D 文字，但是可以利用文字的阴影模拟出具有立体感的文字。本实例将利用"光线"和"发散光晕"滤镜制作立体流光字的标题字幕效果。

范例实战 140　创建立体流光字——青色的爱恋

原始素材	·随书光盘\素材\第 11 章\11.4.2\青色的爱恋.VSP
最终效果	·随书光盘\效果文件\第 11 章\青色的爱恋 end.VSP
视频文件	·随书光盘\视频文件\第 11 章\创建立体流光字.swf

步骤01 启动会声会影 X3 编辑器，选择"文件"｜"打开项目"命令，打开"随书光盘\素材\第 11 章\11.4.2\青色的爱恋.VSP"项目文件。然后在标题轨中双击标题素材，使它处于编辑状态，如图 11-102 所示。

步骤02 在预览窗口中选择标题文字，在选项面板中设置"字体"为"汉仪大黑简"，"字体大小"为 80，单击"斜体"按钮，再在"对齐"选项组中单击"居中"按钮，如图 11-103 所示。

图 11-102　双击标题素材使它处于编辑状态　　　　图 11-103　设置标题文字属性

步骤03 单击"边框/阴影/透明度"按钮，在弹出的"边框/阴影/透明度"对话框中选择"外部边界"复选框，并在"边框宽度"数值框中输入 3.5，然后单击"线条色彩"颜色块设置边框的颜色，设置 RGB 值为 30、130、130，如图 11-104 所示。

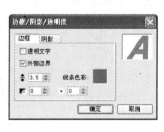

图 11-104　为标题文字添加边框

步骤04 选择"阴影"选项卡，然后单击"突起阴影"按钮，并按照图 11-105 所示设置突起阴影的相关选项参数（阴影颜色 RGB 值为 185、120、15）。

步骤05 切换至"滤镜"素材库，在"画廊"下拉列表框中选择"暗房"选项，然后将"光线"滤镜拖动至标题轨的素材上，如图 11-106 所示。

图 11-105　为标题文字添加突起阴影

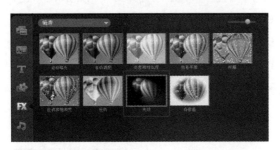

图 11-106　为标题素材添加"光线"滤镜效果

步骤06 双击标题轨上的素材，打开选项面板，选择"属性"选项卡，选择"滤光器"单选按钮，然后单击"自定义滤镜"按钮，弹出"光线"滤镜对话框，在"距离"下拉列表框中选择"远"选项，在"曝光"下拉列表框中选择"更长"选项，再调整十字标记至如图 11-107 所示的位置。

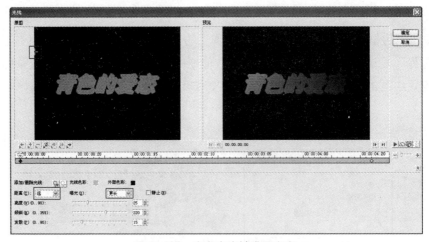

图 11-107　自定义滤镜选项参数

步骤07 设置"光线色彩"的 RGB 值为 255、200、200，设置"发散"值为 30。然后在第一个关键帧上右击，在弹出的快捷菜单中选择"复制"命令。

步骤08 将飞梭栏拖动至 1 秒的位置，单击"添加关键帧"按钮，插入一个关键帧，然后在该关键帧上右击，在弹出的快捷菜单中选择"粘贴"命令，并设置"发散"值为 15，如图 11-108 所示。

图 11-108　插入关键帧并粘贴选项参数

步骤09 选择最后一个关键帧并右击，在弹出的快捷菜单中选择"粘贴"命令，然后设置"倾斜"值为 320，并调整十字标记至如图 11-109 所示的位置。

图 11-109　设置最后一个关键帧选项参数

步骤10 单击"确定"按钮，完成本实例的制作。在导览面板中单击"播放"按钮，即可预览实例的最终效果，如图 11-110 所示。

图 11-110　预览实例制作效果

Chapter 12 让影片有声有色
——音频编辑与处理

影视作品是一门声画艺术，因此，一个完整的影片除了视频画面外，音频文件也是必不可少的重要元素。在会声会影 X3 中，不但提供了大量的音频素材，还可以添加外部的音频文件素材。除了添加音频功能外，会声会影 X3 的音频编辑功能也非常强。本章将重点介绍在会声会影 X3 中编辑和处理音频的具体操作方法。

本章知识要点：

◆ "音频"选项面板详解

◆ 添加音频素材

◆ 修整音频素材

◆ 声音控制与混合

◆ 使用混音器

◆ 使用音频滤镜

◆ 音频特效应用范例

12.1 "音频"选项面板详解

一部影片如果缺少了音频,再靓丽的画面也将黯然失色,而优美动听的背景音乐和深情款款的配音解说,不仅可以为影片锦上添花,还能使影片更具感染力,从而使影片更加生动,更能吸引观众。

在会声会影 X3 中,为了更加明确地区分音频的功能,也便于音频的管理,将音频文件分为声音和音乐两种类型,将旁白插入到声音轨,而将背景音乐插入到音乐轨。

当选择项目中的音频素材时,将打开音频素材选项面板。在会声会影 X3 中,"音频"选项面板包括"音乐和声音"和"自动音乐"两个选项卡,本节将分别介绍这两个选项卡的作用和区别。

12.1.1 "音乐和声音"选项卡

用户通过"音乐和声音"选项卡可以从音频 CD 中复制音乐、录制声音,以及将音频滤镜应用到音频轨的音乐素材中,如图 12-1 所示。

1. 区间和素材音量

在"区间"选项中,从左至右的各组数值依次以"时:分:秒:帧"的形式显示音频素材的播放时长,用户可以输入一个区间来调整音频素材的长度。

"素材音量"选项则用于调整当前所选音频素材的音量。用户可以直接在"素材音量"数值框中输入具体数值,或者通过单击微调按钮来调整声音的大小,也可以单击右侧的三角按钮,在弹出的音量调节面板中拖动滑块来设置音频素材的音量,如图 12-2 所示。

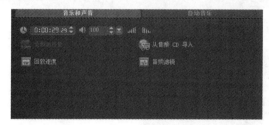

图 12-1 "音乐和声音"选项卡

图 12-2 音量调节面板

2. 淡入和淡出

在会声会影 X3 中,不仅可以为视频轨中的图像或者视频素材设置淡入和淡出的动画效果,还可以为声音轨或音乐轨中的音频素材设置淡入和淡出的效果。若要为音频素材设置淡入和淡出的播放效果,只需单击选项面板中的"淡入"、"淡出"按钮即可。

3. 录制画外音

单击"录制画外音"按钮,即可从麦克风中录制画外音,并在时间轴的声音轨中创建新的声音素材。在录音过程中,此按钮将变为"停止"按钮,单击该按钮可以停止录音。

4．回放速度

单击该按钮，将弹出"回放速度"对话框，如图 12-3 所示。通过在该对话框中设置各选项，可以更改音频素材的播放速度和播放时长。

5．从音频 CD 导入

单击该按钮，将弹出"转存 CD 音频"对话框，如图 12-4 所示。通过在该对话框中设置各选项，即可将 CD 中的音乐转换为 WAV 格式的声音文件并保存在硬盘中。

6．音频滤镜

单击该按钮，将弹出"音频滤镜"对话框中，从中可以选择并将音频滤镜应用到所选的音频素材上，如图 12-5 所示。

图 12-3 "回放速度"对话框　　图 12-4 "转存 CD 音频"对话框　　图 12-5 "音频滤镜"对话框

12.1.2 "自动音乐"选项卡

在"自动音乐"选项卡中可以从音频素材库中选择音乐轨并自动与影片相配合，如图 12-6 所示。

图 12-6 "自动音乐"选项卡

- 范围：单击该下拉列表框右侧的向下三角按钮，在打开的下拉列表框中可以设置 Smart Sound 文件的方法，用于在不同的范围内搜索音乐文件。
- 音乐：单击该下拉列表框右侧的下拉按钮，在打开的下拉列表框中可以选择要添加到项目中的音乐文件。
- 变化：单击该下拉列表框右侧的向下三角按钮，在打开的下拉列表框中可以选择要应用到所选音乐上的乐器和节奏。

- 播放所选的音乐：单击该按钮，可以播放应用了"变化"效果的音乐。
- 添加到时间轴：单击该按钮，即可使音乐自动添加到"音乐轨"中。
- SmarSound Ouicktracks：单击该按钮，将弹出 SmarSound Ouicktracks 5 对话框。通过该对话框，可以查看并对 SmarSound Ouicktracks 素材库进行管理。
- 自动修整：将音乐素材添加到"音乐轨"后，选择该复选框，系统将根据视频素材的长短自动修整音乐素材的长度，以便与视频相匹配。

高手点津：关于 SmarSound

SmarSound 是一种智能音频技术，只需通过简单的曲风选择，就可以实现从无到有、自动地生成符合影片长度的专业级配乐，同时还可以实时、快速地改变音乐的节拍。

12.2 添加音频素材

将音频素材添加到影片中的方法与添加视频的方法类似，用户可以在素材库中直接添加音频文件，也可以将硬盘或光盘中的音频文件添加到影片中。除此之外，还可以利用麦克风录制声音旁白，或者从 CD 音乐光盘上截取音乐素材，甚至可以从视频文件中获取音频素材。本节将介绍从各种不同的来源为影片添加音频素材的方法。

12.2.1 添加素材库中的音频

为素材库中添加音频素材是最基本的操作，使用这种方法，可以将音频素材添加到素材库中，并且能够在今后的操作中快速调用。

范例实战 141 添加素材库中的音频

原始素材	·随书光盘\素材\第 12 章\音频示例.mp3
最终效果	·随书光盘\效果文件\第 12 章\音频示例.VSP
视频文件	·随书光盘\视频文件\第 12 章\添加素材库中的音频.swf

步骤01 启动会声会影 X3 高级编辑器，在素材库面板中单击"音频"按钮，切换至"音频"素材库，如图 12-7 所示。

步骤02 单击素材库上方的"添加"按钮，弹出"浏览音频"对话框，从中选择"随书光盘\素材\第 12 章\音频示例.mp3"音频文件，如图 12-8 所示。

步骤03 单击"打开"按钮，即可将音频文件导入至素材库中，如图 12-9 所示。

步骤04 在素材库中选择刚导入的音频文件，将其拖动至项目时间轴的音乐轨中，即可将在素材库中选择的音频添加至项目时间轴中，如图 12-10 所示。

图 12-7　切换至"音频"素材库　　　　　　图 12-8　选择音频文件

图 12-9　导入至素材库的音频文件　　　　　图 12-10　添加素材库中的音频文件

12.2.2　添加自动音频文件

　　"自动音乐"是会声会影 X3 自带的另一个音频素材库，同一首音乐有许多变化的风格可供用户选择。下面介绍添加自动音频文件的方法。

范例实战 142　添加自动音频文件

最终效果 · 随书光盘\效果文件\第 12 章\自动音乐.VSP

视频文件 · 随书光盘\视频文件\第 12 章\添加自动音频文件.swf

步骤01▶ 启动会声会影 X3 高级编辑器，在素材库面板中单击"音频"按钮 ♫ ，切换至"音频"素材库，单击素材库右下角的"选项"按钮，打开音频选项面板，如图 12-11 所示。

步骤02▶ 选择"自动音乐"选项卡，然后单击"音乐"下拉按钮，在打开的下拉列表框中选择一种音乐，如图 12-12 所示。

步骤03▶ 单击"变化"下拉按钮，在打开的下拉列表框中选择一种变化风格，如图 12-13 所示。

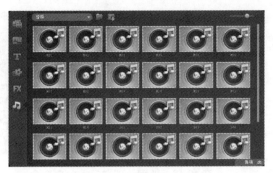

图 12-11　"音频"素材库

图 12-12　选择一种音乐

> **步骤04▶** 单击"播放所选的音乐"按钮，即可播放试听音乐效果，此时按钮变成了"停止"按钮。单击"停止"按钮可停止播放，如图 12-14 所示。

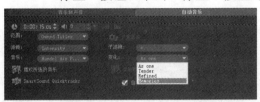

图 12-13　选择一种变化风格

图 12-14　播放试听选择的音乐

> **步骤05▶** 取消选择"自动修整"复选框，然后单击"添加到时间轴"按钮，即可在时间轴的音乐轨中添加自动音乐，如图 12-15 所示。

图 12-15　添加自动音乐

12.2.3　添加硬盘中的音频

在会声会影 X3 中，可将硬盘中的音频文件直接添加到当前影片中，而不需要添加至音频素材库中。

范例实战 143　添加硬盘中的音频

 原始素材 · 随书光盘\素材\第 12 章\激情 DJ.mp3

 最终效果 · 随书光盘\效果文件\第 12 章\激情 DJ.VSP

视频文件 · 随书光盘\视频文件\第 12 章\添加硬盘中的音频.swf

步骤01 启动会声会影 X3 高级编辑器，在项目时间轴的任意空白位置处右击，在弹出的快捷菜单中选择"插入音频"|"到音乐轨#1"命令，如图 12-16 所示。

步骤02 弹出"打开音频文件"对话框，选择"随书光盘\素材\第 12 章\激情 DJ.mp3"音频文件，如图 12-17 所示。

图 12-16　选择"到音频轨#1"命令

步骤03 单击"打开"按钮，即可将所选择的音频文件作为最后的一段音频插入到指定的音乐轨上，如图 12-18 所示。

图 12-17　打开音频文件

图 12-18　将硬盘中的音频文件插入到指定的音乐轨

12.2.4　从 CD 中导入音频

很多 CD 光盘中的音乐制作得都非常精良，音质也相当不错，作为家庭影片的背景音乐，是非常好的一种音频素材。

范例实战 144　从 CD 中导入音频

视频文件 ·随书光盘\视频文件\第 12 章\从 CD 中导入音频.swf

步骤01 启动会声会影 X3 高级编辑器，在素材库面板中单击"音频"按钮 ♪，切换至"音频"素材库，单击素材库右下角的"选项"按钮，打开音频选项面板，如图 12-19 所示。

步骤02 将音乐 CD 光盘放入光驱中，然后在"音乐和声音"选项面板中单击"从音频 CD 导入"按钮，弹出"转存 CD 音频"对话框，如图 12-20 所示。

步骤03 在音乐文件列表框中选择需要添加的音乐文件，并在对应的"轨道"列表框中选择相应的复选框，单击"转存"按钮，即可开始转存文件，并在"状态"列中显示当前状态，如图 12-21 所示。

图 12-19　打开音频选项面板

图 12-20　"转存 CD 音频"对话框

步骤04 转存完成后，单击"关闭"按钮，即可将选择的音频文件添加到音频素材库中，并将音频添加到音乐轨中，如图 12-22 所示。

图 12-21　开始转存选择的音乐文件

图 12-22　从 CD 光盘中插入到音乐轨中音频文件

12.2.5　在会声会影 X3 中录音

将录音所用的设备（例如，麦克风）与计算机正确连接并设置好以后，即可在会声会影 X3 中录制声音，为影片进行配音。

 范例实战 145　录制声音

视频文件 ·随书光盘\视频文件\第 12 章\录制声音.swf

步骤01 启动会声会影 X3 高级编辑器，切换至"音频"素材库，打开"音乐和声音"选项面板，单击"录制画外音"按钮 **录制画外音**，如图 12-23 所示。弹出"调整音量"对话框，如图 12-24 所示。

步骤02 单击"开始"按钮，即可开始录音，录至合适位置后，单击选项面板中的"停止"按钮，如图 12-25 所示，即可完成声音的录制。录制的音频将自动添加至时间轴的声音轨中，如图 12-26 所示。

图 12-23　单击"录制画外音"按钮

图 12-24　"调整音量"对话框

图 12-25　单击"停止"按钮

图 12-26　录制的音频自动添加至时间轴声音轨中

技 巧

如果希望录制指定长度的声音文件，则可以先在选项面板的"区间"中指定要录制的声音长度，然后单击"录音"按钮开始录制。录制到指定长度后，程序将自动停止录音。

12.3　修整音频素材

将声音或背景音乐添加到声音轨或者音乐轨之后，可以根据影片的需要修整音频素材。首先在时间轴上单击"声音轨"按钮或"音乐轨"按钮，切换到相应的轨道，然后使用本节介绍的方法之一来修整音频素材。

12.3.1　使用缩略图修整音频

使用缩略图修整音频素材是最为快捷和直观的修整方式，但缺点是不容易精确控制修剪的位置。下面以一个简单的范例介绍使用缩略图修整音频的具体操作方法。

🎬 范例实战 146　使用缩略图修整音频

🔘 原始素材　• 随书光盘\素材\第 12 章\什刹海.VSP、背景音乐.mp3

🔘 最终效果　• 随书光盘\效果文件\第 12 章\什刹海 end.VSP

🔘 视频文件　• 随书光盘\视频文件\第 12 章\使用缩略图修整音频.swf

步骤01▷　启动会声会影 X3 高级编辑器，打开"随书光盘\素材\第 12 章\什刹海.VSP"项目文件，如图 12-27 所示。

步骤02 在音乐轨中添加"随书光盘\素材\第 12 章\背景音乐.mp3"素材文件，如图 12-28 所示。

图 12-27 打开项目文件

图 12-28 添加音频素材

步骤03 在音乐轨中选择需要修整的音频素材，此时，选择的音频素材两端以黄色标记表示，将鼠标移至右侧的黄色标记上，按住鼠标并拖动，如图 12-29 所示。

步骤04 拖动鼠标至合适位置后释放鼠标，即可完成对音频素材的修整，如图 12-30 所示。

图 12-29 拖动黄色标记改变素材的长度

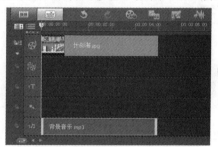

图 12-30 修整后的音频素材效果

技 巧

为了避免音频的开始或结束位置过于生硬，可以单击音频选项面板中的"淡出"按钮，使音乐在结尾部分声音逐渐变小，或者单击"淡入"按钮，使音乐在开始部分的音量逐渐增大。

12.3.2 使用区间修整音频

如果对整个影片的播放时间有严格的限制，可以使用区间修整的方式来精确控制声音或音乐的播放时间。

范例实战 147 使用区间修整音频

原始素材 · 随书光盘\素材\第 12 章\愉悦欢歌.mp3

最终效果 · 随书光盘\效果文件\第 12 章\愉悦欢歌.VSP

视频文件 · 随书光盘\视频文件\第 12 章\使用区间修整音频.swf

步骤01 启动会声会影 X3 高级编辑器，然后在时间轴的音乐轨中添加"随书光盘\素材\第 12

章\愉悦欢歌.mp3"音频素材文件，如图 12-31 所示。

步骤02 在音乐轨中选择需要修整的音频素材，打开音频素材选项面板，在"音乐和声音"选项卡的"区间"数值框中输入确定的数值，或者单击数值框右侧的微调按钮调整数值，如图 12-32 所示。

图 12-31　在音乐轨中添加音频素材　　　　　图 12-32　输入"区间"数值

步骤03 数值输入完成后，按【Enter】键，或者在选项面板的空白区域单击，确认输入，即可完成通过区间修整音频素材的操作。

12.3.3　使用导览面板修整音频

使用导览面板修整音频素材是最为直观和精确的素材修整方式，可以使用这种方式对音频素材进行掐头去尾。

 范例实战 148　使用导览面板修整音频

原始素材 ・随书光盘\素材\第 12 章\红樱桃.VSP、玄幻乐曲.mpa
最终效果 ・随书光盘\效果文件\第 12 章\红樱桃 end.VSP
视频文件 ・随书光盘\视频文件\第 12 章\使用导览面板修整音频.swf

步骤01 启动会声会影 X3 高级编辑器，打开随书光盘\素材\第 12 章\红樱桃.VSP 项目文件，如图 12-33 所示。

步骤02 在音乐轨中添加"随书光盘\素材\第 12 章\玄幻乐曲.mpa"音频素材文件，如图 12-34所示。

图 12-33　打开项目文件　　　　　　　图 12-34　在音乐轨中添加音频素材

步骤03▶ 在音乐轨中选择需要修整的音频素材，然后单击导览面板中的"播放"按钮，播放选择的素材。当听到所需要设置的起始位置时，按【F3】键将当前位置设置为开始标记点，如图 12-35 所示。

步骤04▶ 再次单击导览面板中的"播放"按钮继续播放素材，当听到所需要设置的结束位置时，按【F4】键将当前位置设置为结束标记点，如图 12-36 所示。

图 12-35　设置开始标记点

图 12-36　设置结束标记点

步骤05▶ 这样，程序将会自动保留开始标记与结束标记之间的音频素材，然后调整修整后的音频素材位置即可。图 12-37 所示为修整后的音频素材效果。

图 12-37　修整后的音频素材效果

高手点津：通过"开始标记"和"结束标记"按钮标记素材修整的入点和出点

　　当音频素材播放至合适的位置后，也可以单击"暂停"按钮，然后通过"开始标记"按钮 [标记音频修整的开始点，通过"结束标记"按钮] 标记音频修整的结束点。

12.3.4　调整音频的回放速度

　　在会声会影 X3 中，用户还可以改变音频的回放速度，使其与影片更好地相匹配。

范例实战 149　调整音频的回放速度

原始素材 • 随书光盘\素材\第 12 章\圣洁的教堂.VSP

最终效果 • 随书光盘\效果文件\第 12 章\圣洁的教堂 end.VSP

视频文件 • 随书光盘\视频文件\第 12 章\调整音频的回放速度.swf

步骤01▶ 启动会声会影 X3 高级编辑器，打开"随书光盘\素材\第 12 章\圣洁的教堂.VSP"项目文件，如图 12-38 所示。

步骤02 ▶ 在音乐轨中双击音频素材，打开音频素材选项面板，然后在"音乐和声音"选项卡中
单击"回放速度"按钮，如图 12-39 所示。

图 12-38　打开项目文件

图 12-39　添加音频素材

步骤03 ▶ 弹出"回放速度"对话框，在"速度"数值框中输入合适的数值（例如，150）或者
拖动滑块调整音频素材的播放速度。较慢的速度可以使素材的播放时间更长，而较快
的速度可以使音频的播放时间更短，如图 12-40 所示。

步骤04 ▶ 单击"确定"按钮，即可改变音频的回放速度，效果如图 12-41 所示。

图 12-40　"回放速度"对话框

图 12-41　调整回放速度后的音频效果

12.4　声音控制与混合

在会声会影 X3 中添加完所有的视频素材和音频素材后，影片中可能会包括 4 种类型的声音：
在视频录制过程中实时录制的影片现场声音，覆叠轨中添加的视频文件的声音，添加到声音轨
中的音频，以及添加到音乐轨中的背景音乐。这些声音如果同时都以 100% 的音量播放，会使整
个影片显得非常嘈杂，因此，在影片编辑过程中需要对整个影片中的声音进行合理的控制与混
合。本节将重点介绍在影片编辑过程中对声音进行控制与混合的具体操作方法。

12.4.1　调整音频音量

用户如果对添加的音频素材的音量不满意，可以在会声会影 X3 中对该音频素材进行音量的
调节，以满足用户的需要。

范例实战 150　调整音频音量

原始素材・随书光盘\素材\第 12 章\香纯咖啡.VSP

最终效果・随书光盘\效果文件\第 12 章\香纯咖啡 end.VSP

视频文件・随书光盘\视频文件\第 12 章\调整音频音量.swf

步骤01　启动会声会影 X3 高级编辑器，打开"随书光盘\素材\第 12 章\香纯咖啡.VSP"项目文件，如图 12-42 所示。

步骤02　选择声音轨中的音频文件，然后单击"音乐和声音"选项面板中素材音量右侧的下拉按钮，在弹出的音量调节器中拖动滑块至 75%处，如图 12-43 所示。

图 12-42　打开项目文件

图 12-43　调整声音轨中音频素材的音量

步骤03　选择音乐轨中的音频文件，然后在"音乐和声音"选项面板中，用同样的方法将音量调节器中的滑块拖至 200%处，如图 12-44 所示。

图 12-44　调整音乐轨中音频素材的音量

步骤04　单击导览面板中的"播放"按钮，即可播放试听调节音量后的效果。

高手点津：关于音量调整

　　一般来说，当增大强调某一个轨道中素材的声音时，相应的其他轨道的素材音量也需要进行调整，否则会失去重点。

12.4.2　使用音量调节线控制声音

　　音量调节线是轨中央的水平线条，仅在音频视图中可以看到，在这条线上可以添加关键帧，关键帧点的高低决定着该处的音频音量。

范例实战 151　使用音量调节线控制声音

原始素材	• 随书光盘\素材\第 12 章\体验大自然.jpg
最终效果	• 随书光盘\效果文件\第 12 章\体验大自然 end.VSP
视频文件	• 随书光盘\视频文件\第 12 章\使用音量调节线控制声音.swf

步骤01▶ 启动会声会影 X3 高级编辑器，打开"随书光盘\素材\第 12 章\体验大自然.jpg"项目文件，如图 12-45 所示。

步骤02▶ 在音乐轨中选择音频素材，然后在项目时间的工具栏中单击"混音器"按钮 ，切换至混音器视图，如图 12-46 所示。

图 12-45　打开项目文件

图 12-46　切换至混音器视图

步骤03▶ 将鼠标移至红色的音量调节线上，此时鼠标指针呈向上箭头形状，单击并向下拖动，添加关键帧点，如图 12-47 所示。

步骤04▶ 此时鼠标指针呈手形状，将鼠标移至另一位置，单击并向上拖动，添加第二个关键帧点，如图 12-48 所示。

图 12-47　添加关键帧点

图 12-48　添加第二个关键帧点

步骤05▶ 使用相同的方法添加另外两个关键帧点，如图 12-49 所示。

图 12-49　使用相同方法添加另外两个关键帧点

12.5 使用混音器

混音器是一种"动态"调整音量调节线的方式，它允许在播放影片项目的同时，实时调整某个轨道素材任意一点的音量。如果有很好的乐感，借助混音器可以像专业混音师一样混合影片中的精彩声响效果。

12.5.1 选择需要调节的音轨

在使用混音器调节音量前，首先需要选择要调节音量的音轨。

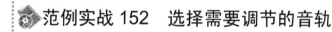

范例实战 152 选择需要调节的音轨

原始素材 • 随书光盘\素材\第 12 章\夏日.VSP

最终效果 • 随书光盘\效果文件\第 12 章\夏日 end.VSP

视频文件 • 随书光盘\视频文件\第 12 章\选择需要调节的音轨.swf

步骤01▶ 启动会声会影 X3 高级编辑器，打开"随书光盘\素材\第 12 章\夏日.VSP"项目文件，如图 12-50 所示。

步骤02▶ 在音乐轨中选择需要调节的音频素材，然后在项目时间的工具栏中单击"混音器"按钮，切换至混音器视图，如图 12-51 所示。

图 12-50 打开项目文件

图 12-51 切换至混音器视图

步骤03▶ 单击"环绕混音"选项面板中的"音乐轨"按钮，该按钮呈黄色显示，如图 12-52 所示。此时可选择要调节音量的音轨，如图 12-53 所示。

图 12-52 实时调节音量

图 12-53 选择要调节音量的音轨

12.5.2　播放并实时调节音量

在会声会影 X3 中，用户可以在播放项目的同时，对某个轨道上的音频进行音量调整。

范例实战 153　播放并实时调节音量

视频文件　•随书光盘\视频文件\第 12 章\播放并实时调节音量.swf

步骤01▶　在混音器视图中选择需要调节音量的音频轨后，单击"环绕混音"选项面板中的"播放"按钮 ▶，如图 12-54 所示。

步骤02▶　此时即可试听选择轨道的音频效果，并且可以在混音器中看到音量起伏的变化，如图 12-55 所示。

图 12-54　单击"播放"按钮

图 12-55　查看音量起伏变化

步骤03▶　单击"环绕混音"选项面板中的"音量"按钮，并上下拖动，可实时调节音量，如图 12-56 所示，此时，音频视图中的音频调节效果如图 12-57 所示。

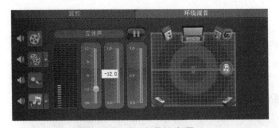
图 12-56　实时调节音量

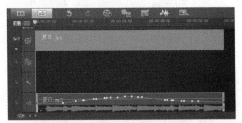
图 12-57　音频调节效果

12.5.3　恢复音量至原始状态

当用户已经对用音量调节线调节音量的具体操作有了一定的了解，用音量调节线调节完成后，如果用户对当前设置仍不满意，还可以将音量调节线恢复到原始状态。

范例实战 154　恢复音量至原始状态

视频文件　•随书光盘\视频文件\第 12 章\恢复音量至原始状态.swf

步骤01▶ 在音乐轨中右击需要恢复到原始状态的音频素材文件，在弹出的快捷菜单中选择"重置音量"命令，如图 12-58 所示。

步骤02▶ 此时，即可将音量调节线恢复到原始状态，如图 12-59 所示。

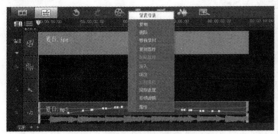

图 12-58　选择"重置音量"命令　　　图 12-59　将音量调节线恢复到原始状态

12.5.4　使轨道音频暂时静音

在视频编辑过程中，有时为了在混音时听清楚某个轨道素材的声音，可能需要将其他轨道的素材静音。

▶范例实战 155　使轨道音频暂时静音

视频文件 · 随书光盘\视频文件\第 12 章\使轨道音频暂时静音.swf

步骤01▶ 在音乐轨中选择需要静音的音频文件，如图 12-60 所示。

步骤02▶ 在音频混音器中单击"音乐轨"按钮左侧的"启动/禁用预览"按钮，使其呈关闭状态，如图 12-61 所示，即可使轨道音频暂时静音。

图 12-60　选择需要静音的音频文件　　　图 12-61　使轨道音频暂时静音

12.6　使用音频滤镜

会声会影 X3 允许用户将音频滤镜应用到音乐轨和声音轨中的音频素材上，包括放大、长回音、等量化和混响等效果。

范例实战 156　使用音频滤镜

原始素材 • 随书光盘\素材\第 12 章\海底世界.VSP

最终效果 • 随书光盘\效果文件\第 12 章\海底世界 end.VSP

视频文件 • 随书光盘\视频文件\第 12 章\使用音频滤镜.swf

步骤01 启动会声会影 X3 高级编辑器，打开"随书光盘\素材\第 12 章\海底世界.VSP"项目文件，如图 12-62 所示。

步骤02 在音乐轨中双击需要应用滤镜的音频素材，打开音频素材选项面板，如图 12-63 所示。

图 12-62　打开项目文件　　　　　　　　　图 12-63　音频素材选项面板

步骤03 在"音乐和声音"选项卡中单击"音频滤镜"按钮，弹出"音频滤镜"对话框，如图 12-64 所示。

步骤04 在"可用滤镜"列表框中选择需要的音频滤镜选项，单击"添加"按钮，将其添加到"已用滤镜"列表框中，如图 12-65 所示。

图 12-64　"音频滤镜"对话框　　　　　　　图 12-65　添加要应用的音频滤镜

步骤05 在"可用滤镜"列表框中选择新的音频滤镜选择，单击"选项"按钮，在弹出的对话框中可以对音频滤镜进行调整设置，如图 12-66 所示。调整完成后，单击"确定"按钮。

步骤06 单击"添加"按钮，将新选择的音频滤镜添加到"已用滤镜"列表框中，如图 12-67 所示。

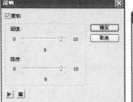

图 12-66　调整音频滤镜的属性　　　　　　图 12-67　添加新的音频滤镜

步骤07 单击"确定"按钮，应用所选择的音频滤镜效果即可。

12.7 音频特效应用范例

在会声会影 X3 中，可以将音频滤镜添加到声音轨或音乐轨的音频素材上，如淡入/淡出、长回音、声音降低以及放大等。本节将通过几个具体的应用范例，介绍音频特效的制作方法。

12.7.1 制作淡入/淡出音频效果

音频的淡入/淡出效果是指一段音乐在开始时，音量由小渐大直到以正常的音量播放，而在即将结束时，则由正常的音量逐渐变小直至消失。这是一种在视频编辑软件中常用的音频编辑效果，使用这种编辑效果，避免了音乐的突然出现和突然消失，使音乐能够有一种自然的过渡效果。

 范例实战 157　梅花怒放

原始素材 • 随书光盘\素材\第 12 章\梅花 jpg、梅花.wav
最终效果 • 随书光盘\效果文件\第 12 章\梅花怒放.VSP
视频文件 • 随书光盘\视频文件\第 12 章\制作淡入淡出音频效果.swf

步骤01 ▶ 启动会声会影 X3 高级编辑器，然后分别在视频轨和音乐轨中添加素材文件（随书光盘\素材\第 12 章\梅花 jpg、梅花.wav），并调整素材的播放长度，如图 12-68 所示。

步骤02 ▶ 在音乐轨中选择添加的音频素材，然后在项目时间轴的工具栏中单击"混音器"按钮，切换至音频视图，如图 12-69 所示。

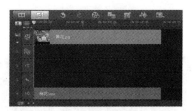 

图 12-68　在视频轨和音乐轨中添加素材　　图 12-69　打开音频素材选项面板

步骤03 ▶ 在"属性"选项卡中，分别单击"淡入"按钮 和"淡出" 按钮，如图 12-70 所示。

步骤04 ▶ 此时，在音频视图中将显示添加的关键帧，如图 12-71 所示。

图 12-70　单击"淡入"和"淡出"按钮　　图 12-71　显示添加的关键帧

高手点津：设置"淡入/淡出"播放时长

为音频素材设置好淡入/淡出效果后，系统将根据默认的参数设置，为音频素材设置相应的淡入与淡入时间，用户也可以根据实际需要自定义音频的淡入与淡出时间，方法是：选择"设置"｜"参数选择"命令，在弹出的"参数选择"对话框中选择"编辑"选项卡，然后在"默认音频淡入/淡出区间"数值框中输入所需要的数值，单击"确定"按钮即可。

12.7.2 "回音"滤镜的应用

在会声会影 X3 中可以为声音轨或音乐轨添加音频滤镜，例如，在音频素材中应用"回音"音频滤镜，可以为音频文件添加回音效果。

范例实战 158 我是谁

原始素材 • 随书光盘\素材\第 12 章\我是谁.wav

最终效果 • 随书光盘\效果文件\第 12 章\我是谁.VSP

视频文件 • 随书光盘\视频文件\第 12 章\"回音"滤镜应用.swf

步骤01 启动会声会影 X3 高级编辑器，然后在声音轨中添加"随书光盘\素材\第 12 章\我是谁.wav"音频素材文件，如图 12-72 所示。

步骤02 在声音轨中双击添加的音频素材，打开音频素材选项面板，然后在"音乐和声音"选项卡中单击"音频滤镜"按钮，如图 12-73 所示。

图 12-72 在声音轨中添加音频素材

图 12-73 单击"音频滤镜"按钮

步骤03 弹出"音频滤镜"对话框，在"可用滤镜"列表框中选择"回音"滤镜效果，单击"添加"按钮，将选择的音频滤镜添加至"已用滤镜"列表框中，如图 12-74 所示。

步骤04 单击"选项"按钮，在弹出的对话框中将"延时"值设置为 1 011 毫秒。然后单击"播放"按钮 ▶，试听回音设置效果。效果满意后，单击"确定"按钮，即可将"回音"音频滤镜应用到所选音频素材，如图 12-75 所示。

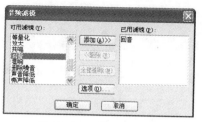

图 12-74　选择音频滤镜

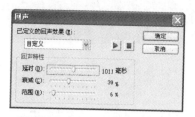

图 12-75　自定义音频滤镜选项

12.7.3　"音调偏移"滤镜的应用

在音频素材中通过应用"音调偏移"滤镜，可以获得音频变调的效果。

范例实战 159　变调解说

> **原始素材** · 随书光盘\素材\第 12 章\男生解说.wav
> **最终效果** · 随书光盘\效果文件\第 12 章\变调解说.VSP
> **视频文件** · 随书光盘\视频文件\第 12 章\"音调偏移"滤镜应用.swf

步骤01 启动会声会影 X3 高级编辑器，然后在声音轨中添加"随书光盘\素材\第 12 章\男生解说.wav"音频素材文件，如图 12-76 所示。

步骤02 在声音轨中双击添加的音频素材，打开音频素材选项面板，然后单击"音频滤镜"按钮，弹出"音频滤镜"对话框。在"可用滤镜"列表框中选择"音调偏移"滤镜效果，如图 12-77 所示。

图 12-76　在声音轨中添加音频素材

步骤03 单击"选项"按钮，在弹出的"音调偏移"对话框中将"半音调"值设置为 10，如图 12-78 所示。

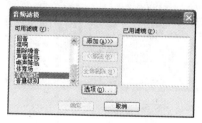

图 12-77　选择音频滤镜

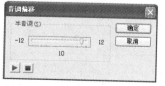

图 12-78　自定义音频滤镜选项

步骤04 单击"确定"按钮，退出"音调偏移"对话框，再单击"添加"按钮，将自定义的"音调偏移"滤镜添加至"已用滤镜"列表框，再单击"确定"按钮，即可在音频素材中应用该滤镜效果。

12.7.4 "声音降低"滤镜的应用

在会声会影 X3 中，通过应用"声音降低"音频滤镜，可以对音频文件的声音进行降低处理。

 范例实战 160　荷花塘

 原始素材 ・随书光盘\素材\第 12 章\荷花塘.jpg、荷花塘.mp4

 最终效果 ・随书光盘\效果文件\第 12 章\荷花塘.VSP

 视频文件 ・随书光盘\视频文件\第 12 章\"声音降低"滤镜应用.swf

步骤01▶ 启动会声会影 X3 高级编辑器，然后分别在视频轨和音乐轨中添加素材文件（随书光盘\素材\第 12 章\荷花塘.jpg、荷花塘.mp4），并调整素材的播放长度，如图 12-79 所示。

步骤02▶ 在音乐轨中双击添加的音频素材，然后在"音乐和声音"选项卡中单击"音频滤镜"按钮，如图 12-80 所示。

图 12-79　在视频轨和音乐轨中添加素材

图 12-80　单击"音频滤镜"对话框

步骤03▶ 弹出"音频滤镜"对话框，在"可用滤镜"列表框中选择"声音降低"滤镜效果，单击"添加"按钮，将选择的滤镜添加至"已用滤镜"列表框中，如图 12-81 所示。

步骤04▶ 单击"确定"按钮，即可将选择的滤镜添加到音乐轨的音频文件中，如图 12-82 所示。

图 12-81　选择音频滤镜效果

图 12-82　将音频滤镜添加至素材文件中

12.7.5 "放大"滤镜的应用

在会声会影 X3 中，通过应用"放大"音频滤镜，可以对音频文件的声音进行放大处理。

范例实战 161　乡间别墅

原始素材 ·随书光盘\素材\第 12 章\乡间别墅.jpg、乡间别墅.mp4

最终效果 ·随书光盘\效果文件\第 12 章\乡间别墅.VSP

视频文件 ·随书光盘\视频文件\第 12 章\"放大"滤镜应用.swf

步骤01▶ 启动会声会影 X3 高级编辑器，然后分别在视频轨和音乐轨中添加素材文件（随书光盘\素材\第 12 章\乡间别墅.jpg、乡间别墅.mp4），并调整素材的播放长度，如图 12-83 所示。

步骤02▶ 在音乐轨中双击添加的音频素材，在"音乐和声音"选项卡中单击"音频滤镜"按钮，弹出"音频滤镜"对话框，在"可用滤镜"列表框中选择"放大"滤镜效果，单击"添加"按钮，将其添加至"已用滤镜"列表框中，如图 12-84 所示。

图 12-83　在视频轨和音乐轨中添加图像和音频素材

图 12-84　选择"放大"滤镜效果

步骤03▶ 单击"确定"按钮，即可将选择的滤镜，添加到音乐轨的音频文件中。

12.7.6　"混响"滤镜的应用

在会声会影 X3 中，通过应用"混响"音频滤镜，可以对音频文件添加混响效果。

范例实战 162　城市交响曲

原始素材 ·随书光盘\素材\第 12 章\城市.jpg、城市.mp4

最终效果 ·随书光盘\效果文件\第 12 章\城市交响曲.VSP

视频文件 ·随书光盘\视频文件\第 12 章\"混响"滤镜应用.swf

步骤01▶ 启动会声会影 X3 高级编辑器，然后分别在视频轨和音乐轨中添加素材文件（随书光盘\素材\第 12 章\城市.jpg、城市.mp4），并调整素材的播放长度，如图 12-85 所示。

步骤02▶ 在音乐轨中双击添加的音频素材，在"音乐和声音"选项卡中单击"音频滤镜"按钮，弹出"音频滤镜"对话框，在"可用滤镜"列表框中选择"混响"滤镜效果，单击"添加"按钮，将其添加至"已用滤镜"列表框中，如图 12-86 所示。

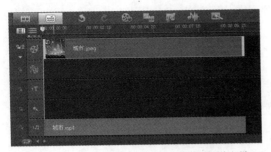

图 12-85　在视频轨和音乐轨中添加素材文件

图 12-86　选择"混响"音频滤镜效果

12.7.7　制作卡拉 OK 音频

在会声会影 X3 中，使用音频滤镜插件也可以达到分离左右声道的目的。本实例将使用 Pan 插件将 mp3 歌曲与伴奏乐混合到一起，制作出可以切换声道的卡拉 OK 歌曲。

范例实战 163　卡拉 OK 歌曲——雨人

原始素材	• 随书光盘\素材\第 12 章\Pan.aft、雨人.mp3、伴奏乐.mp3
最终效果	• 随书光盘\效果文件\第 12 章\卡拉 OK 歌曲——雨人.VSP
视频文件	• 随书光盘\视频文件\第 12 章\制作卡拉 OK 音频.swf

步骤01 将"随书光盘\素材\第 12 章\Pan.aft"文件复制到会声会影 X3 安装根目录下的 aft_plug 文件夹中，如图 12-87 所示。

步骤02 启动会声会影 X3 高级编辑器，然后在项目时间轴中右击，在弹出的快捷菜单中选择"插入音频"｜"到声音轨"命令，将"随书光盘\素材\第 12 章\雨人.mp3"素材文件添加到声音轨，如图 12-88 所示。

图 12-87　复制 Pan 插件

图 12-88　在声音轨中添加素材文件

步骤03 再次在项目时间轴中右击，在弹出的快捷菜单中选择"插入音频"｜"到音乐轨#1"命令，将"随书光盘\素材\第 12 章\伴奏乐.mp3"添加到音乐轨，如图 12-89 所示。

步骤04 调整声音轨中素材的区间长度，使之与音乐轨中的素材的区间相同，如图 12-90 所示。

图 12-89 在音乐轨中添加素材文件　　　　图 12-90 调整声音轨素材的区间

T丨技 巧

　　下载的 MP3 歌曲与伴奏音乐大多数不能同步，单击工具栏中的"混音器"按钮可以显示出音频素材的波形。使用波形作为参考调整区间，就可以让歌曲和伴奏同步。

步骤05 双击声音轨中的素材打开选项面板，然后单击"音频滤镜"按钮，在弹出的"音频滤镜"对话框右侧的"可用滤镜"列表框中选择"左右移动"音频滤镜效果，单击"添加"按钮，再单击"选项"按钮，如图 12-91 所示。

步骤06 在"左声道"选项组中，将"开始"值设置为 0；在"右声道"选项组中，将"开始"值设置为 100，然后单击"确定"按钮，如图 12-92 所示。

 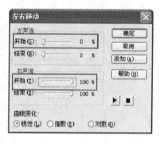

图 12-91 为声音轨中素材选择滤镜效果　　　图 12-92 自定义音频滤镜选项参数

步骤07 在音乐轨的素材上右击，在弹出的快捷菜单中选择"音频滤镜"命令，然后在弹出的"音频滤镜"对话框中选择添加"左右移动"滤镜效果，再单击"选项"按钮，如图 12-93 所示。

步骤08 在"左声道"选项组中，将"结束"值设置为 100；在"右声道"选项组中将"结束"值设置为 0，然后单击"确定"按钮，如图 12-94 所示。

图 12-93 为音乐轨中素材选择滤镜效果　　　图 12-94 自定义音频滤镜选项参数

12.7.8 提取伴奏音乐

与"范例实战 163"正好相反，如果已经有左右声道分离的卡拉 OK 音频或者其他形式的音频，可以使用复制声道的功能将其中一个声道提取出来，这样就可以得到歌曲的伴奏音乐。

范例实战 164　卡拉 OK 伴奏

原始素材 ·随书光盘\素材\第 12 章\卡拉 OK.wav

最终效果 ·随书光盘\效果文件\第 12 章\卡拉 OK 伴奏.wav

视频文件 ·随书光盘\视频文件\第 12 章\提取伴奏音乐.swf

步骤01 启动会声会影 X3 高级编辑器，然后在项目时间轴中右击，在弹出的快捷菜单中选择"插入音频"｜"到声音轨"命令，将"随书光盘\素材\第 12 章\卡拉 OK.wav"素材文件添加到声音轨，如图 12-95 所示。

步骤02 在时间轴的工具栏中单击"混音器"按钮，切换至"混音器"视图，然后选择"属性"选项卡，如图 12-96 所示。

图 12-95　在声音轨中添加音频素材

图 12-96　选择音频素材"属性"选项卡

步骤03 选择"复制声道"复选框，然后再选择"左"单选按钮，如图 12-97 所示。

步骤04 在"步骤"面板中单击"分享"按钮，切换至"分享"步骤面板，单击"创建声音文件"按钮，输出音频文件即可，如图 12-98 所示。

图 12-97　选择"复制声道"复选框

图 12-98　单击"创建声音文件"按钮

Chapter 13   分享影片
——影片项目的渲染输出

影片制作完毕后，最后的工作就是输出。会声会影 X3 提供了多种输出方式，以适应不同的需要。用户可以将影片输出到录像带，存储到硬盘中，作为邮件发送，以及制作成视频网页或视频贺卡等。本章将主要介绍使用会声会影 X3 输出影片的方法。

本章知识要点：

◆ 渲染输出影片

◆ 将视频输出为模板

◆ 导出影片

13.1 渲染输出影片

创建并保存视频文件后，用户即可将视频文件进行渲染输出，并将其保存到计算机的硬盘中。本节主要介绍渲染输出影片的方法。

13.1.1 设置影片输出范围

如果要输出整个影片，可以跳过这一步，然而，有时可能只需将影片中的一小段精彩部分输出为视频文件，这样就要事先指定好影片的预览范围。

 范例实战 165 设置影片输出范围

原始素材	• 随书光盘\素材\第 13 章\13.1.1\天涯海角.VSP
最终效果	• 随书光盘\效果文件\第 13 章\13.1.1\天涯海角 end.VSP
视频文件	• 随书光盘\视频文件\第 13 章\设置影片输出范围.swf

步骤01 启动会声会影 X3 高级编辑器，选择"文件"｜"打开项目"命令，打开"随书光盘\素材\第 13 章\13.1.1\天涯海角.VSP"项目文件，然后在时间轴中将当前时间标记拖动至想要的开始位置，如图 13-1 所示。

步骤02 单击"开始标记"按钮 [，标记预览范围的起点，然后再将当前时间标记拖动至想要结束的位置，如图 13-2 所示。

图 13-1 确定开始位置　　　　　　　图 13-2 确定结束位置

步骤03 单击"结束标记"按钮]，标记预览范围终点，此时时间轴标尺上的橘红色线标示出预览范围，如图 13-3 所示。

图 13-3 橘红色线标示出预览范围

技巧

　　单击"上一帧"或"下一帧"按钮，可以微调当前时间标记的位置，预览窗口中的画面也将同时发生改变。

13.1.2　设置视频保存格式

　　会声会影 X3 为用户提供了多种视频保存格式，用户可根据需要进行相应的选择。

范例实战 166　设置视频保存格式

视频文件 · 随书光盘\视频文件\第 13 章\设置视频保存格式.swf

步骤01 在会声会影 X3 编辑器中，切换至"分享"步骤面板，如图 13-4 所示。

步骤02 单击"创建视频文件"按钮，在打开的下拉列表框中选择一种预设的视频保存格式，如图 13-5 所示。

图 13-4　"分享"步骤面板　　　　　　　　图 13-5　选择视频保存格式

　　会声会影 X3 保存的视频格式区别如表 13-1 所示。

表 13-1　视频格式区别一览表

文 件 格 式	画 面 质 量	文 件 大 小	适 用 时 机
PAL DV	最好	最大	文档保存
PAL DVD	很好	很大	输出 DVDDVD01
PAL VCD	差	较大	输出 VCDDVD01
PAL SVCD	一般	较大	输出 SVCDDVD01
PAL MPEG2	很好	很大	计算机观看
PLA MPEG1	差	较大	计算机观看
流视频 RM	好	小	网络传输
流视频 WMV	好	小	网络传输

13.1.3 设置视频保存选项

如果在"创建视频文件"下拉列表框中选择"自定义"选项，则可弹出"创建视频文件"对话框，在该对话框中，用户可根据需要设置相应的文件路径及文件名称，如图 13-6 所示。此时系统会再次提醒，保存文件夹要有足够的硬盘空间以存放视频文件。

单击"选项"按钮，可以弹出"视频保存选项"对话框，如图 13-7 所示，用户可以根据需要进行一些通用设置。

图 13-6　"创建视频文件"对话框　　　图 13-7　"视频保存选项"对话框

13.1.4 渲染输出整个影片

创建并保存视频文件后，用户即可将视频文件进行渲染输出，并将其保存到系统的硬盘上。

范例实战 167　渲染输出整个影片

 原始素材　• 随书光盘\素材\第 13 章\13.1.4\竹林深处.VSP

 最终效果　• 随书光盘\效果文件\第 13 章\竹林深处.mpg

 视频文件　• 随书光盘\视频文件\第 13 章\渲染输出整个影片.swf

步骤01 在会声会影编辑器中完成影片的设置与剪辑后，切换至"分享"步骤面板，然后单击"创建视频文件"按钮，在打开的下拉列表框中选择 DVD|PAL DVD（16:9）选项，如图 13-8 所示。

步骤02 弹出"创建视频文件"对话框，在"文件名"文本框中输入影片的名称，在"保存在"下拉列表框中选择需要保存的路径，如图 13-9 所示。

步骤03 单击"选项"按钮，弹出 Corel VideoStudio Pro 对话框，选择"整个项目"单选按钮，如图 13-10 所示。

图 13-8　选择 DVD/PAD DVD（16：9）命令　　　　图 13-9　"创建视频文件"对话框

步骤04 单击"确定"按钮，返回"创建视频文件"对话框，单击"保存"按钮，系统开始渲染影片，如图 13-11 所示。

图 13-10　Corel VideoStudio Pro 对话框　　　　图 13-11　开始渲染影片

步骤05 渲染完成后，在"视频"素材库中可以看到创建好的影片文件（文件格式为 MPG）。

13.1.5　渲染输出部分影片

在整个项目文件中，如果只需要输出影片的一部分，可以先指定需要输出的预览范围，然后在"分享"步骤面板中只渲染和输出预览范围内的对象。

范例实战 168　渲染输出部分影片

原始素材	• 随书光盘\素材\第 13 章\13.1.5\时尚车展.VSP
最终效果	• 随书光盘\效果文件\第 13 章\时尚车展.mpg
视频文件	• 随书光盘\视频文件\第 13 章\渲染输出部分影片.swf

步骤01 在会声会影编辑器中完成影片的设置与剪辑后，切换至"分享"步骤面板，然后在时间轴上拖动当前时间标记至 00:00:01:10 位置，单击"开始标记"按钮 [，如图 13-12 所示。

步骤02 在时间轴上拖动当前时间标记至 00:00:16:00 的位置，单击"结束标记"按钮]，时间轴上方橙色标识的区域就是用户所指定的渲染输出范围，如图 13-13 所示。

图 13-12　设置开始标记位置

图 13-13　设置结束标记位置

步骤03 在选项面板中单击"创建视频文件"按钮，在打开的下拉列表框中选择"自定义"选项，如图 13-14 所示。

步骤04 弹出"创建视频文件"对话框，在其中设置文件的保存路径，并输入保存的文件名，如图 13-15 所示。

图 13-14　选择"自定义"命令

图 13-15　"创建视频文件"对话框

步骤05 单击"选项"按钮，弹出"视频保存选项"对话框，选择"预览范围"单选按钮，如图 13-16 所示。

步骤06 单击"确定"按钮，返回"创建视频文件"对话框，单击"保存"按钮，系统将开始渲染影片，并显示渲染进度，如图 13-17 所示。

图 13-16　选择"预览范围"单选按钮

图 13-17　渲染影片进度

步骤07 渲染完成后，在"视频"素材库中可以看到创建好的影片文件。找到输出后的影片文件，使用相应软件进行播放，即可预览影片效果，如图 13-18 所示。

图 13-18　预览影片效果

13.1.6　单独输出项目中的视频

如果用户对所制作的影片音频部分并不满意，需要去除影片中的声音，那么可以将已经编辑制作完成的影片的视频部分进行单独保存，以便为视频重新配音或者添加背景音乐。

 范例实战 169　单独输出项目中的视频

原始素材 · 随书光盘\素材\第 13 章\13.1.6\装饰用品.VSP

最终效果 · 随书光盘\效果文件\第 13 章\装饰用品.mpg

视频文件 · 随书光盘\视频文件\第 13 章\单独输出项目中的视频.swf

步骤01 ▶ 在会声会影编辑器中完成影片的设置与剪辑后，切换至"分享"步骤面板，单击选项面板中的"创建视频文件"按钮，并在打开的下拉列表框中选择"自定义"选项，如图 13-19 所示。

步骤02 ▶ 在弹出的"创建视频文件"对话框中设置文件的保存路径、文件保存的名称及格式，如图 13-20 所示。

图 13-19　选择"自定义"命令

图 13-20　指定视频文件保存属性

步骤03 ▶ 单击"选项"按钮，在弹出的"视频保存选项"对话框中选择"常规"选项卡，然后在其中的"数据轨"下拉列表框中选择"仅视频"选项，如图 13-21 所示。

步骤04 ▶ 单击"确定"按钮，返回"创建视频文件"对话框，再单击"保存"按钮，即可单独输出项目中的视频素材，如图 13-22 所示。

图 13-21　选择"仅视频"选项

图 13-22　单独渲染输出视频文件

13.1.7　单独输出项目中的音频

单独输出项目中的音频素材可以将整个项目的音频部分单独保存，以便在声音编辑软件中进一步处理声音或者应用到其他影片中。

范例实战 170　单独输出项目中的音频

原始素材・随书光盘\素材\第 13 章\13.1.7\请您欣赏.VSP

视频文件・随书光盘\视频文件\第 13 章\单独输出项目中的音频.swf

步骤01 在会声会影编辑器中完成影片的设置与剪辑后，切换至"分享"步骤面板，单击选项面板中的"创建声音文件"按钮，如图 13-23 所示。

步骤02 弹出"创建声音文件"对话框，设置文件的保存路径、文件保存的名称及格式，如图 13-24 所示。

图 13-23　单击"创建声音文件"按钮

图 13-24　指定音频文件保存属性

步骤03 单击"选项"按钮，在弹出的"音频保存选项"对话框中选择"整个项目"单选按钮和"创建后播放文件"复选框，如图 13-25 所示。

步骤04 单击"确定"按钮，返回"创建声音文件"对话框，再单击"保存"按钮，即可将影片中包含的音频部分单独输出，并试听声音，如图 13-26 所示。

图 13-25　"音频保存选项"对话框

图 13-26　试听输出的声音效果

13.2　将视频输出为模板

会声会影 X3 预置了一些输出模板，以便于影片的输出操作，这些模板定义了几种常用的输出文件格式及压缩编码和质量等输出参数。但是，在实际应用中，这些模板可能太少，不能满足用户的要求。虽然可以进行自定义设置，但是每次都需要弹出多个对话框，操作过于烦琐。此时，就需要自定义视频文件输出，以便提高视频文件输出的效率。

13.2.1　输出 PAL DV 模板格式

DV 格式是 AVI 格式的一种，输出的影像质量几乎没有损失，但文件尺寸会非常大。当以最高质量输出影片时，或要回录到 DV 中时，要选择输出 PAL DV 模式格式。

 范例实战 171　输出 PAL DV 模板格式

　•随书光盘\素材\第 13 章\13.2.1\流水瀑布.VSP

　•随书光盘\视频文件\第 13 章\输出 PAL DV 模板.swf

步骤01 影片编辑完成后，选择"设置" | "制作影片模板管理器"命令，弹出"制作影片模板管理器"对话框。如图 13-27 所示。

步骤02 单击"新建"按钮，弹出"新建模板"对话框，如图 13-28 所示。

图 13-27　"制作影片模板管理器"对话框

图 13-28　"新建模板"对话框

步骤03 在"模板名称"文本框中输入名称为"PAL DV 模板（4：3）"，单击"确定"按钮，
弹出"模板选项"对话框，显示了模板名称，如图 13-29 所示。

步骤04 选择"常规"选项卡，设置该选项卡中的选项，如图 13-30 所示。

图 13-29　"模板选项"对话框

图 13-30　设置"常规"选项卡

步骤05 选择 AVI 选项卡，单击"压缩"下拉按钮，在打开的下拉列表框中选择"DV 视频编
码器——类型 2"选项，如图 13-31 所示。

步骤06 单击"确定"按钮，返回"制作影片模板管理器"对话框，此时新创建的模板将出现
在该对话框的"可用的影片目模板"列表框中，如图 13-32 所示。

图 13-31　选择"压缩"选项

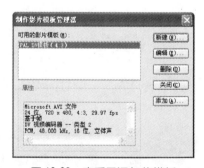

图 13-32　查看已添加的模板

步骤07 单击"关闭"按钮，即可完成模板的创建

13.2.2　输出 PAL VCD 模板格式

VCD 格式是一种早期的视频压缩格式，使用该格式输出的影像质量较差，但输出的视频文
件比 DVD 格式要小得多，制作的 VCDDVD01 能在所有 VCD/DVD 影碟机中播放。在"制作影
片模板管理器"对话框中单击"新建"按钮，然后在弹出"新建模板"对话框中设置好模板的
名称，再在"模板选项"对话框中设置各选项，如图 13-33 所示。单击"确定"按钮，即可完
成模板的创建。

图 13-33　创建 PAL VCD 格式的输出模板

13.2.3　输出 RM 模板格式

RM 是流视频格式，文件很小，适合网络实时传输，在 Realone Player 媒体播放器中播放。在"模板选项"对话框中，用户可以选择帧大小、音频和视频质量高的参数，这样得到的文件所占的磁盘空间也大，如图 13-34 所示。

图 13-34　创建 RM 格式的输出模板

13.3　导出影片

在会声会影 X3 中，可以以多种方式导出影片，例如，将影片导出为视频网页、导出为电子邮件，以及设置为屏幕保护程序等。本节将详细介绍在会声会影 X3 中导出影片的具体操作方法。

13.3.1　将视频文件导出为网页

网络已经成为分享影片有效而广泛的最佳方式之一。利用会声会影 X3 提供的直接将视频文件保存到网页的功能，可以轻松地制作出视频性极强的视频网页，为个人主页添彩。下面将向大家具体介绍将视频文件导出为网页的具体操作方法。

范例实战 172　将视频文件导出为网页

原始素材 ·随书光盘\素材\第 13 章\13.3.1\山城重庆别样景.VSP

视频文件 ·随书光盘\视频文件\第 13 章\将视频导出为网页.swf

步骤01▶ 启动会声会影 X3，然后打开"随书光盘\素材\第 13 章\13.3.1\山城重庆别样景.VSP"项目文件，如图 13-35 所示。

步骤02▶ 切换至"分享"步骤面板，在选项面板中单击"创建视频文件"按钮，在打开的下拉列表框中选择 WMV | Smartphone WMA 选项，如图 13-36 所示。

图 13-35　打开项目文件

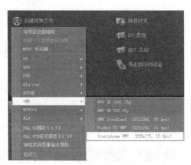

图 13-36　选择 Smartphone WMA 命令

技　巧

在针对网络输出影片时，文件所占的磁盘空间和传输速率非常重要。如果希望在 Internet 上有效地使用视频，需要使用相当高的压缩率。这表示必须使用较小的窗口（320×240 或更小）、较小的帧速率（15 帧/秒）及低质量的音频（收音机质量的 8 位声道）。

步骤03▶ 弹出"创建视频文件"对话框，设置文件保存的路径和文件名称，如图 13-37 所示。

步骤04▶ 单击"保存"按钮，系统自动将影片中的各个素材连接在一起进行渲染，如图 13-38 所示。

图 13-37　设置文件保存选项

图 13-38　显示渲染进度

步骤05 渲染完成后，选择"文件"｜"导出"｜"网页"命令，在弹出的"网页"提示对话框中单击"是"按钮，如图 13-39 所示。

图 13-39 "网页"提示对话框

步骤06 弹出"浏览"对话框，设置网页指定文件名和保存路径，如图 13-40 所示。

步骤07 单击"确定"按钮，程序自动将视频嵌入网页并启动默认浏览器预览视频网页效果，如图 13-41 所示。

图 13-40 "浏览"对话框

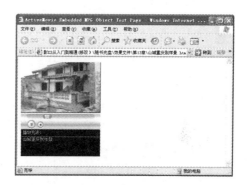

图 13-41 预览视频网页效果

13.3.2 将影片导出为电子邮件

将制作好的影片通过电子邮件发送给自己的亲朋好友共享，一定是一件非常有趣而惬意的事情。在会声会影 X3 中，用户可以很轻松地将制作好的影片作品导出为电子邮件进行发送。下面将介绍具体的操作方法。

◈ 范例实战 173 将影片导出为电子邮件

 原始素材 · 随书光盘\素材\第 13 章\13.3.2\凤凰游记.VSP

 最终效果 · 随书光盘\效果文件\第 13 章\凤凰游记.mpg

 视频文件 · 随书光盘\视频文件\第 13 章\将影片导出为电子邮件.swf

步骤01 启动会声会影 X3，然后打开"随书光盘\素材\第 13 章\13.3.2\凤凰游记.VSP"项目文件，如图 13-42 所示。

步骤02 切换至"分享"步骤面板，在选项面板中单击"创建视频文件"按钮，在打开的下拉列表框中选择"自定义"选项，然后在弹出的"创建视频文件"对话框中设置视频文件保存的路径和文件名称，如图 13-43 所示。

图 13-42　打开项目文件

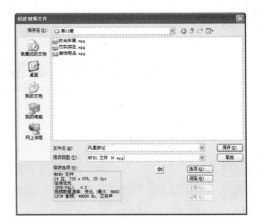

图 13-43　设置视频文件保存选项

步骤03 单击"保存"按钮，系统将自动将影片中的各个素材连接在一起进行渲染。渲染完成后，选择"文件"｜"导出"｜"电子邮件"命令，打开"新邮件"窗口，如图 13-44 所示。

步骤04 在"新邮件"窗口中输入收件人、主题等内容后，单击"发送"按钮，即可将制作的影片发送到指定的邮箱与亲朋好友一同分享影片作品，如图 13-45 所示。

图 13-44　"新邮件"窗口

图 13-45　输入相关邮件信息

13.3.3　将影片导出为屏幕保护程序

在会声会影 X3 中，还可以将制作的影片设置为 Windows 屏幕保护程序，以设置独具个性的计算机桌面，具体操作方法如"范例实战 174"。

📀范例实战 174　将影片导出为屏幕保护程序

原始素材	·随书光盘\素材\第 13 章\13.3.3\桌面屏保.VSP
最终效果	·随书光盘\效果文件\第 13 章\桌面屏保.wmv
视频文件	·随书光盘\视频文件\第 13 章\将影片导出为屏幕保护程序.swf

步骤01 启动会声会影 X3，然后打开"随书光盘\素材\第 13 章\13.3.3\桌面屏保.VSP"项目文

件，如图 13-46 所示。

步骤02 切换至"分享"步骤面板，在选项面板中单击"创建视频文件"按钮，在打开的下拉
列表框中选择 WMV | WMV HD 1080 25p 选项，然后在弹出的"创建视频文件"对
话框中设置文件保存的路径和文件名称，如图 13-47 所示。

图 13-46 打开项目文件　　　　　　　　　　　图 13-47 设置文件保存选项

步骤03 单击"保存"按钮，系统将自动将影片中的各个素材连接在一起进行渲染。渲染完成
后，选择"文件"|"导出"|"影片屏幕保护"命令，如图 13-48 所示。

步骤04 在弹出的"显示属性"对话框中进行相应的设置，将视频文件作为屏幕保护程序，如
图 13-49 所示。

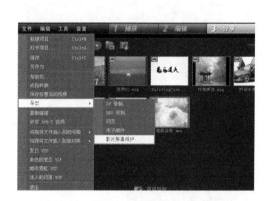

图 13-48 选择"影片屏幕保护"命令　　　　　图 13-49 "显示 属性"对话框

步骤05 单击"确定"按钮，应用影片屏幕保护。此时，计算机在超出所指定的等待时间后，
如果没有任何操作，将启动影片屏幕保护，如图 13-50 所示。

图 13-50 启动影片屏幕保护

13.3.4　将影片导出到移动硬盘设备中

使用会声会影 X3，还可以轻松地将制作完成的影片导出到 iPod、PSP 等移动设备中。

范例实战 172　将影片导出到移动硬盘设备中

原始素材	• 随书光盘\素材\第 13 章\13.3.4\樱桃.VSP
视频文件	• 随书光盘\视频文件\第 13 章\将影片导出到移动硬盘设备中.swf

步骤01 使用相应的连接线将移动设备与计算机连接，并安装必要的驱动程序，使计算机正确识别移动设备。然后打开"随书光盘\素材\第 13 章\13.3.4\樱桃.VSP"项目文件，如图 13-51 所示。

步骤02 切换至"分享"步骤面板，在选项面板中单击"导出到移动设备"按钮，在打开的下拉列表框中选择相应的视频格式，如图 13-52 所示。

图 13-51　打开需要导出的项目文件

图 13-52　选择相应的视频格式

步骤03 弹出"将媒体文件保存至硬盘/外部设备"对话框，选择视频输出的目的设备，如图 13-53 所示。

图 13-53　选择视频输出的目的设备

步骤04 单击"确定"按钮，即可将当前项目中的视频进行渲染，并以指定的格式输出到移动设备中。

"详解" 系列丛书
重磅推出！

在"从入门到精通"系列丛书上万名读者的反馈下，我们深入调查了苏、上、广、深等区域的上千名从业者，了解到有一定软件基础的读者，对各种软件的专业应用并不擅长。为了服务更多的读者，我们特组织了多个软件专家编写该丛书，具有以下几个特点：

（1）适用于多版本：选用的软件虽然是较新版本，但其应用方法和使用技巧，均能适用于相关软件的前后多个版本；

（2）专业技能的深入详解：各软件或应用方向的深入详解，不同于入门类图书的基础讲解，该套丛书都是专业技能方向的透彻分析；

（3）经验技巧的汇集：在讲解专业知识的同时，作者将自己的多年工作经验和解决疑难的方法总结出来，以飨后来者。

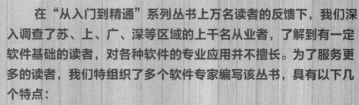

读者意见反馈表

亲爱的读者：

感谢您对中国铁道出版社的支持，您的建议是我们不断改进工作的信息来源，您的需求是我们不断开拓创新的基础。为了更好地服务读者，出版更多的精品图书，希望您能在百忙之中抽出时间填写这份意见反馈表发给我们。随书纸制表格请在填好后剪下寄到：北京市西城区右安门西街8号中国铁道出版社综合编辑部 苏茜 收（邮编：100054）。或者采用传真（010-63549458）方式发送。此外，读者也可以直接通过电子邮件把意见反馈给我们，E-mail地址是：suqian@tqbooks.net。我们将选出意见中肯的热心读者，赠送本社的其他图书作为奖励。同时，我们将充分考虑您的意见和建议，并尽可能地给您满意的答复。谢谢！

所购书名：_____

个人资料：

姓名：_____ 性别：_____ 年龄：_____ 文化程度：_____

职业：_____ 电话：_____ E-mail：_____

通信地址：_____ 邮编：_____

您是如何得知本书的：

□书店宣传 □网络宣传 □展会促销 □出版社图书目录 □老师指定 □杂志、报纸等的介绍 □别人推荐
□其他（请指明）_____

您从何处得到本书的：

□书店 □邮购 □商场、超市等卖场 □图书销售的网站 □培训学校 □其他

影响您购买本书的因素（可多选）：

□内容实用 □价格合理 □装帧设计精美 □带多媒体教学光盘 □优惠促销 □书评广告 □出版社知名度
□作者名气 □工作、生活和学习的需要 □其他

您对本书封面设计的满意程度：

□很满意 □比较满意 □一般 □不满意 □改进建议

您对本书的总体满意程度：

从文字的角度 □很满意 □比较满意 □一般 □不满意
从技术的角度 □很满意 □比较满意 □一般 □不满意

您希望书中图的比例是多少：

□少量的图片辅以大量的文字 □图文比例相当 □大量的图片辅以少量的文字

您希望本书的定价是多少：

本书最令您满意的是：

1.
2.

您在使用本书时遇到哪些困难：

1.
2.

您希望本书在哪些方面进行改进：

1.
2.

您需要购买哪些方面的图书？对我社现有图书有什么好的建议？

您更喜欢阅读哪些类型和层次的计算机书籍（可多选）？

□入门类 □精通类 □综合类 □问答类 □图解类 □查询手册类 □实例教程类

您在学习计算机的过程中有什么困难？

您的其他要求：